愛は命がけ

リンダ・ハワード 作

ハーレクイン・プレゼンツ 作家シリーズ 別冊
東京・ロンドン・トロント・パリ・ニューヨーク・アムステルダム
ハンブルク・ストックホルム・ミラノ・シドニー・マドリッド・ワルシャワ
ブダペスト・リオデジャネイロ・ルクセンブルク・フリブール・ムンバイ

MACKENZIE'S PLEASURE

by Linda Howard

Published by Harlequin Japan, a Division of K.K. HarperCollins Japan, 2024

リンダ・ハワード

読むにしろ書くにしろ、本は彼女の人生において重要な役割を果たしているという。読み始めはマーガレット・ミッチェルの作品。デビューは30歳のとき。現在はアメリカの作家会議や授賞式の席に常連の人気作家で、サイン会にもひっぱりだこ。とりわけ、彼女の描くヒーローが魅力的だというファンが多い。

マッケンジー家

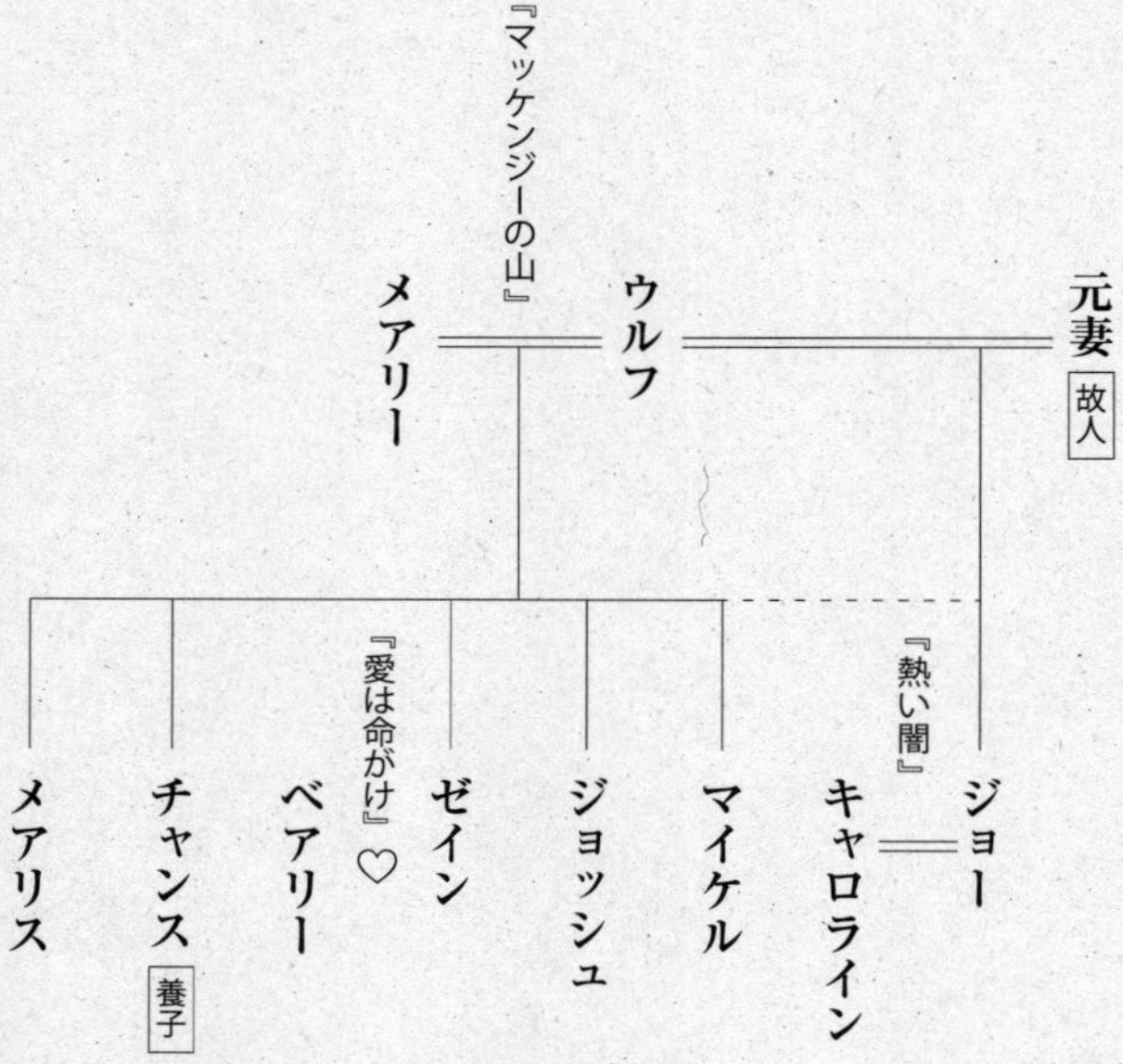
元妻
故人
ウルフ
『マッケンジーの山』
メアリー
ジョー
『熱い闇』
キャロライン
マイケル
ジョッシュ
ゼイン
『愛は命がけ』♡
ベアリー
チャンス
養子
メアリス

プロローグ

ウルフ・マッケンジーはベッドから抜けだし、窓辺に行くと月に照らされた広大な地所を眺めた。ベッドではメアリーがぐっすり眠っているが、そのうち夫がいなくなったことに気づいて、目を覚ましてしまうだろう。起きあがり、顔にかかった髪を眠そうに払いのけ、ウルフが窓辺に立っているのを見てとると、彼女もここまで来てその裸身をすりよせてくるに違いない。

ウルフは口もとにかすかな笑みを刻んだ。もしメアリーが目を覚ましてしまったら、そのあと二人でベッドに戻るのは眠るためでなく愛しあうためになるだろう。彼女がメアリスを身ごもったのもこんな晩だった。あのとき眠れなかったのは、長男ジョーの所属する戦闘航空団がある紛争解決のため、海の向こうに飛んでいったばかりだったからだ。ジョーが実戦に参加したのはそのときが初めてだったので、父親のウルフも自分がベトナムに行ったときと同じぐらい緊張したものだ。

幸いウルフとメアリーはもう衝動的な愛の行為によって子どもを授かるような年ではない。彼らにはすでに孫がいるのだ。それも男の子ばかり十人も。

だが、ウルフはいまでも夜なかなか寝つけないことがある。その理由は明白だ。

子どもたち全員の消息がはっきりしているときには彼も安心して眠れるのだ。

子どもたちが六人ともみな成人し、家庭を持っている者さえいることはこの際関係なかった。どの子もしっかりしていて立派に自立していることも関係ない。ただ父親として、彼らが自分を必要とするときにはそばにいてやりたかった。それに、彼らが今《こ》宵《よい》どこで寝ているのかも知っておきたかった。正確な場所までは特定できなくていい。世の中には親が知らずにいたほうがいいこともある。ただ、わが子のおかれている状況さえわかっていれば十分だ。だが、ウルフの子どもたちはどこの国にいるのかさえわからないときもあるのだ。

今夜の気がかりの種はジョーではない。ジョーの所在はわかっていた。国防総省だ。ジョーはいまでは空軍大将となって統合参謀本部にいる。できるものならいまでも戦闘機を操って音速の二倍の速度で空を飛びたいのだろうが、もう彼が現場に出ることはない。それに、キャロラインとの結婚生活は激しい空中戦よりもさらにスリリングな難事業なのだとジョー自身が言っていた。

あの嫁のことを思うと、ウルフの顔はついほころんでしまう。キャロラインはIQが高く、物理学と情報科学の博士号を取得していた。戦闘機乗りの妻には飛行機の知識がなければならないと言って、長男を産んだ直後に操縦免許をとっている。三番めの息子が生まれたときには小型ジェット機の操縦資格を持っていた。そして五番めの息子を産んだときには、五回もチャンスをあげたのに女の子を産ませてくれなかったからもう子どもは作らない、とジョーに宣言したものだ。

今宵ウルフを悩ませているのは次男マイケルのことでもない。マイケルは彼の子どもたちの中では一番堅実だ。ただし、こうと決めたらほかのことは目に入らないタイプでもある。早くから牧場主になりたいと目標を定め、現に牧場主になった。ワイオミング州のララミーで大きな牧場を経営し、妻とともに二人の息子と牛を育てている。

いままでにマイケルが騒ぎを起こしたのはシェイ・コルビンとの結婚を決意したときだけだ。ウルフとメアリーは彼らの結婚を祝福したけれど、シェイの祖父ラルフ・ハーストが猛反対したのだ。ラルフ・ハーストは昔シェイの母親がジョーとつきあっていたときにも、マッケンジー家の血筋を理由に強く反対したものだ。

だが、猪突猛進型《ちょとつもうしんがた》のマイケルはラルフ・ハーストの反対など歯牙《しが》にもかけなかった。心優しく物静かなシェイも、板ばさみにあって苦しみながらも祖父の圧力には屈しなかった。そして二人はついに結婚し、二人の息子をもうけている。いまではラルフ・ハーストもかわいいひ孫に夢中だ。

ウルフの三男ジョッシュは妻ローランや三人の息子とともにシアトルで暮らしている。ジョッシュもジョーに劣らぬ飛行マニアだが、ジョッシュは空軍ではなく海軍を選んだ。空軍大将の兄の威光を借りずに、自力でのしあがりたかったのだろう。

ジョッシュは明るくあけっぴろげで、マッケンジー一族の頑固さも持ちあわせてはいるが、きょうだいの中では最も外向的だ。大事故にあって海軍を去らなければならなくなったときにも、過ぎたことを思いわずらうより目の前のことに打ちこんだ。そして、当時彼の目の前にいたのが女医のローラン・ページだった。ジョッシュは彼女にひと目惚《ぼ》れして病院のベッドから求愛しはじめ、松葉づえがとれないうちに結婚にこぎつけた。いまでは航空機会社で新型戦闘機の開発にあたっており、ローランはシアトルの病院で整形外科医として活躍している。

ウルフには末っ子メアリスの居所もわかっていた。ひとり娘のメアリスは現在モンタナの牧場で馬の調教師として働いている。ひとりで馬に乗れるようになってからというもの、メアリスの関心はもっぱら馬に向けられていた。彼女の手にかかると、どんなに気性の激しい荒馬でもおとなしくなった。彼女の馬好きは父親譲りなのだろうが、馬をてなずける才能は父親より娘のほうが上かもしれない。あの手腕は魔法としかいいようがなかった。

メアリスのことを思うと、ウルフの頬はおのずとゆるんでくる。メアリスは生まれてすぐに彼の心をその小さな指でわしづかみにしてしまった。彼に抱かれ、眠そうな黒い目で彼を見あげたときの顔はいまも忘れられない。子どもたちのうち、彼と同じ黒い目をしているのはメアリスだけだ。息子たちはみな彼に似ているものの、目は母親譲りのブルーだ。それに対し、メアリスはほかのすべてが母親似なのに、目だけは父親と同じ黒い色をしている。髪は銀色がかったブラウンで、肌は透きとおるように白い。身長百六十センチ、体重も四十五キロほどしかないが、何かをやろうとひとたび決心するとブルドッグのような粘り強さで必ずやりとげてしまう。自分よりはるかに体格のいい兄たちとも対等にわたりあい、決してひけをとらない。華奢《きやしや》な体をしていながら、調教師としても少しずつ認められるようになっている。メアリスに関しては何も心配することはない。

次にウルフの頭にうかんだのは養子のチャンスのことだった。今夜は珍しくチャンスの居所もわかっていた。チャンスは世界のあちこちをとびまわっているが、今日はたまたま電話をかけてきた。いま中米のベリーズにいるが、帰る前に二、三日休養する、とメアリーに言ったそうだ。ウルフはメアリーから受話器を受けとると、彼女に聞こえないところまで移動して、傷は深いのかと小声で尋ねた。

〝いや、たいしたことはないよ〟とチャンスは答えた。〝何針か縫っただけだ。それとあばらを二本折ったけど。今回の仕事はちょっときつかったんだ〟

その仕事がどういうものかは尋ねなかった。チャンスは政府のための微妙な仕事をしており、詳しいことはほとんど話さない。彼の仕事についてまわる危険についてはメアリーに言わずにおこうというのが、父子のあいだの暗黙の了解になっていた。

　だが、ウルフが受話器を置いて向きを変えると、メアリーのブルーの目がひたと彼を見つめていた。

〝あの子、どの程度の怪我《けが》をしているの？〟両手を腰にあて、メアリーは詰問した。

　ウルフはメアリー相手に嘘《うそ》をつくほどばかではなかった。彼女を胸に抱きよせ、正直に答えた。〝たいしたことはないそうだ〟

〝ここに連れもどしたいわ〟とメアリーは言った。

〝わかってるよ、ハニー。だが、本人が大丈夫だと言うんだから間違いない〟

　メアリーはため息まじりに〝そうね〟と答えた。

チャンスは束縛を嫌う野生の豹《ひょう》だ。メアリーとウルフは家も身寄りもない彼を引きとり、養子にした。だが野生の獣が完全に飼いならされることはないように、チャンスも文明社会の制約をすべて受けいれたわけではない。彼は遠い荒野をさまよう野生の生きものだ。それでもいまはこの家に必ず帰ってくる。

　チャンスは最初からメアリーに弱かった。メアリーのあふれんばかりの母性愛に、困惑しながらも抵抗できなかった。初めてこの家に連れられてきたときには〝神よ、なんとかしてください〟とでも言いたげな顔で、なすすべもなく世話を焼かれるがままになっていた。メアリーは子どもたちの誰に対してもうるさく世話を焼くが、チャンス以外の子は幼いころから慣れているのであたりまえのこととして受けとめている。しかしチャンスは……。

　メアリーと出会ったとき、チャンスはまだ十四歳だった。家庭があったのだとしても、本人は覚えていなかった。自分の名前さえ知らなかった。必要なものは服でも食べものでも盗んで手に入れ、あちこちを放浪して善意の社会福祉の手さえ逃れていた。知能は高く、拾った新聞や雑誌で読み書きを覚えた。図書館に足しげく通い、ときにはこっそり泊まりこむこともあった。雑誌や新聞や本を通じて家族という概念については理解していたが、チャンスにとって家族とはそれだけのもの——単なる概念にすぎなかった。彼が信頼しているのは自分だけだった。

もしもひどいインフルエンザにかからなかったら、彼はあのままおとなになっていたかもしれない。メアリーが仕事から車で帰宅する途中、道端に倒れている少年を見つけたのだ。少年は熱にうかされてうわごとを言っていた。自分より十五センチも背が高く二十キロも重いこの少年を、メアリーはなんとか車内に運びこみ、地元の診療所に連れていった。その医者はインフルエンザが悪化して肺炎を起こしていると診断し、百二十キロ離れた最寄りの病院に少年を移送した。

メアリーは自宅まで車をとばし、ウルフにいますぐ病院に連れていってくれと頼みこんだ。

病院に行ってみると少年は集中治療室に入れられていた。病院の職員は最初メアリーとウルフが親族ではないという理由で、会わせることを渋った。実際メアリーは自分が助けた少年について何ひとつ知らなかった。病院ではすでに児童福祉課に連絡してあったから、メアリーの存在は計算外だった。だがメアリーは少年に会わせてくれるまではてこでも動かないと粘りつづけ、根負けした看護師がとうとう二人を小さな病室に入れてくれた。

ウルフは少年の顔を見たとたん、メアリーがなぜこんなに入れこんでいるのかを理解した。少年がひどく衰弱しているせいばかりではない。彼には明らかにネイティブ・アメリカンの血がまじっていた。メアリーはいやおうなく自分の子どもたちを思い出し、ほうっておけなくなったのだ。

少年は点滴を受けながら、息をするのも苦しげに横たわっていた。ハーフではないな、とウルフは思った。おそらくクォーターだろう。だが、それでも自分と同じネイティブ・アメリカンの血が流れていることには違いない。浅黒い指とは対照的な、淡い色の爪。生粋の白人なら爪はもっとピンクがかっているはずだ。長く豊かな黒髪、くっきりとした唇の線、そして高い鼻梁《びりょう》。こんなにハンサムな少年は初めてだった。

メアリーはベッドに近づいて少年の髪を撫《な》でた。

〝すぐによくなるわ。わたしが必ず治してあげる〟

少年は重たげなまぶたを大儀そうにあげ、淡いはしばみ色の目でとまどったようにメアリーを見つめた。そしてその目をウルフの顔に移すと、いまさらのように警戒の表情をうかべた。少年は慌てて起きあがろうとしたが、衰弱しすぎていて点滴につながれている腕をあげることさえできなかった。

ウルフは〝こわがらなくていい〟と静かに言った。〝きみは肺炎を起こし、病院に運ばれたんだ〟それから少年の不安の正体を察知してこうつけ加えた。〝きみを施設に収容するようなことはさせないから〟

少年はウルフの顔を見つめると、用心深い野生動物のように少しずつ警戒を解き、再び眠りに落ちた。

それから一週間で少年は快方に向かい、メアリーはただちに行動を起こした。まだ名前も知らぬ少年を福祉施設には一日たりとも任せまいと決心し、あらゆるコネを使って当局に働きかけた。その努力が実を結び、少年は退院と同時にウルフとメアリーの家に預けられることになった。

退院するころには少年も多少彼らに慣れていたが、それでもまだすっかり気を許したわけではなかった。彼らの質問に言葉少なに答えるだけで、自分から話しかけようとはしなかった。だが、メアリーは気にしなかった。彼女は最初から彼を実の子と同じように扱っていた。

ずっとひとりぼっちだった少年は突然大家族の中にほうりこまれ、生まれて初めて家を与えられた。

個室をもらい、三度三度の食事を保証され、服や靴を買い与えられた。ほかの子どもたちのように家の仕事を手伝えるほどにはまだ回復していなかったが、メアリーは彼が同じ年の四男ゼインに追いつけるよう勉強を教えはじめた。少年は母犬の乳首にむしゃぶりつく子犬さながらに本をむさぼり読んだが、ほかの面では相変わらず用心深かった。それまで知識としてしか知らなかった家族というものの実態を、少し離れたところからじっと観察していた。

ようやく打ちとけてきた少年は、ある日自分がスーナーと呼ばれていたことを打ちあけた。ほんとうの名前は彼自身も知らなかった。

メアリスはぽかんとして彼を見つめた。〝早く《スーナー》ですって？〟

少年は口をゆがめ、十四歳とは思えないおとなびた表情を見せた。〝そう、雑種の犬を呼ぶみたいにね〟

〝いや、それは違う〟とウルフは言った。スーナーというあだ名は大きな手がかりだった。〝きみも自分がネイティブ・アメリカンの血を引いているということはわかるだろう？　スーナーと呼ばれていたのはきっときみのルーツが先駆け《スーナー》移住者の州、すなわちオクラホマ州にあるからだよ。ということは、きみの先祖はチェロキー族なんだ〟

少年は何も言わずにウルフを見つめかえしたが、自分が素性の知れない犬になぞらえられたわけではないのかもしれないと教えられ、少しは気持が救われたようだった。

彼とマッケンジー家の人々との関係は複雑だった。メアリーに対しては、距離を保ちたいと思いながらもそれができなかった。メアリーはスーナーをほかの子と同じようにかわいがったが、スーナーにとって彼女の愛情はうれしいと同時に息苦しくもあった。

ウルフに対しては、なかなか警戒心を捨てなかった。まるでおとなの男は自分を殴ったり蹴《け》ったりするものだと思いこんでいるかのようだった。ウルフは馬を飼いならすようにゆっくりと時間をかけ、少しずつ彼の心を解きほぐしていった。

マイケルは当時すでに大学生だったが、休暇で帰ってくると、家族の輪の中にさりげなくスーナーの居場所を作ってやった。スーナーもマイケルに対してはまったく構えなかった。

ジョッシュとも折りあいは悪くなかったけれど、誰であれジョッシュのように陽気な少年とは不仲になりようがなかった。ジョッシュはスーナーに牧場の仕事や乗馬を教えたが、その実マッケンジー家で一番乗馬がへたなのがジョッシュだった。ジョッシュがへたというよりは、ほかの家族、特にメアリスがうますぎるのだが、ジョッシュは誰にもまねのできない辛抱強さでスーナーに乗馬をしこんでやった。

メアリスはメアリーと同様、スーナーをひと目見て保護本能をかきたてられたようだった。スーナーが自分の倍も大きいことも彼女にとっては問題ではなかった。当時十二歳だったメアリスはまだ百五十センチにも満たず、体重も三十三キロしかなかったが、兄たちに対するのと同じようにスーナーをからかい、ひやかし、何かとちょっかいを出しては彼をいらだたせた。スーナーはどう対処していいのかわからなくて、時限爆弾を見るような目でメアリスを見ていたが、冗談を言って一番先にスーナーを笑わせたのはこのメアリスだった。彼を家族の会話に初めて加わらせたのもメアリスだった。家族同士が互いに話の主導権を握ったり譲ったりして一家のだんらんをなりたたせていることを、スーナーは少しずつ理解していった。メアリスはいまでもほかの誰よりも早くスーナーを怒らせたり笑わせたりすることができる。一時期ウルフはメアリスとスーナーが長じるにつれて恋愛感情を抱きあうようになるのではないかと考えていたが、そういう感情はついに芽生えなかったようだ。それだけスーナーが家族の一員になりきっているということだろう。彼らはあくまで兄と妹にすぎなかった。

だが、ゼインとスーナーの関係は少々厄介だった。ゼインはゼインでスーナーと同じぐらい慎重なタイプなのだ。自分もかつて軍にいたウルフにとって軍人はなじみ深いものだが、この四男坊の資質にはわが子ながらそら恐ろしさを感じていた。物静かで用心深く、猫のように音もなくしなやかに動きまわる、とぎすまされた神経の持ち主なのだ。ウルフはメアリスを含め、子どもたちの全員に護身術を教えたが、ゼインの才能はずばぬけていた。射撃を教えたときには、狙撃手《そげき》の目と人並みはずれた忍耐力を備えていることがわかった。

ゼインには戦士の本能があるのだ。守りの本能が。だからわが家に入りこんできた新参者にはつい身構えてしまうのだ。

別にスーナーに意地悪をしたわけではない。ゼインは敵意をむきだしにしたり、いじめたりするようなタイプではなかった。ただスーナーとのあいだに一定の距離をおき、拒絶もしないかわりに歓迎もしなかった。同い年の彼らが仲よくやっていけるかどうかは大問題だったが、スーナーはゼインのクールな態度に彼自身も同じ戦略で対抗した。要するに二人とも互いに無視しあったのだ。

そのころウルフとメアリーはスーナーを正式に養子に迎えるため、あれこれ骨を折っていた。彼らがスーナーに養子になる気があるかと念を押すと、スーナーは例によって肩をすくめ、無表情に〝もちろん〟と言っただけだったが、メアリーはそれを必死の訴えと解釈し、関係各所への働きかけにいっそう力を入れた。

くしくも養子縁組が認められたと通知が来た日、

ゼインとスーナーの冷戦にも決着がついた。

最初にウルフの注意を引いたのは砂ぼこりだった。だが、メアリスがフェンスの上に腰かけてそれを平然と見ているので、ウルフは馬がころげまわっているだけだろうと思って、そのまま仕事に戻ろうとした。ところが二秒後、彼の鋭い聴覚は殴りあうような音とうめき声をとらえた。

彼は庭を横切ってフェンスのほうに行ってみた。ゼインとスーナーが、家からは死角になる囲い地の片隅で激しく殴りあっていた。ただ二人とも真剣ではあるけれど、ウルフが教えた実戦向きの危険な戦いかたはせず、伝統的なボクシングのルールを守っていた。ウルフはメアリスが座っている横でフェンスにもたれかかった。〝あの二人、いったい何をやってるんだい？〟

〝どっちが強いか勝負をつけようとしているのよ〟メアリスは二人の戦いぶりを見守りながら、こともなげに言った。

そのうちジョッシュもやってきて、フェンスからの観戦に加わった。ゼインもスーナーも背が高くてがっちりしており、十四歳とは思えないほど強かった。かわりばんこに顔を殴りあい、倒れてもまた立ちあがって攻撃にかかる。口をついて出るうめき声や拳《こぶし》が肉にめりこむ音をのぞけば、二人とも無気味なほど静かに戦っていた。

やがてメアリーがフェンスぎわの三人に目をとめて、何をしているのか確かめに来た。彼女はウルフの横に立ち、パンチが炸裂《さくれつ》するたびに身をすくめながらも、とりすました顔で二人を見守った。その顔は生徒たちに指示を出すタイミングをはかっている教師の顔だった。

だが、五分待ったところで、まだ何時間も続きそうだと判断したらしい。ゼインもスーナーも先に降参するには強情すぎた。そこでメアリーはきびきびと声をかけた。〝もういいわ、あなたたち。そろそろおしまいになさい。十分後には夕食ですからね〟そしてひとり先に家の中に戻っていった。

メアリーはいまのひとことで雌雄を決する真剣勝負を単なるスポーツに変え、時間制限をもうけてやめるきっかけを与えてやったのだ。

ゼインもスーナーもメアリーの後ろ姿にちらりと目をやった。それからゼインが腫《は》れたまぶたの下から冷たいブルーの目を再びスーナーに向け〝最後の一発だ〟と宣言して、拳を顔面にたたきこんだ。

殴り倒されたスーナーはふらりと起きあがり、なんとかファイティングポーズをとってから、最後に自分ももう一度ゼインを殴り倒した。

ゼインは立ちあがって服についた泥をはたき落とし、無言で片手を差しだした。スーナーがその手をがっちり握りしめ、二人は引きわけを認めあって握手した。もう夕食の準備が整ったころだった。


その夕食の席で、メアリーは養子縁組が認められたとスーナーに告げた。スーナーはあざだらけの顔の中で目をかすかに輝かせたが、口では何も言わなかった。

〝これであなたもマッケンジー家の一員になったのね〟メアリスが満足げに言った。〝となると、ちゃんとした名前が必要だわ。なんて名前にするの？　自分で決めなさい〟

そう言われてもすぐに思いつくはずはなかったが、スーナーは食卓に集まっている家族の顔を見まわし、自分がこの人たちと出会えたのはまったく偶然《チャンス》の幸運《ス》だったのだと考えて、腫れあがった唇にかすかな苦笑をうかべながら言った。〝チャンスにするよ〟こうしてスーナーというあだ名しかなかった正体不明の少年はチャンス・マッケンジーになったのだ。

ゼインとチャンスはあの決闘のあと、お互い相手に一目置くようになり、そこから徐々に友情を育てて、いつの間にか双子と見まごうほど仲よくなった。むろんときには喧嘩《けんか》もしたが、このワイオミング州ルースでは、彼らのうちひとりを敵にまわしたらもうひとりも敵になったも同然だというのが周知の事実となり、ほかの少年が彼らに喧嘩を売ることはなかった。

やがて二人はともに海軍に入り、ゼインは特殊部隊シールに、チャンスは海軍情報部に配属された。その後チャンスは海軍を去ったけれど、ゼインのほうはシールの指揮官になった。

そのせいで今夜ウルフは眠れないのだ。

ゼイン。

仕事がらゼインはどこで何をやっているのかも知らせず、連絡さえ断つことが多い。そういうとき、ウルフは夜も眠れなかった。シール部隊のことはよく知っている。ウルフ自身、軍にいたころにベトナムで彼らの活躍を目にしていた。シールは高度な技術を備えた最強の特殊部隊であり、その戦力とチームワークは過酷な訓練によって磨きぬかれていた。まさにゼインにはうってつけの仕事だろう。だが、シールといえども人間は人間、決して不死身ではないのだ。しかも任務の性質上、シールはしばしば死の危険に対峙《たいじ》しなければならない。

シールの訓練はゼインが生まれながらに持っていた資質を際立たせた。ゼインは完璧《かんぺき》な戦闘マシンに仕立てあげられ、知力体力ともにすぐれた一騎当千の戦士となった。しかし彼が素手で十二とおりの殺しかたのできる男だということを知る人は少ない。そのような技や能力とともに、ゼインは自己を完全に律する自制心をも身につけてきたのだ。ウルフの子どもたちの中ではゼインが一番頼もしいが、同時に一番危険な仕事についていた。

いまごろゼインはどこにいるのだろう？

そのときベッドのほうからかすかな音が聞こえ、

ウルフはそちらをふりかえった。メアリーが起きだして、ウルフの立っている窓辺まで来ると彼の引きしまったウエストに両手を巻きつけた。

「ゼインのこと?」闇《やみ》の中でメアリーはひっそりと尋ねた。

「うん」それ以上の説明は必要なかった。

「ゼインなら大丈夫よ」メアリーの声には母親の自信がみなぎっていた。「もしあの子の身に何かあったら、わたしにわからないはずがないわ」

ウルフは彼女の唇にキスをした。最初は軽く、それから次第に熱をこめて。二人が出会ったころの情熱は、長い歳月を経た現在でも色あせてはいない。

ウルフはメアリーを抱きあげてベッドまで運ぶと、彼女のあたたかく柔らかな肌にしばしのあいだわれを忘れた。だが、ことが終わると彼はベッドの上から窓の外を眺め、眠れぬままにまた考えた。ゼインはどこにいるのだろう?

1

ゼイン・マッケンジーは機嫌が悪かった。

ゼインだけでなく、いまは合衆国海軍の航空母艦モンゴメリー号に乗っている誰も彼もが不機嫌だった。水兵も、レーダー技師も、砲手も、舵手《だしゅ》も、海兵隊員も、航空団長も、副艦長も、いちように むっつりとふさぎこんでいる。そして当然ながらウダカ艦長も暗い顔をしていた。

だが、この空母の乗員五千人の暗い気分を全部あわせても、ゼイン・マッケンジー少佐の不機嫌さには遠く及ばない。

ウダカ艦長はゼイン・マッケンジーよりも階級が上だ。その点は副艦長も同じである。彼らの階級に敬意を表し、マッケンジー少佐はそれなりに丁重な口をきいているが、艦長も副艦長も自分の将来があやうくなりかかっていることに暗澹《あんたん》たる思いを抱いていた。実のところ、彼らにとってもう先は見えたも同然だった。いま以上の階級に昇格する望みも断たれ、今後は退役するまで人のいやがる任務ばかり押しつけられることになるのだろう。

ウダカ艦長はマッケンジー少佐の冷たい視線に射すくめられて顔を引きつらせた。シールの連中を前にすると、彼は決まって落ち着かなくなる。彼ら特殊部隊の尋常ならざる力が彼を不安にするのだ。特にこの男の前からは、できるものならさっさと逃げだしてしまいたかった。

ウダカ艦長もボイド副艦長も、今回の演習についてはゼイン・マッケンジーから事前に説明を受けている。マッケンジー少佐の率いるシール部隊がモンゴメリー号の警備態勢の突破を試みて、テロリストたちにつけいれられかねない弱点を見つけだす、というのが今回の演習の骨子だった。これはシールの第六部隊がテロ対策の一環としてひそかにおこなっている演習だ。テロに対抗するには死者が出てから対応するのでなく、難攻不落の警備態勢を敷くのが一番だということで、シール部隊がテロリスト役となって軍事施設や航空母艦のテストをし、弱点を探しあてて補強方法を助言するのだ。弱点というのはどんなところにも必ず存在した。艦長や責任者には前もって通告してあるのに、シール部隊が完全に裏をかかれたことはいまだかつて一度もないのだ。

事前の打ちあわせをしたときの印象では、マッケンジー少佐はよそよそしいながらも温厚な感じだった。シールの隊員にはこわもてのぴりぴりした男が多いのだが、ゼイン・マッケンジーはふつうの海軍士官と変わらないように見えた。隊員募集のポスターから抜けでてきたようなりりしい制服姿で、態度も礼儀正しかった。だからウダカ艦長は彼をシール部隊の最前線ですご腕をふるう荒くれ男というよりも、官僚タイプの管理者だと判断したのだ。

ところがその判断は間違っていた。

礼儀正しさや冷静さは前に会ったときと変わっていない。白い制服に身をかためた姿も前と同じだ。だが、深々とした声には温厚さなどみじんも感じられず、淡いブルーグレーの目は月光にきらめくナイフの刃のように冷たい怒りをたたえている。全身から発している危険なオーラは、肌をちりちりと刺激するほど強烈だ。これはただの管理者ではない。取り扱いに慎重を要する危険人物なのだ。事故の発生を知ったマッケンジーが部屋に入ってきたときには、心底ぞっとしたものだ。

「今回の演習の概要については事前に説明しておいたはずです」ゼイン・マッケンジーはひややかに言った。「それに、わが部隊のメンバーがいかなる種類の武器も所持していないことも、この空母に乗っている全員に周知徹底してもらってあるはずです。それなのになぜわたしの部下が二人も撃たれたのか、納得のいく説明をしていただきたい」

ボイド副艦長はうつむいた。そしてウダカ艦長は、すでに第一ボタンをはずしているにもかかわらず、急にカラーがきつくなったような息苦しさを覚えた。

「弁解の余地はありません」艦長はしゃがれ声で言った。「当番兵が急なことにびっくりして、考えもせずに発砲したんでしょう。あるいはモンゴメリー号の警備が万全だということをシール部隊に示したくて、英雄きどりの蛮行に走ってしまったのかもしれない。いずれにせよ弁解の余地はありません」この艦内で起こったことは最終的には艦長の責任だ。やたらに発砲したがる番兵も報いを受けねばならないだろうが、それは艦長である自分も同じなのだ。

「ほんとうに警備が万全だったら、わたしの部下が乗りこむことは不可能だったはずです」ゼインのやんわりとした口調に、ウダカ艦長の首筋の毛が逆立った。

「それはわかっています」確かに警備も万全ではなかったが、非武装のシール隊員を当番兵が撃ってしまったのはそれ以上の大失態だ。しかも二人のシール隊員が銃弾に倒れるが早いか、残りの隊員たちが非武装のまますかさず反撃に出てその部署を占領してしまったのだからよけい始末が悪い。発砲した当番兵たちは手荒く扱われ、撃たれた二人のシール隊員とともに艦内の診療室に運びこまれた。〝手荒く扱われ〟というのは遠まわしな表現であって、正確に言えば徹底的にぶちのめされたのだ。

撃たれた二人のシール隊員のうちヒギンズ大尉は胸に銃弾を受けており、容態が安定したらすぐに飛行機でドイツに運ばねばならない。もうひとりの隊員オデッサ下級准尉は腿を撃たれただけで命に別条はないものの、やはりドイツに運ばねばならず、本人は怒り心頭に発しているようだ。袋だたきにあってまだ意識の戻らない二人の当番兵に仕返しをしてやると息巻くのを、船医が必死になだめてとめなければならなかったのだ。

残りの五人の隊員はいま作戦本部室で怒りをもてあましてうろうろしていることだろう。隊長のマッケンジー少佐がそこから出るなと命じてきたのだ。艦内の誰もがその部屋には近づかないようにしている。ウダカ艦長もほんとうならマッケンジーの相手などしたくなかった。マッケンジーは表面上は平静を保っていても、その下に激しい怒りを燃やしているのだ。これはただではすみそうにない。

そのとき机の上の電話機が鋭い音を発した。ウダカ艦長は重苦しい話しあいを中断できることに内心ほっとしながらも、受話器をつかんでほえたてた。

「いまは邪魔をするなと言っておいたはず……」そこ

で言葉を切り、相手の話に耳を傾けながらマッケンジー少佐のほうを見る。「わかった、すぐ行く」そして受話器を置いた。「少佐あてに通信が入っているそうです。傍受防止のスクランブルがかかった緊急連絡だそうだ」ウダカ艦長はそう言って立ちあがった。なんの連絡だか知らないが、おかげで少しは寿命が延びそうだった。

ゼインは通信衛星を経由して送られてくる声にじっと耳を傾けながら、新たな任務の遂行に向けて目まぐるしく頭を働かせはじめた。「いま、うちのチームは二人欠けています。ヒギンズとオデッサが演習で負傷したんです」どうして負傷したのかは言わずにおく。それは別の筋に報告すべきことだ。

「そいつは困ったな」とリンドリー海軍大将はつぶやいた。彼はいまアテネのアメリカ大使館にいた。その部屋にはほかに三人の男がいる。ラブジョイ大使は長身でやせぎす、金と権力に恵まれたスマートな男だが、いまは茶色い目に必死の表情をうかべている。CIAの支局長アート・サンドファーはグレーの髪に疲れた目をした、これといって特徴のない男だ。もうひとりのマック・プルエットはサンドファーにつぐCIA支局のナンバー・ツーで〝マック・ザ・ナイフ〟の異名をとっている。決断力と行動力に富み、敵にまわすとこわい男だと言われているが、今回の誘拐事件に関する有力な情報がこれだけ早く入手できたのは彼の情報網のおかげだった。

リンドリー大将は受信機をスピーカーホンにつないであったので、頼みの綱としていたゼインの部隊に二名の欠員が出たという話は、彼ら三人にも聞こえていた。ラブジョイ大使の表情はまたいちだんと険しくなっている。

「ならば、ほかのチームを呼ばねばならないな」アート・サンドファーが言った。

「それでは時間がかかりすぎる！」ラブジョイ大使

が悲痛な声で言いかえした。「ひょっとしたら、あの子はもう……」顔を引きつらせて絶句する。

「わたしたちが行きます」とゼインは言った。増幅された声が防音設備の整った室内に明瞭《めいりよう》に響きわたる。「わたしのチームが一番近いんだし、一時間で準備できますから」

「しかし、ゼイン」リンドリー大将は言った。「きみが最後に現場に出たのは――」

「少佐に昇進する前です」ゼインはそっけなくあとを引きとった。もともと少佐の階級と引きかえに実戦への参加を放棄するのは不本意だったのだし、いまでは本気で軍を去ることを考えていた。まだ三十一歳なのに、なまじ優秀だったためにかえって仕事をとりあげられてしまったような気がしている。階級があがればあがるほど、現場の第一線で活躍する機会は少なくなるのだ。こうなったら進路変更を検討し、いっそチャンスのように一匹狼《おおかみ》になったほうがいいのかもしれない。そうすればいつまでも現場でとびまわれるだろう。

だが、いま、現場に出るチャンスがころがりこんできたのだ。これを引きうけない手はなかった。

「わたしも部下の者たちといっしょにトレーニングを続けています。まだ腕はさびついてはいません」

「別にそんな心配をしているわけではないんだ」リンドリー大将はため息まじりに言った。ラブジョイ大使の顔に目をやると、彼は助けを求めるように苦渋に満ちたまなざしでじっとこちらを見つめている。

「ほんとうに六人で大丈夫なのか?」リンドリー大将はゼインに尋ねた。

「無理だと思ったら引きうけません」

リンドリー大将は今度はアート・サンドファーとマック・プルエットの顔を見た。アートの表情はどっちつかずだ。この組織べったりのCIA支局長は自分の立場をあやうくするようなことはしたくないのだろう。だが、マックのほうはリンドリーに向かって小さくうなずいてみせた。リンドリー大将は素早く思いをめぐらせた。

かりに人数が二人足りず、指揮官が一年以上も実戦に参加していないのだとしても、その指揮官がゼイン・マッケンジーならばこの任務にぴったりではないか。リンドリーは何年も前からゼインを知っている。ゼインほど信頼のおけるすぐれた戦士は二人といない。彼が大丈夫だと言うのなら、ほんとうに大丈夫なのだろう。

「よし。それじゃ準備ができ次第出動してくれ」

リンドリーが受話器を置くと、ラブジョイ大使が言った。「ほんとうにいまの男に任せられるのか？　娘の命がかかっているんだぞ！　いまの男は長いこと現場から離れて、トレーニング不足に――」

「ほかのチームが着くまで待っていたら、お嬢さんの発見が遅くなってしまいますよ」リンドリーはできるだけ穏やかに言った。ラブジョイ大使はあまり好感の持てる相手ではない。愚鈍だし、俗物的だ。だが、娘を溺愛《できあい》しているのは確かなのだろう。「それにゼイン・マッケンジーほどこの仕事に向く男はいません」

「大将のおっしゃるとおりです」マック・プルエットが威厳をもって静かに言った。「マッケンジーの優秀さは無気味なくらいだ。彼ならひとりだって心配いらない。お嬢さんを無事にとりもどしたいのなら、へたに横やりを入れないほうがいいでしょう」

ラブジョイ大使は両手で髪をかきむしった。きちょうめんな彼らしくもないその仕草に苦悩の深さが見てとれた。「しかし、もし失敗したら……」その先は続けられずに口をつぐむ。

マック・プルエットは薄くほほえんだ。「いかなる任務にも失敗の可能性はあるんです。そこをなんとか成功まで導ける人間がいるとしたら、それがマッケンジーなんですよ」

ゼインは交信を終えたあと、網の目のように広がる通路を急いで作戦本部室に向かった。すでに体じゅうに気力がみなぎって、精神的にも肉体的にも新たな任務に対する準備が整いはじめている。

地図や海図や通信装置、それに大きなテーブルと椅子が置かれた部屋に入っていくと、五人の男が依然として怒りに顔をこわばらせたままふりかえった。

ひとりサントスだけは椅子に腰かけているが、サントスは部隊の衛生兵であり、もともとがほかの隊員よりも冷静なのだ。ピーター・グリーンバーグ少尉も理性的で細心なタイプだが、いまは壁に寄りかかって腕組みし、殺気立った目でゼインを見つめている。血気盛んなアントニオ・ウィズロック、通称バニーは腹をへらした猫のように室内をうろつきまわっており、狙撃《そげき》兵のポール・ドレクスラーはテーブルに腰をのせて愛用のライフル銃の部品を磨いている。それを見てもゼインは眉ひとつ動かさなかった。彼らは武器は携帯していないことになっており、現に演習のあいだは携帯していなかったのだが、演習が惨憺たる結末を迎えたあとにまでドレクスラーに武器を持たせずにいるのは至難のわざだった。

「この空母を乗っとるつもりか?」ゼインはやんわりと問いかけた。

ドレクスラーはちょっと考えこむように首をかしげた。「それもいいかもしれないな」

ウィンステッド・ジョーンズ、通称スプーキーは床に腰をおろし、壁にもたれかかっていたが、ゼインが入っていくとひょいと立ちあがった。ゼインの顔を見つめる目には、怒りにかわって好奇心の光がまたたきだしている。

スプーキーは何事にもいちはやく気がつく男なので、ほかの隊員は彼のようすから異変を察知することが多い。いまも三秒とたたないうちに、五人全員がゼインに注目していた。

とうとうグリーンバーグが口を開いた。「大尉の具合はどうなんだい、ボス？」

彼らはスプーキーが緊張していることには気づいたものの、その理由については誤解しているようだ、とゼインは思いいたった。スプーキー以外の者は、胸を撃たれたヒギンズが息を引きとったのかと案じているのだ。ドレクスラーが無駄のない手つきでライフルを組みたてはじめている。

「いまは落ち着いている」ゼインは安心させるように言った。

部下の結束がいかに固いかはゼインも承知している。シール部隊は結束が固くなければ任務を遂行できないのだ。互いに百パーセント信頼しあっているし、誰かの身に何かあったときには全員が打撃をこうむる。

「いまドイツに移送する準備をしている」とゼインは続けた。「まだ予断を許さないが、あいつのことだ、きっと大丈夫だよ」

それからブルーの目に強い光をたたえ、テーブルの端に腰の片側をのせた。

「みんな聞いてくれ。ギリシア駐在の大使の娘が数時間前に誘拐された。われわれはこれからリビアに救出に向かう」

黒い衣服に身を包んだ六つの人影がリビアの都市ベンガジの狭い通りを音もなくするすると移動していた。あたりに人気はないが、彼らは手信号か、あるいはすっぽりと肩までかかる黒い帽子の下につけたヘッドセットを使って意思の疎通をはかっている。

ゼインはすでに戦闘態勢に入っていた。沈着冷静に、隊員たちと四階建てのビルに近づいていく。情報が正確ならば、そしてこの数時間のうちにベアリー・ラブジョイがよそに移されていないのならば、彼女はそのビルの最上階にいるはずだ。

現場に出ると、いつでもゼインは体じゅうの細胞がそれぞれの役割に応じていきいきと働きだすような気がする。この感覚がほしかったのだ。これがなかったら海軍にとどまる意味はない。任務についたとたん五感のすべてがとぎすまされて外界にアンテナを張りめぐらし、それでいて頭の芯《しん》は冷たく澄みわたっていく。緊迫した場面になればなるほど彼自身は冷静になり、時間の流れがまるでスローモーションのように遅くなる。実際には瞬時のうちに周囲の状況を的確に判断し、分析力をフル回転させて決断と実行にいたるのだが、そのごくわずかな時間が当のゼインには何分にも感じられる。緊張と興奮で体内を熱い血が駆けめぐっても、彼の冷静さは変わらない。そういうときの彼はまったくの無表情で、こわいほどさめた顔をしている。

いま六人の男たちは一列になって静かに移動していた。全員が全員の役割を心得ている。それも半年に及ぶ過酷な訓練を通してつちかった信頼関係の賜《たま》物《もの》だ。彼らの連係プレーは、ばらばらでは決してなしとげられないことを可能にする。シールの隊員にとってチームワークとは口先だけのお題目ではなく、彼らの本領そのものなのだ。

スプーキー・ジョーンズは常に先頭に立つ。ゼインが彼に先導させるのは、タフな神経と、そのニックネームにふさわしく幽霊《スプーキー》のように音をたてずに動きまわれる能力を見こんでのことだ。最後尾につけているのは強靭《きょうじん》な精神力の持ち主、バニー・ウィズロック。バニーに気づかれずに背後から忍びよれる人間はいない――スプーキーのほかには。ゼインはスプーキーのすぐ後ろ、そしてそのあとにはドレクスラー、グリーンバーグ、サントスという順で続いている。グリーンバーグはいざというとき頼りになる男だし、ドレクスラーは狙撃の名手だ。そしてサントスは隊員として優秀なうえ、怪我《けが》の手当てにも見事な手腕を発揮する。全体として、彼らはゼインの知る最もすぐれたチームだ。

彼らがベンガジに来られたのは運がよかった。彼らにとっても、またミス・ラブジョイにとっても。しかし、彼女を十五時間前にアテネの町で拉致《らち》したテロ・グループにとっては不運というべきだろう。もしモンゴメリー号がリビアにほど近いクレタ島の南にいたのでなかったら、そしてもしこの空母にゼインの部隊が乗っていなかったら、ほかのシール部隊が送りこまれるまでにおそらく二十四時間近くも貴重な時間がつぶれてしまったことだろう。ゼインの部隊にとって空母の警備の弱点を探る仕事は、自分たちが敵陣に侵入する訓練をも兼ねていたから、ここではその訓練を実地に応用するまでだ。

ミス・ラブジョイは大使の娘というだけでなく、大使館員でもあるのだそうだ。ラブジョイ大使は十五年前にローマで妻と息子がテロに巻きこまれて死亡して以来、娘の身の安全にたいへんな気をつかってきたらしい。当時十歳だったミス・ラブジョイをスイスの私立学校に入れ、彼女が大学を卒業してからは大使館に勤めさせると同時に自分のパートナーがわりにしていた。もっとも大使館勤務といっても、内情はお嬢さんの暇つぶしにすぎないのだろう。おそらく仕事らしい仕事をしたことはないはずだ。それに父親の庇護《ひご》を免れたことも――今日までは。

彼女が拉致されたのは、同僚と大使館をあとにして買い物をしていたときだという。三人の男に無理やり車に引きずりこまれて連れ去られたのだ。同僚の急報を受け、大使館では空港と港の封鎖を要請したが、きっとギリシア当局がぐずぐずしていたのだろう、一機の自家用機がアテネを飛びたち、まっすぐベンガジに向かってしまった。

それでアメリカ側はベンガジに散っている情報提供者たちにただちに注意を呼びかけ、情報をつのった。その結果、ミス・ラブジョイに似た若い娘が問題の飛行機からおろされ、市街地の、いまゼインたちが侵入しようとしているビルに連れこまれていることが確認されたのだ。

その娘がミス・ラブジョイに違いなかった。ベンガジに赤毛の西洋人女性は少ない。いや、たったひとり、ベアリー・ラブジョイしかいないと断言してもいい。

ゼインだけでなく隊員全員がそれを確信していた。

2

ベアリーは暗闇《くらやみ》の中で横たわっていた。ひとつしかない窓には厚手のカーテンがかかって、外の明かりを遮断している。だが、もう夜だということはわかっていた。外の騒音が少しずつ小さくなり、いまではひっそりと静まりかえっている。彼女を誘拐した男たちはたぶん眠るため、すでにこの部屋から去っていた。しかしベアリーは逃げられない。裸にされて寝台に縛りつけられているのだ。両手両足を上下にまっすぐ伸ばした格好で縛りあげられ、さらに寝台のフレームにくくりつけられている。身動きさえままならず、体じゅうの筋肉が痛かった。特に肩のあたりがひどく、頭の上で手首を縛っているロープだけでもほどいてほしかった。だが、大声で助けを呼んでも、やってくるのは彼女を縛った張本人たちだけだろう。あの連中とまた顔をあわせるぐらいなら、どんなに痛くても我慢したほうがましだ。

寒い。連中は裸の体に毛布一枚かけていってはくれず、さっきから全身がぶるぶると震えている。夜気の冷たさのせいなのか、それともショックゆえなのか、とにかくひどい寒気がする。

ベアリーは肩の痛みや恐怖に負けないように、少しでも気力を奮いおこそうとした。ここがどこかも、どうしたら逃げだせるのかもわからないけれど、チャンスさえ訪れたらすぐに逃げられるよう心の準備をしておかなければ。でも、今夜はもう逃げられないだろう。手足を縛られていては逃げようがない。だけど明日には……ああ、明日にはいったいどうなるのか！

明日にはまたあの連中がここに来るだろう。しかももうひとり、連中が待っていた相手といっしょに。ベアリーは先刻受けた仕打ちを思い出し、そのいまわしい記憶に背筋をぞくっと震わせた。胃が痙攣《けいれん》を起こしたかのように大きく波打つ。胃に何か入っていたら吐いているところだ。だが、誘拐犯は何も食べさせてはくれなかったので、とりあえず吐くものもない。

もうあんな目にあうのはいやだ。なんとかして逃げなくては。

ベアリーは必死に落ち着こうとした。だが身を守るために何ができるか考えようとしても、思考は狂ったりすのようにあちこちとびまわるばかりだ。だいたいこんなふうに裸にむかれて縛りあげられていながら、いったい何ができるというのだろう？

不意に彼女の全身を屈辱が焼きこがした。犯人グループはレイプこそしなかったが、レイプすれすれの方法で彼女を辱め、恐怖に陥れ、暴行を加えたのだ。明日首謀者が来たら、いよいよほんとうにレイプされてしまうだろう。そうなったらわたしは完全に打ちのめされ、戦意喪失して連中の言いなりになってしまうかもしれない。きっと連中の狙《ねら》いもそのあたりにあるのだ。でも、わたしはあいつらの思いどおりにはならない！

町で車の中に無理やり引きずりこまれてからというもの、ショックと恐怖でずっと頭に霧がかかっていたけれど、いまはその霧が少しずつ晴れようと、あるいは怒りに焼き払われて消えようとしていた。その怒りは地の底から噴きだしてすべてを焼きつくす溶岩のように熱く、激烈だった。

自分がこんな目にあうとは昨日まで思ってもいなかった。母と弟が死んだあと、ベアリーはよその子とは比較にならないほど甘やかされ、大事にされてきた。スイスの寄宿学校の同級生には親にあまり会いに来てもらえなかったり、連絡さえもらえない子が多かったが、ベアリーは違った。父親は彼女を溺《でき》愛《あい》し、彼女の身の安全や日常生活をいつも気づかっていた。電話や面会の約束は必ず守ってくれたし、毎週ささやかだが心のこもったプレゼントを郵送してくれた。ベアリーには自分が世間から隔絶されたスイスの女子校に入れられた理由もわかっていたし、父が彼女の身を気づかう気持も理解できた。

父親にはもうベアリーしかいないのだ。

そしてベアリーにももう父親しかいなかった。母と弟がテロ事件に巻きこまれて死んだあと、彼女は何カ月も父親にまといついて離れなかった。父が仕事に出かけるときには身も世もなく泣き叫んだ。やがて、父も突然自分の前からいなくなってしまうのではないかという不安は次第に薄れていったが、父の過保護はそのまま定着してしまった。

現在ベアリーは二十五で、ここ数年は父の干渉が少しうっとうしくなっているが、それでも何事もない平穏な毎日に大きな不満はなかった。大使館での仕事も気に入っており、フルタイムでもっと本腰を入れて働こうかと思うようにさえなっている。父のパートナーとして社交の場に出るうちに、大使の務めや外交上の儀礼についても詳しくなっていた。世界を見渡せば女性の大使はますますふえているし、金持ちだけの閉鎖的な社会とはいえ、ベアリーは家柄からしても性格的にも外交官の仕事にはぴったりだった。物静かで温和なうえに、思慮深くて機転もきく。

だが、こうしてあざだらけの裸体を寝台にくくりつけられ、なすすべもなく横たわっていると、激しい怒りにのみこまれて性格さえ一変してしまいそうだった。あんな連中――名前もわからぬ凶暴な連中――の思惑どおりには死んでもなりたくなかった。殺すなら殺せばいい。死ぬ覚悟はできている。でも、唯々諾々と服従するのだけはごめんだ。

そのとき重いカーテンがかすかに揺らめいた。

ベアリーは思わず窓のほうに目をやったが、それは単なる反射的な反応にすぎなかった。ひえきった体は、もう重いカーテンを揺らすほどの風にも寒さを感じない。

だが、その風は黒くて形があった。

ベアリーははっと息をつめた。

固唾《かたず》をのんで見ていると、その黒いものは影のように音もなく、するりと窓から入ってきた。人間ではありえない。人間なら動けばなんらかの音がするはずだ。あたりがこれだけ森閑としているのだから、カーテンの生地がこすれあう音とか靴が床を踏む音、かすかな息づかいとか着ているもののきぬずれとか、何か聞こえていいはずだ――それが人間であるかぎりは。

黒い影がカーテンをわけて入ってきたあと、カーテンは完全にはもとの位置に戻らず、細い隙間《すきま》ができた。そこから差しこむ一条の光は、月光だか星明かりだか街灯だかわからないが、室内の闇の濃さを多少なりともやわらげてくれた。ベアリーは床の上を静かに移動する黒い影の正体を見きわめようと、一生懸命目をこらした。悲鳴はあげなかった。正体不明といっても、こうして自分に近づいてくるからには助けてもらえる可能性もある。

もしかしたらこれは夢？　だって現実のような気がしないもの。でも、誘拐されてからこの身にふりかかった数々の災厄も何ひとつ現実のような気はしないし、いまのわたしは寒さに震えて眠れずにいる。やっぱりこれは夢ではない。

黒い影はまったく音をたてずに寝台のそばまで来た。大きな体で立ちはだかり、ベアリーの裸身をしげしげと見ているようだ。

それからまた影が動き、黒っぽい顔の皮をまるでバナナの皮でもむくように片手でつるりとはいだ。

皮と思ったものは覆面だった。ベアリーはひどく憔悴《しょうすい》していたので、この悪夢のような光景に対する合理的な説明をすぐには考えつかなかった。目をしばたたいて相手を見つめる。覆面をした男。動物でも幻でもない、生身の男だ。きらめく目の位置や頭の形、そして顔の白っぽさだけは見てとれる。

やっぱり犯人グループのひとりにすぎないのだ。

ベアリーは恐怖にかられはしなかった。もう恐怖を感じる段階はとうに通りこし、ただ怒りだけしかなかった。彼女は無言で待った――相手の攻撃を、そして死を。わたしの武器は歯だけだ。できることなら肉を噛《か》みちぎってやろう。殺される前に可能なかぎりのダメージを与えてやろう。うまくすれば喉笛に噛みついて、道づれにしてやれるかもしれない。

男は時間をかけてベアリーを観察している。ベアリーは両手を拳《こぶし》に握りしめ、心の中で悪態をついた。

やがて男がかがみこみ、ベアリーのほうに顔を近づけてきた。ベアリーはとっさにキスされるのかと思ってぎょっとなり、相手が噛みつけるところまで近づいてきたときのために大きく息を吸いこんだ。

「合衆国海軍のマッケンジーです」ベアリーの耳もとでかろうじて聞こえる程度の低い声がささやいた。

英語だ。それもアメリカなまりの英語。ベアリーはびっくりして、一瞬何を言われたのかわからなかった。海軍。合衆国海軍。いままで誘拐犯と口をきくのを拒み、何時間も黙りこくっていたけれど、このときには小さな声が口からほとばしった。

「しっ。静かに。声をたてないで」男は抑揚のない低い声で言いながら、ベアリーの頭の上のほうに手を伸ばした。と、不意に彼女の腕を引っぱっていた力がゆるみ、そのわずかな衝撃で肩の関節に激痛が走った。ベアリーは思わずもれたうめき声を慌ててのみこんだ。

歯を食いしばって痛みをこらえ、口がきけるようになると小声で言う。「ごめんなさい」

男の手にナイフが握られていることには気づかなかったが、彼が刃先をロープの下に差しいれて素早く切ったとき、手首に金属の冷たさを感じた。ベアリーは自由になった両手をおろそうとした。だが腕は頭の上に伸びきったまま、ぴくりとも動かない。

男はそれを察したように、手をベアリーの肩にかけ、しばらくもみほぐしてからそろそろと二の腕をつかんで下におろした。ベアリーは腕がはずれそうな激痛に、奥歯を噛みしめて耐えた。額には冷たい汗がにじみ、また吐き気がしたけれど、なんとか声をあげずに痛みの波を乗りこえる。

男は彼女の両肩に親指をめりこませてマッサージを始めた。ベアリーはあまりの苦痛に寝台の上で白い裸身をのけぞらせたが、彼は硬直した筋肉や関節に容赦なくマッサージを続ける。ひえきった体には、彼の手や体のぬくもりが火のように熱く感じられた。

肩の痛みはすさまじく、全身が震えて目も頭もかすんでくる。このままでは気を失ってしまいそうだ。

でも、いま気絶するわけにはいかない。いまこそ気をしっかり持たなければ。ベアリーは自分を厳しく叱咤《しった》した。間もなく——といっても彼女にはその短い時間が実際の何倍にも感じられたが——痛みが薄らぎはじめた。力強いマッサージのおかげで激痛が遠のき、みるみる楽になっていく。ベアリーはぐったりと寝台に横たわり、マラソンをしてきた人間のように深く大きく息をついた。

「いい子だ」男は手を引っこめて優しくささやいた。それから再び短刀を手にして、今度は寝台の足もとのほうに背をかがめた。足首にひんやりとした刃が触れ、いましめが解かれた。とたんにベアリーは小さく体をまるめ、遅まきながら裸身を隠そうとした。理性でそうすべきと判断したのでなく、とっさに自衛本能が働いたのだ。男の顔を見られず、身をちぢめてかびくさいマットレスに顔をうずめる。涙がこみあげてきて、まぶたを熱く刺激した。

「怪我《けが》は？」その低い声はむきだしの肌にまるでじかに触れてきたかのようなざらついた感触を与えた。

「立って歩けるかな？」

そう、気を静めなくては。まだここから脱出しなくてはならないのだ。いまヒステリーを起こしたらすべてが台なしになってしまう。ベアリーは二度深呼吸して、さっき痛みをこらえたようになんとか感情を抑えこんだ。目からは涙があふれだしていたが、勇気を奮ってまるめていた体を伸ばし、両足を寝台から床におろした。震えながら無理にも彼と目をあわせる。

「ええ、大丈夫」とベアリーは答えた。弱々しい声しか出なかったが、いまはどのみち声をひそめていなければならないのだ。

彼はベアリーの前にしゃがみこみ、いろいろな道具をとめたりしまったりしてあるベストを静かに脱いだ。室内が暗いのでそれらの道具がなんなのかはわからないが、彼が床に置いたものが自動小銃の形をしていることはわかった。それから彼がシャツまで脱ぎはじめると、ベアリーは突然激しい恐怖にとらわれた。まさか、この男——。

彼は脱いだシャツをそっとベアリーの肩にかけ、まるで子どもにするように腕を袖《そで》に通させた。指が直接胸に触れないよう、布地を肌から離してボタンをかける。シャツにはまだ彼のぬくもりが残っており、ベアリーはあたたかな毛布にくるまれたような気がした。急に安心感に包まれ、裸にされたときと同じぐらい気持が萎《な》えていく。彼女はためらいがちに片手を差しだした。感謝と謝罪の意をこめて。涙が頬に筋を残しながら、ゆっくりとしたたり落ちていく。誘拐犯の男たちにさんざんいたぶられたあとだから、彼の思いがけない優しさには緊張の糸がぷつんと切れてしまいそうだった。一瞬この男からも同じ仕打ちを受けるかと思ったのに、こんな優しい気づかいを示してくれるなんて……。

一秒、二秒と過ぎてから、彼は手袋をはめた手でそっと握手に応じた。

その手はベアリーの手よりずっと大きかった。冷たい指をあたたかな手に握られながら、ベアリーは彼が自分自身の力をわきまえて加減してくれているのを感じとった。

彼が手を離すと、ベアリーは闇をすかして彼の顔だちや格好を見きわめようとした。だが涙で曇っているせいもあり、その姿はぼうっとかすんでよく見えない。それでも黒のTシャツを着ていて、いまその上に脱いだときと同様音をたてずにベストを着こんでいるのがわかった。彼は腕時計のカバーをあけ、光る文字盤に目をやってささやいた。「きっかり二分半たったら脱出する。そのときにはぼくの指示に従うように」

ベアリーはうなずいて立ちあがった。がくがくする膝に力を入れ、顔にかかった髪を払いのける。「わかったわ」

ところが戸口へと二歩進んだところで、下のほうから闇をつんざく短い銃声が聞こえた。

彼はくるりと向きを変え、電光石火の素早さでさっとベアリーから離れた。次の瞬間ドアが開いた。まばゆい光がベアリーの目を射て、戸口に不吉な人影がぬっと現れた。見張りだ——当然ながらドアの外には見張りがいたのだ。だが、その見張りに彼が躍りかかり、うっというめき声が聞こえたかと思うと見張りの男は彼の腕の中に倒れこんだ。彼は例によって音をたてずに見張りを室内に引きずりこみ、床にころがした。それから見張りの体をまたいでベアリーの手首をつかみ、部屋の外にと引っぱった。

廊下は狭くて散らかっていた。あんなにまぶしかった明かりも、よく見たら裸電球がひとつきりだった。階下と外の通りでまた銃声が響きわたった。左のほうからばたばたと足音が近づいてくる。右手にはしまったドアがひとつと、その先に真っ暗な階段が見えた。

彼は自分たちがいた部屋のドアをしめ、ベアリーの体を小麦粉の袋か何かのように肩にかつぎあげた。それから隣の部屋まで足早に移動すると、暗い室内に入りこんだ。ドアがしまると同時に廊下でどなり声がして、ベアリーは黒いスラックスに包まれた彼の脚に思わず顔を押しつけた。

彼はベアリーを床に立たせて自分の後ろに押しやり、ホルスターから拳銃《けんじゅう》を抜いた。ドアに張りついて身じろぎもせず、木の板一枚へだてた向こう側の騒ぎに耳を澄ます。声はベアリーを誘拐した三人組のものだ。彼女には理解できない言葉で何やらどなりあっている。見張りの死体を見つけ、ベアリーがいなくなっていることを知ると、彼らの口調はいっそう荒っぽくなった。腹立ちまぎれに向こうから壁を蹴《け》りつける音がする。

「こちら一号。Bに移れ」

抑揚のない低いささやき声にベアリーはぎょっとした。意味がわからず、困惑したように彼を見つめる。疲労で頭がぼんやりして、無線機に話しかけているのだと気づくまでにはちょっと間があった。むろん彼には仲間がいるのだ。チームを組んで救出に来てくれたのだ。このビルから抜けだしさえすれば、どこかでヘリコプターなりトラックなり船なりが待っているのだろう。いや、自転車でも構わない。必要とあらば裸足《はだし》のまま歩いて逃げることもいとわない。

でも、その前にこのビルから出なくては。当初の予定では犯人グループに気づかれないよう窓から脱出するつもりだったのだろうが、何か手違いがあって彼の仲間が見つかってしまったのだ。これでわたしたちはこの部屋にかんづめになり、ほかの仲間とは合流できなくなってしまった。

長時間恐怖と苦痛と空腹に耐えてきた反動が、いまベアリーの体を揺さぶりはじめた。脚から胴へと小刻みな震えが広がってきて、ついには体じゅうがどうしようもなくわななきだす。

彼に寄りかかりたいが、彼の動きを妨げるはめになるのが心配だ。わたしの命は――それに彼の命も――彼の腕ひとつにかかっているのだ。何も協力はできないけれど、せめて邪魔だけはするまい。それでもどうしても寄りかかるものがほしくて、ベアリーは壁を伝ってそっと奥に移動しようとした。音をたてないよう注意したつもりだが、気配を察した彼がちらとふりむいて片手で彼女をつかまえた。何も言わず、自分の背後に引きよせる。すぐに場所を移動しなければならなくなったときのために、ベアリーを手の届くところに置いておきたいのだ。

彼がすぐそばにいると、ベアリーは不思議に安心できた。誘拐犯の連中に恐怖と屈辱をいやというほど味わわされ、寒くて暗い部屋に裸で監禁されたときには、もう二度と男性を信じることができなくなってしまうのではないかと思った。でも、少なくともこの男性は信じられる。

ベアリーはありがたく彼の背に頭をもたせかけた。ちょっとのあいだでもそうやって体を休めたかった。ごわごわしたベストの生地を通して彼のぬくもりが伝わってくる。彼は匂《にお》いさえあたたかかった。すがすがしい汗と官能的な男の匂いがまじりあって緊張感にあたためられ、最高級のウィスキーのような芳香を立ちのぼらせている。マッケンジー。彼はさっきそう名乗った。

ああ神さま、彼はこんなにあたたかいのに、わたしはまだ寒い。裸足で踏んでいる石の床からしんしんと冷気が這《は》いあがってくる。彼が着せてくれたシャツは大きくて膝にかかるほど長いが、その下は真っ裸なのだ。全身がとめようもなくがたがたと震えている。

それでもがらんとした暗い部屋にじっとたたずみ、怒号や遠くの銃声がやむのを長いこと待ちつづけているうちに、ベアリーは彼の背に頭を押しつけたまま軽いまどろみに誘われた。彼は堅固な岩のようにどっしりとして、微動だにしない。その根気と体力はベアリーの想像をはるかに超えていた。同じ姿勢で立ちつくしているのはつらいだろうに、身じろぎしようとする気配すらない。ただゆっくりとした規則正しい呼吸のリズムが伝わってくるだけだ。こうして寄りかかっていると、その心地よいリズムは、まるでいかだに乗って穏やかな水面を漂っているようにゆったりと優しく……。

はっと目を覚ますと、彼が手だけ伸ばしてベアリーの体を軽く揺さぶっていた。「連中はぼくたちがうまく脱出したと思っている。いまこの部屋のようすをチェックするから、音をたてないようにじっとしてて」とマッケンジーはささやいた。

彼のあたたかな体から身を引きはがすのは泣きたいほどつらかったけれど、ベアリーは素直に体を引いた。彼はフラッシュライトをつけたが、室内に伸びた光線はやけに細かった。レンズの大部分が黒いテープでおおわれているのだ。彼がその光を室内にめぐらすと、壁際に古い箱がいくつか積みあげられている以外何もないことがわかった。部屋の四隅には蜘蛛《くも》の巣が張っており、床には厚くほこりが積もっている。奥にはひとつだけ窓があったが、マッケンジーは外に光がもれないようその周辺には光線を近づけなかった。どうやらこの部屋は長いあいだ使われていなかったようだ。

彼はつと身をかがめ、ベアリーの耳に口を近づけた。あたたかな息がひとつひとつの言葉とともに彼女の全身に送りこまれる。「ぼくの部下がぼくたちはまんまと脱出したように見せかけていったが、明日の晩まではもう連絡がとれないだろう。それまでもっと安全なところに隠れていなければならない。このビルの内部のようすはわかっているかい?」

ベアリーはかぶりをふってから爪先立ちになって、彼の耳もとにささやきかえした。「さっきの部屋に入れられるまで、ずっと目隠しされていたの」

彼は小さくうなずいて体を起こした。その分ちょっと体が離れただけで、ベアリーはまた見捨てられたような心細い気持になった。いまは少しでも彼にくっついていたかった。体を寄りそわせ、彼のぬくもりにひたって、ひとりぼっちではないのだと安心したかった。あのおぞましい犯人グループからかばってくれるたくましい力を、この身に直接感じたかった。

でも、たとえいまだけのことにしても、自分がこんなに他人を頼ってしまうなんて非常に不本意だ。母と弟が死んだあと、父にまつわりついて離れなかったころの自分がいやでも思い出される。当時はまだ子どもだったから、父親とのべったりした関係もそれなりに居心地がよかったけれど、ときには息がつまることもあって、いまではさりげなく距離をおくようになっていたのだ。それが誘拐なんかされたせいで、また頼れるものにしゃにむにしがみつきたくなっている。これからも何か起こるたびにすぐに他人を頼ってしまうのだろうか？　いや、そんな弱虫にはなりたくない。今回の悪夢のような経験で、どれほど安全で頼もしく見えるものにも必ず弱点があることを思い知らされた。だから他人を頼るよりも、自分で身を守る力を養うべきなのだ。いままで眠っていた自分自身の力を。これからのわたしはもっと変わらなければならない。

たぶんすでに変わりはじめているのだろう。裸で寝台に縛りつけられて横たわっていたときにベアリーの心を焼いた怒りの炎は、いまもくすぶりつづけている。胸の奥で高熱を発する小さな熾《おき》は、極度の疲労にも立ち消えになることはなかった。この怒りゆえに、彼女は心細さをはねのけ、マッケンジーの足手まといには決してなるまいと気を引きしめた。膝に力を入れ、肩をそびやかしてささやきかける。

「これからどうするの？　わたしは何をしたらいいかしら？」

この部屋の窓にはカーテンがかかっていないので、ふりかえったマッケンジーの顔が少しは見えた。半分は陰になっているが、高い頬骨や力強い顎の線、古代ギリシアの彫像のようにくっきりとした口もとがかすかな光の中にうかびあがっている。

「ぼくはちょっと外のようすを見てくる」と彼はささやきかえした。「ひとりで待っていられるかな？」

その言葉にベアリーは激しく動揺した。とっさにいやだと叫びそうになったのをかろうじてこらえる。へたに口を開いたら金切り声をあげてしまいそうなので、歯を食いしばってこっくりとうなずいた。

彼はほんとうにベアリーをひとりにして大丈夫かどうか決めかねるように、ちょっと躊躇《ちゅうちょ》した。それでも短くうなずきかえしたのは彼女の決意のほどを認めたのか、少なくとも認めるふりをしてくれたのだろう。「三十分で戻る」彼はささやいた。

そしてベストのポケットから何かとりだして広げた。それは薄い毛布のようなものだった。彼は立ちつくしているベアリーの体をその毛布でくるみこんだ。毛布はその薄さにもかかわらず、すぐにベアリーの体熱を反射しはじめた。彼が毛布の端を離すと、ベアリーは熱が逃げないよう慌ててそれをつかんだ。

そして体にしっかりと巻きおえたときには、彼は音もなくドアの外にすべりでていた。ドアがしまり、ベアリーはまた闇の中でひとりぼっちになった。

体じゅうの神経がこの状況に抗議して悲鳴をあげたが、ベアリーはそれを無視して部屋の外の物音に意識を集中しようとした。外はいったいどうなっているのか、何か手がかりがほしかった。表の通りからは先刻の発砲騒ぎに驚いた住人たちのざわめきがまだ聞こえていたが、それも次第におさまりつつあった。ビルの中はひたすら静まりかえっている。誘拐犯たちはわたしが逃げたと思いこんで、追っていったのだろうか？　マッケンジーの仲間といっしょなのだと思って？

そのとき体がふらついて、ベアリーはなにも立っている必要はないのだと思いいたった。床に座って毛布にくるまっているほうがよりあたたかいだろう。裸足で冷たい床に立っていたために、足は感覚を失いかけている。彼女は音をたてないようにそろそろとしゃがみこみ、全身を包みこめるよう毛布を巻きなおした。なんという素材なのか知らないが、毛布は石の床の冷たさをも遮断してくれた。

膝をかかえ、その上に頭をもたせかけると、十数時間ぶりに少しは気がゆるみ、まぶたがいやおうなくさがってきた。暗くきたないがらんとした部屋でひとり座ったまま、ベアリーはいつの間にか眠りに落ちていった。

3

ゼイン・マッケンジーは拳銃《けんじゅう》を片手に、石の破片や瓦礫《がれき》の山をよけながら老朽化したビルの中を静かに移動していった。ここは最上階だから、屋根にのぼるのでないかぎり下に進むしかない。出口の位置はすでに確認してあるが、悪人どもがどこにいるのかはわからなかった。このビルは一時的な隠れ家として選ばれただけで、人質が逃げたからにはもう用ずみになったのだろうか？　それともやつらはここを根城にしているのだろうか？　だとしたら、いまやつらのうちの何人が、ビル内のどこに残っているのだろう？　ミス・ラブジョイを動かす前に、それを確かめなくては。夜明けまであと一時間ほど。それまでに彼女を安全な場所に移すのだ。

廊下の曲がり角まで来るとゼインは立ちどまり、壁にぴったりと背中をつけて角から向こうをうかがった。誰もいない。足音を忍ばせ、また先に進む。ドアがあけっぱなしになっているいくつかの部屋を同じように注意深くチェックしながら。

頭部は例の黒い帽子ですっぽりおおい、腕には土をなすりつけてきたから、肌の白さも多少は人目につきにくくなっている。シャツをミス・ラブジョイに貸してしまったせいで腕がむきだしになっているけれど、よく日焼けしたこの腕のほうが彼女の裸身よりは目立たないだろう。彼女が監禁されていた暗い部屋の中でも、透きとおるような白い裸身ははっきりと見わけがついた。だが彼女の服は見あたらなかったので、やむを得ず自分のシャツを着せたのだ。彼女はぶるぶる震えていた。今夜はあたたかいから、震えていたのはショックのせいだろう。全裸のまま連れだそうとしたらヒステリーを起こしかねなかった。いざとなったら気絶させるつもりでいたけれど、彼女はよくがんばっている。ゼインが侵入していっても、声ひとつたてなかった。それでも彼女の神経がぎりぎりまで張りつめて、すぐにも切れそうになっているのはよくわかった。

それも無理はない。おそらく誘拐犯たちにレイプされたのだろう。無事にこの危機を乗りきったあかつきには寝こんでしまうかもしれないが、いまはなんとか持ちこたえている。そのけなげな姿には胸をしめつけられ、何があっても守ってやらなくてはという思いがいっそう強くなる。まず第一に考えるべきは彼女をリビアから脱出させることであって、犯人グループに復讐《ふくしゅう》することではないけれど、もしもやつらが邪魔だてしたら、そのときはそのときだ。

いま、ゼインの前には下り階段が黒い口をあけていた。この暗さにはほっとする。見張りがいない証くでとびかっている罵声《ばせい》が。ゼインもアラビア語はしゃべれるが、距離が遠すぎて何を言っているのかはわからない。だが、わからなくてもいいのだ。知りたかったのはやつらのいる場所なのだから。すぐにもミス・ラブジョイのかたきをとってやりたいが、その衝動はぐっとこらえる。彼の使命は彼女を助けだすことであって、これ以上危険な目にあわせることではない。

階段はビルの東端と西端にある。犯人たちが一階の東よりにいることがわかったので、ゼインは西端の階段に向かった。廊下にも見張りはいなかった。もう外に逃げたのだと思いこんで引きあげたのだろう。

ゼインの経験からして、任務の遂行が百パーセント予定どおりに進められることはめったにない。すべてが時計じかけのように完璧《かんぺき》に運んだ経験など、これまで数えるほどしかなかった。機器の故障や天

候に恵まれなかったり、そして人間の愚かさ。闇《やみ》はこちらの姿を隠してくれる。人間は太古のむかし洞穴に住んでいたころの原始的な本能をいまも引きずっているものだ。眠っているのでないかぎり、敵の接近をすぐに感知できるよう周囲を明るくしておきたがる。闇が捕虜の意気をくじくための責め具に使われるのは、暗いとおのれの無力さを痛感させられ、精神的にまいってしまうからだ。だが、シール隊員のゼインには闇を逆手にとることが可能だった。階段の角が崩れかかっているかもしれないので、壁に張りついたまま慎重におりていく。犯人グループがこのビルを使っているからには階段も安全なのだろうが、危険をおかすつもりはなかった。階段にものを置いて、自分の逃げ道を自分でふさいでしまう愚かな人間もいる。

下方の闇がわずかに薄らぎ、一階が近いことがわかった。ゼインはそこまで行かない暗闇の中で足をとめ、耳を澄ました。聞こえる。探していた声、遠

候の急変など、不測の事態に備えることはできても、人間の動きに関する予想は非常に難しい。今回も犯人グループがどうして自分たちに気づいたのかわからなかった。だが、なんらかの不都合が生じたときのため、ゼインはかわりの作戦を考えてあった。そして現に不都合が生じたのだ。それがどんな不都合だったのかはまだわからないが。さっき作戦変更を告げて退却の指示を出したときから、部下との無線連絡は断っている。

たぶん宵っぱりの住民が闇の中にひそんでいた部下の誰かに蹴《け》つまずいてしまったとか、その種の不運なミスだったのだろう。よくあることだ。彼が万一を考えてB作戦を立てたのは、このビルに接近するときに奇妙な胸騒ぎを覚えたからだ。ゼインは自分の勘を信じている。隊員たちも彼を信じ、彼がこのビルに忍びいる前から気持のうえではB作戦に切りかえていたのかもしれない。

結局ゼインはミス・ラブジョイのことを考えて安全策をとったのだ。彼ひとりで侵入したのも慎重を期してのことだ。先陣を切って偵察してきたスプーキーによると、一階にはところどころに見張りが立っているとのことだった。だが、ミス・ラブジョイがとじこめられているという四階には明かりのともっている窓はなかったから、彼女のそばに見張りはついていないと思われた。見張りだって暗闇の中に座っているのはいやだろう。

犯人グループはうかつにもどの部屋にミス・ラブジョイを監禁しているのか、はっきりわかるようにしてあった。カーテンのかかっている窓はひとつしかなかったのだ。その窓までよじのぼったゼインは、中の明かりがさえぎられないよう巧みにカーテンをわけたが、中は真っ暗だった。そして案の定ミス・ラブジョイがその闇の中にいた。

いま犯人グループは見張るべき対象がいなくなっ

たと思いこみ、全員一箇所に集まっているようだ。

ゼインは廊下を忍び足で通りぬけ、反対側の階段にたどりつくと静かにのぼりはじめた。リビア脱出のチャンスが再びめぐってくるまでの隠れ場所については、スプーキーが目星をつけておいてくれた。ゼインはそこにミス・ラブジョイを連れていけばいいのだ。ただし人目につかないよう、夜明けまでに移動を完了しなくてはならない。半裸で赤毛の西洋人女性はこのイスラム教国では目立ちすぎるからだ。ゼイン自身もかなり人目を引くはずだ。髪は黒く、肌は日焼けしているけれど、顔に黒く迷彩を施して肩からライフルをつった男が人目を引かないはずはない。

ベアリー・ラブジョイが待つ部屋に着くと、ゼインは出ていったときと同じように音もなく入りこんだ。室内はからっぽだった。ぎょっとして身をかたくしたとき、床の上に小さく盛りあがっている影に気づいた。ミス・ラブジョイがまるくなっているのだ。薄いサバイバル毛布にくるまって身じろぎもしない。耳を澄ますとかすかな息づかいが聞こえ、眠っているのがわかった。ゼインの胸がまたきゅっとしめつけられた。彼女は恐怖と緊張で心身ともに疲れきっていながら、ずっと眠れなかったのだろう。だからシャツと毛布とつかの間の平安を与えられただけで、気がゆるんで眠りこんでしまったのだ。できるものならこのまま寝かせておいてやりたいが、いまは早くここから移動しなければならない。

ゼインは彼女の背中をそっとさすった。急に揺り起こしたら驚くだろうから、少しずつ気がつくのを待つつもりだった。しばらくすると彼女がわずかに身動きした。彼女は目を覚ました瞬間うろたえ、それでもすぐに落ち着こうとした。

「これからもっと安全なところに移動する」ゼインは彼女の背中から即座に手を引っこめてささやきか

けた。犯人グループにひどい目にあわされたあとでは、必要以上に男の手に触れられるのは苦痛以外の何ものでもないだろう。ほんとうなら彼女を抱きしめ、もう何も心配することはない、きみを傷つけた連中にはぼくが復讐してやる、と慰めてやりたかった。だが、いま彼女の気持をくじくようなことはできないし、どっちみち慰めている時間はなかった。

彼女は毛布を両手で体に押しつけたまま、よろよろと立ちあがった。ゼインが毛布をとろうとすると、反射的に強く握りしめ、それからしぶしぶ力を抜く。彼女が毛布を手放したがらない気持は痛いほど理解できた。こんな薄っぺらな布でも、寒さと恥ずかしさをしのいでくれるのだ。

「こういうふうに巻きつけるといい」ゼインはそうささやきながら、彼女のウエストに毛布を巻き、左の腰骨の上で両端をきつく結んだ。それからいざというときにもちゃんと走れるかどうか、裾《すそ》まわりをチェックした。

そうして立ちあがると、ベアリー・ラブジョイが彼の腕にそっと手を触れ、ごく短い接触でも耐えがたいかのように、すぐにその手を引っこめた。「ありがとう」小声でささやく。

「ぼくの仕草をよく見て、そのとおりにするんだよ」ゼインはそう言って基本的な四つの手信号を教えた。拳《こぶし》をあげたら〝とまれ〟で、その手を開いたら〝そのまま〟それに〝進め〟と〝隠れろ〟の四つだ。いまの彼女にはその四つを覚えるだけで精いっぱいだろう。それにどうせそれ以上は必要あるまい。それ以外の指示を与えなければならないとしたら、そのときにはもう進退きわまっているはずだ。

ベアリー・ラブジョイは彼のあとからそっと部屋を出て西側の階段に向かったが、真っ暗な階段を前にするとちょっとたじろいだようだった。ゼインは先に立ち、壁に背中をつけて足先で階段の角を探りながらおりてみせた。途中ベアリーがよろけてはっと息をのむ気配がすると、彼はすかさず彼女を抱きとめた。右手には拳銃を握っているが、左腕が彼の二段上でよろめいた彼女の腰にさっと巻きつく。その腰はほっそりとしていながら豊かな弾力を備え、かすかに甘い匂《にお》いを漂わせていた。

彼女は転落を免れ、足を宙にうかせながら、無言のまま彼の肩にしがみついてバランスをとった。ゼインがそっと彼女を立たせると、彼女はすぐにしゃんとして暗闇の中でささやいた。「ごめんなさい」

ゼインはますます感心した。彼女はあやうくころげ落ちそうになっても、またぼくにあんなふうに抱きとめられても、声さえたてなかった。懸命に平静を保ち、ひたすら当面の目的――無事に脱出すること――に神経を集中している。

一度足を踏みはずしてから彼女の動きはいっそう慎重になり、ゼインとの距離がかなり開いてきた。

ゼインは二階まで来ると足をとめ、漆黒の闇の中で彼女が衝突してこないよう「ここだ」と低く声をかけた。

そしてようやく最後の数段をおり、ほの明るい廊下に出た。あたりには誰もいない。彼が片手をふって合図すると、ベアリー・ラブジョイもすっと彼の後ろについた。

通りに面する位置には大きな両開きの木の扉があるが、夜明けが近づいて外で物音がしはじめているので、そこから出るのは危険すぎた。そのとき左のほうからアラビア語で何事かどなる声がして、ベアリーがびくっとした。ゼインは彼女がその声に動転してパニックに陥る前に、物置ふうの散らかった部屋にすかさず引っぱりこんだ。その部屋には壁の高いところにひとつだけ窓があった。

「あの窓から出よう。地面まで一メートルちょっとだ。たいした高さじゃない。ぼくが踏み台になるから、向こう側におりたらこのビルの陰まで走って、できるだけ目立たないよう身をちぢめているんだ。いいね？」

ベアリーはうなずき、彼のあとから散乱するダンボール箱をよけて窓の下まで行った。ゼインは窓枠に手をかけ、懸垂の要領でよじのぼると、片膝を窓枠に、もう片ほうの足はぐらぐらする箱の山にのせてバランスをとりながら、窓をあけにかかった。長いあいだ放置されていたらしく、ガラスはほこりで曇り、ちょうつがいはさびついていて、あけるときにはきしるような音がしたが、その程度の音が犯人グループの集まっている部屋にまで届くはずはなかった。窓があくと、かびくさい部屋に新鮮な空気が流れこんできた。ゼインは猫のように床にとびおり、ベアリーに向きなおった。

「ぼくの手を踏み台にしてもいいし、肩にのってもいい。どっちがいいかい？」

窓があいたおかげで、室内はさっきより明るくなっていた。ベアリーが疑わしげな顔で窓を眺めているのを見て、ゼインは初めてその整った顔だちに気がついた。スタイルがいいことはもうわかっていたけれど、顔も非常に美しい。

「あなたの体があの窓を通りぬけられるかしら？」

ゼインの質問には答えず、ベアリーは彼のがっしりした肩と狭い窓を見比べてそうささやいた。

ゼインはすでに目測で見当をつけてあった。「ちょっと窮屈だろうが、もっと窮屈なところを通りぬけたこともある」

ベアリーは黒い覆面でおおわれた顔を見つめかえし、やがて大きくうなずいた。その表情は心の準備ができたことを告げていた。腰に毛布を巻きつけた格好で窓から抜けだすことの難しさをはかっていたのが、いまついに覚悟を決めたのだ。彼女は毅然《きぜん》とした態度で腰から毛布をとり、スカーフのように首に巻きつけた。

「肩にのったほうがよさそうだわ。そのほうがうまくいきそう」

ゼインは床にひざまずき、両手を彼女がつかめるよう上に伸ばした。彼女は彼の背後にまわり、まず右足を、ついで左足を肩にのせて中腰の姿勢をとった。彼はすぐに両手で彼女の手を握り、ゆっくりと立ちあがった。訓練で使うダミーに比べたら、彼女の体は頼りないほど軽かった。

彼が壁ぎわに寄ると、ベアリーは握りあっていた右手を離して窓枠につかまり「行くわ」とささやきざま、あいた窓から身を乗りだした。

頭のほうから抜けだすのはてっとり早いけれど、どうしても反対側にころげ落ちる格好になってしまう。ゼインが顔をあげると、輝くように白い脚やまるいヒップが見え、次の瞬間には視界から消えてどさっと音がした。

ゼインは急いで窓枠をつかみ、懸垂した。「大丈夫かい？」声をひそめて尋ねる。

一瞬の間をおいて、震えを帯びたささやき声が返ってきた。「と思うわ」

「ライフルを受けとってくれ」ゼインはライフルを彼女に差しだし、床におりたつと急いでベストを脱いで、それも窓の外にほうった。

そして彼自身は足から外に出し、肩を細い隙間《すきま》にねじこむようにしてくぐり抜け、いい形ですとんと着地した。ベアリー・ラブジョイは前もって言われたとおり、ビルの横手に行ってしゃがみこんでいた。再び毛布を腰に巻き、ライフルを両手で抱きしめている。

空は早くもうっすらとしらみはじめ、闇にかわって日の出前の薄明かりが忍びよろうとしていた。

「急いで」ゼインはそう言いながらベストに腕を通し、ライフルを受けとった。そのライフルを所定の位置におさめ、再び拳銃を手にする。手になじんだ銃の重みはなんともいえない安心感を与えてくれた。その銃を右手に、左手ではベアリーの手を握り、彼は一番近い路地に走りこんだ。

ベンガジは西洋化の進んだ近代的な街で、リビアきっての港町でもある。彼らのいるところは桟橋に近く、潮の匂いが鼻腔《びこう》を刺激した。波止場近辺はどこもたいていそうだが、そこもベンガジの中では荒れた地区だった。ゼインが判断したかぎりでは、ゆうべの発砲騒ぎで官憲が捜査に乗りだした気配はない。たぶん通報すらされていないのだろう。リビアと合衆国とのあいだには外交関係はないし、政府は友好的とはいえない。アメリカの大使令嬢の誘拐にリビア政府が素知らぬふりをする可能性もあった。だから外交ルートを通すことを検討するよりも、独自にミス・ラブジョイを見つけだして国外に連れだす方法がとられたのだ。

桟橋のそばには打ちすてられたビルや廃屋がたくさんあった。ゼイン以外のメンバーは、もし犯人たちが追ってきてもゼインやミス・ラブジョイはつかまらずにすむように、彼らが隠れる予定の建物とは違うビルに撤退し、明日の午前一時に彼らと合流することになっている。

ゼインとベアリーの隠れ場所を選んだのはスプーキーだから、その建物はかなり安全なはずだった。いま二人はごちゃごちゃと入り組んだ路地をゆっくり進んでいた。一度ベアリーが押し殺したようなうめき声をもらしたのは何か不快なものを踏んでしまったからのようだが、その一度を除けば彼女は黙々と歩きつづけていた。

目的の建物までは数分しかかからなかった。いたみが激しくて崩れかけているが、スプーキーの報告によれば中にいる分には大丈夫だということだ。外壁は一部が崩れおちて瓦礫の山をなしている。ゼインはベアリーに手を貸しながら奥に進み、落ちかかった梁《はり》の下をくぐった。蜘蛛《くも》の巣はこわさないようよけて通る。蜘蛛の巣が目に見えるほど明るくなっているからには、一刻も早く身を隠さなければならなかった。

中の部屋に入るドアはちょうつがいのひとつがはずれて斜めにかしぎ、上のほうは木が腐りかかっていた。ゼインは彼女を安全な壁の中に引っぱりこんでささやいた。「ここでしばらくじっとしてて。足跡を消してくるから」

そしていったん崩れかけた外壁のところまで引きかえし、自分たちが入りこんだ痕跡《こんせき》を消すために砂礫を蹴散らしながら再び奥に戻りはじめた。床といっても石ころだらけだが、そこに黒っぽく濡《ぬ》れたあとを見つけたときには思わず渋い顔になった。そのしみの正体は明らかだった。まったく彼女はどうして黙っていたんだろう？　この隠れ家まで点々と血痕を残してきたのだろうか？

ゼインは丹念にそのしみを隠した。彼女ばかりが悪いのではない。裸足《はだし》だということにもっと配慮してやるべきだったのだ。なのに彼女の体のほかの部分にばかり気をとられていた。彼女の裸身を意識しすぎていたのだ。その証拠に下半身がひどく熱い。なんとか意識すまいとしていたつもりだが、まだまだだったようだ。

部屋まで戻ってくると、ゼインは傾いたドアを両手に持ち、枠にきちんとはめこんだ。そしてようやくベアリー・ラブジョイに向きなおった。「足を怪我《けが》したこと、なぜ黙っていたんだい？　いったいいつ切ったんだ？」低い声で淡々と尋ねる。

ベアリーはまだ彼が出ていったときと同じ場所に青い顔で立っていた。窓の鎧戸《よろいど》から入る薄明かりの中で疲労のにじんだ目ばかりが大きく見える。まるでみすぼらしい小さなふくろうみたいだ。困惑したように眉間《みけん》にしわをよせ、自分の足もとに目を落とす。「切れていたとは気づかなかったわ。きっとさっき路地で……何かを踏んでしまったときに切ったんだわ。ちくっと痛んだんだけど、あの……その下に石でもあったんだろうと思ったの」

そういえば彼女は途中うめき声をもらしたっけ。あそこまで来てから切ったのなら、この場所が見つかる恐れはないだろう。ゼインは無線の周波数を調節し、前もって打ちあわせしておいたとおり、かちっと一回合図を送った。無事隠れ家に着いたという合図だ。折り返し、かちっ、かちっと二回合図が返ってきた。部下の面々も何事もなく潜伏場所に落ち着いたらしい。これから明日の午前一時までは、一定の間隔で無事を確認しあう以外、それぞれ体を休めることになっている。ゼインはほっとして、ほかの問題に意識を向けた。

「座って足を見せてごらん」ベアリー・ラブジョイがこれから足を引きずって逃げなければならないとしたら厄介だ。もっともこれまで彼女は愚痴ひとつこぼさずについてきたけれども。

ほかに腰をおろすところもなかったので、ベアリーは腰に巻きつけた毛布がはだけないよう注意しながら石ころだらけの床に座りこんだ。彼女の足はゼインのブーツと同様汚物にまみれていた。左足の甲が切れて、じくじくと血をにじませている。

ゼインは黒い覆面とヘッドセットをとり、ベストを脱ぎ、手袋もとった。それから必要最少限の救急道具が入った小さなバッグをとりだし、ベアリーの前であぐらをかくと腿の上に彼女の足をのせた。ついで小袋を破って消毒薬をしみこませた綿をつまみだし、傷口を丁寧に消毒する。ベアリーは身をすくめつつも、必死に痛みをこらえた。

傷は二、三針縫う必要がありそうだった。ゼインは新しい綿で血がとまるまで強く傷口を押さえた。

「最後に破傷風の予防接種を受けたのはいつだい?」

ベアリーはいまだかつてこれほど穏やかな声音を聞いたことはなかったように思った。いまでは彼の姿形もはっきり見える。いままでよく見えなかったのはかえって幸いだったのだろう。彼の容姿にはそれほど強い衝撃を受けた。咳《せき》ばらいしてなんとか答える。「覚えてないわ。もう何年も前よ」だが、彼女の心はその話題とは遠く離れたところにあった。

彼の豊かな黒い髪は汗でもつれ、顔は黒とグリーンの迷彩用クリームが流れて縞《しま》になっていた。黒のTシャツはベアリーが借りているシャツと同様汗とほこりで汚れているが、黒い生地が広い肩やたくましい胸、ひらたい腹部に張りついて、力強い筋肉をうきあがらせている。腕の筋肉もよく発達し、手首はベアリーの二倍ほども太い。手は指が長くて形がいいが、見るからに武骨でかたそうだ。それでいて傷の手当てをする手つきは限りなく優しい。

その作業をするために彼はいまうつむいている。黒く濃いまつげ、くっきりとした眉、細く高い鼻梁《びりょう》、そいだような頬、口はめったに笑うことがないかのようにきりりと結ばれている。そのとき彼が目をあげ、消毒薬のしみ具合をおしはかろうとするように冷静なまなざしでベアリーを見た。その瞬間ベアリーはその澄みきったブルーグレーの目の美しさにはっとした。彼はあの見張り役の男を音もたてずに鮮やかな手際で絶命させ、しかも無造作にその死体をまたいだ。腿には二十センチもある短刀をくくりつけ、それだけでなく拳銃とライフルの両方をいとも楽々と操っている。こうした凶器に通常では考えられないほど慣れているのだ。こんなに冷酷非情で危険な感じの男——あるいは生きもの——は見たことがない。だが、ベアリーは彼といると心の底から安心できた。彼がシャツを着せてくれたり優しく接してくれているおかげで、恐怖はなだめられ、ショックもかなり癒《いや》されている。

一糸まとわぬ姿を見られてしまった恥ずかしさは、犯人グループと同じビルの中で立ち往生していたときには忘れていられた。だが、こうして比較的安全なこの建物で二人きりになってみると、彼の男っぽい肉体や自分のシャツの下の裸身がいやでも意識され、体じゅうがやけに敏感になっているようだ。胸のいただきをかすっているシャツの生地の感触さえ、痛いほど強烈な刺激になっている。

彼の大きな手の中では自分の足がいかにも華奢《きやしや》に見えた。彼は眉間にしわをよせ、抗生物質の軟膏《なんこう》を塗って絆創膏《ばんそうこう》を張る作業に集中している。その手際もまた鮮やかで、手当てはまたたく間に終わった。

彼はベアリーの足をそっと床におろした。「これで、歩く分には何も支障はないはずだ。だが、船に乗りこんだらすぐに医者のところに行って、縫ってもらったほうがいい。それに破傷風の注射もね」

「イエス、サー」ベアリーは低い声で答えた。

彼は顔をあげ、かすかにほほえんだ。「ぼくは海軍だよ。それを言うならアイアイ、サーだ」

ベアリーは彼の淡い笑顔を見て息がとまりそうになった。もし彼がほんとうににっこりしたら心臓もとまってしまうかもしれない、と思った。その思いを押し隠し、彼女は片手を差しだした。「ベアリー・ラブジョイよ。お知りあいになれて光栄です」

彼はまじめくさってベアリーの手を握りかえした。「合衆国海軍シール部隊のゼイン・マッケンジー少佐。どうぞよろしく」

シール部隊。ベアリーの心臓がとびはねた。それならすべて説明がつく。シールは戦闘技術にたけた精鋭部隊だ。彼は冷酷非情に見えるだけではない。実際に冷酷非情なのだ。

「助けてくださってありがとう」ベアリーはささやくように言った。

「どういたしまして、ミス・ラブジョイ」

毛布に包まれた自分の下半身を見おろし、ベアリーは頬を染めた。「どうぞベアリーと呼んで。だって、いまのわたしはあなたが貸してくださったシャツしか……」声がかぼそくなり、唇をかむ。「つまり、そんなに堅苦しい呼びかたをしていただくほど……」

「わかるよ」ゼインはしどろもどろの説明を優しくさえぎった。「そんなに恥ずかしがらなくてもいい。このことは決して他言しないから。ただしきみ自身の健康のために医者の診察は受けたほうがいいね」

ベアリーは当惑して目をしばたたいた。彼に裸を見られたことがわたしの健康とどうつながるのかしら？　と、そのときぱっとひらめいた。これほど疲労困憊《こんぱい》していなかったら、彼があの場面から何を想像したかすぐにわかっただろうに。

「わたし、レイプはされなかったの」いっそう顔をほてらせ、小さな声で言う。「体にさわられたり、痛い目にあわされたり、ほかにもいろいろされたけど……レイプはされなかったわ。きっとあの連中は今日のためにとっておいたのよ。首領だか黒幕だかが今日来ることになっていたから、それまで待つつもりだったんだわ」

彼の表情が相変わらず深刻なところを見ると、どうやら信じてはもらえないらしい。それも当然よね。わたしは裸にされて縛りあげられていたんだし、彼が来たときには誘拐されてから半日以上たっていたんだもの。レイプされずにすんだのは犯人グループが紳士的だったからではなく、上の人間に禁じられていたからにすぎないのだ。その黒幕は自分が真っ先にレイプしてから手下の連中にまわすつもりだったのだろう。

ゼインが何も言わないので、ベアリーは使用ずみの消毒綿で足についている汚物をふきとりはじめた。お風呂に入りたいけれど、この状況では口にするだけ無駄というものだ。

彼女が足をふいているあいだ、ゼインは狭い室内を検分した。だが、それもすぐにすんでしまった。ここにはものらしいものなど何もないのだ。彼はこわれかかった窓の鎧戸をしめた。鎧戸は上のほうが腐れおちており、多少は外の光が入るが、通行人から中は見えない。

室内が薄暗くなると、そこはまるで居心地のいい小さな洞窟《どうくつ》のような雰囲気になった。ベアリーはふと脱力感に襲われ、あくびを噛《か》みころした。誘拐されてからはゼインがビルの中を偵察に行ったときにうたた寝した以外、まったく睡眠をとっていなかったし、極度の疲労で空腹さえ感じなくなっていた。

ゼインはむろん気がついた。彼はいかなるものも見逃さないのだ。「少し眠ったらどうだい？　あと二時間もすれば外を歩きまわる人もふえて人目につきにくくなるから、ぼくは何か食べるものと着るものを調達しに行くが」

ベアリーは彼の顔に縞模様を作っている塗料を見て言った。「そんな顔で出ていったら、どんなに人通りが多くても目立ってしまうわよ」

ゼインの口もとに再びかすかな笑みがちらりとうかんだ。「このメイクは落としていくよ」

彼の笑顔でベアリーは目が覚めそうになった。だが、あくまで覚めそうになっただけだ。体じゅうの細胞が眠ってもいいという言葉だけを待ち望んでいたかのように、全身から力が抜けていった。まぶたが重くてもうあけていられず、黒いベールのように視界におりてきた。最後に意識したのは、自分を抱いてそっと床に寝かせてくれた彼の腕のぬくもりだった。

4

まるで赤ん坊のような寝入りかただ、とベアリーを見てゼインは思った。甥っ子が十人もいるから、幼い子どもが親の腕の中にばったり倒れこんでそのまま寝入ってしまう姿はずいぶん見てきたのだ。もう夜が明けているので、鎧戸（よろいど）をしめていても彼女の顔に疲労が色濃くにじんでいるのがよくわかる。まったくいままでよくもっていたものだ。

ぼくも少し休もう。そう考えて、ベアリーの横に長々と身を横たえる。万一この場所が見つかったときに備え、手を伸ばせば届くほどの距離しかあけはしない。まだ神経が高ぶっていて眠れそうにないが、街が完全に目覚めるまではのんびりしたかった。

こうして並んで横たわってみると、ベアリーの髪が赤みを帯びているのもわかった。日のあたるところに出ればまばゆい黄金色に輝くのだろう。目は深みのある柔らかなグリーンで、眉やまつげは茶色いミンクの毛のようだ。これだけ色白ならそばかすがあっても不思議はないのに、頬の片側にあざができている以外すきとおるように美しい。あざは腕にもあり、おそらくはシャツで隠れているあたりにも暴行の跡が残っているに違いなかった。本人はレイプはされなかったと言っていたが、たぶん辱めを受けたのを自分の落ち度のように感じて認めまいとしているのだろう。あるいは父親のためかもしれない。

まあ隠したがる理由なんかどうでもいい。ただ彼女がちゃんと診察を受けることを祈るばかりだ。

ゼインは犯人グループのアジトに戻って、残っているやつらをみな殺しにしてやりたかった。やつらにはそれが当然の報いなのだ。だが、彼の任務はべアリー・ラブジョイを救出することであり、その任務の遂行を最優先しなければならない。いまあのビルに戻ったら彼のほうが殺される可能性も出てくるし、そうなったらベアリーはもとより、部下のみんなも無事ではすまないだろう。それを考えたら任務をほうりだすわけにはいかなかった。しかし……ああ、あいつらをこの手で殺してやれたらどんなにいいだろう。

ベアリーはなかなか魅力的な外見の持ち主だ。絶世の美女というほどではないが、顔だちが整っている。それにこうして眠っている顔はとてもやすらかだ。まるで高価な陶器の人形のように繊細で可憐《かれん》。身長は百六十五ぐらいか。おそらく女性としては平均的なのだろうが、百九十センチのゼインから見たらきわめて小さいし、体重にいたっては少なくとも彼より四十キロは軽そうだ。こんなに可憐な、しかも血筋のいいお嬢さまでありながら、彼女は開拓者のたくましさを備えている。ふつうの女だったら、もうとっくに音をあげているだろう。

意外なことに、ゼインも少し眠くなってきた。こんな状況なのに、ベアリーの横に寝ころがって寝顔を眺めているとなぜか気持が休まる。性格的には一匹狼《おおかみ》のようなところがあり、セックスのあとでさえひとりで寝たがるゼインだが、自分の体でベアリーをガードしながら眠るのはしごく自然な感じがした。洞穴に住んでいた原始時代の男も、女や子どもたちを奥に寝かせ、自分は入口に近いほうに横たわって、彼らがやすらかに寝息をたてるようすを見守りながら眠りについたのだろうか？　太古のむかしから伝わる男の本能が、自分自身の内でいま初めて目覚めたような気分だ。

できることなら彼女に手を触れてみたい。柔らかな肌の感触をこの手に確かめたい。彼女を自分の体でぬくぬくと包みこみ、守ってやりたい。それをしないのは、いまの彼女が男に触れられるのをいやがっているに違いないからだ。

ゼインのシャツを着た彼女は実際以上に小さく見えるが、シャツで隠れているところも彼はすでに見ている。夜でも目がきくから、大きくはないが生唾《なまつば》がわいてきそうな小高いバストやその先端の愛らしいつぼみ、ほっそりしたウエストやまるいヒップ、こぢんまりとした逆三角形の茂みもはっきりとわかった。あの女らしい体を思い出しただけで、いまも欲望が全身を走りぬける。特にヒップはすばらしかった。あのヒップに腿をこすりつけてみたい。

こんなことを考えていては眠れるはずもなく、ゼインはいまや完全に覚醒《かくせい》して、下半身に熱いうずきを感じていた。あおむけになり、楽な姿勢をとるが、楽といっても相対的なものにすぎない。ほんとうに楽になるためには、彼女の柔らかな体に自分をうずめるしかないのだ。むろん、そんなことはできるわけがないが。

日がのぼるにつれ、狭い室内はだんだん明るく、あたたかくなってきた。照りつける日ざしは厚い石の壁がさえぎってくれるけれど、飲み水はどうしても必要だ。水に食糧にベアリーの服。西欧ふうの服より、イスラム教徒の女性がまとうローブがいいだろう。あれなら髪も隠れるし、人目につきにくい。

外の通りは騒がしくなって、波止場のざわめきが伝わってきた。もうそろそろ物資の調達に出かけてもいいだろう。ゼインは顔に塗ってある迷彩用の塗料をふきとり、消えないところには土をなすりつけてごまかした。丸腰で出るつもりはなかったから、Tシャツの裾《すそ》をスラックスから出し、拳銃《けんじゅう》を腰にさしてその上から裾をかぶせた。見る人が見ればTシャツのふくらみの正体はわかるだろうが、銃器を持ち歩く人間などこのあたりではちっとも珍しくない。コマンチ族の血が四分の一まじっているおかげで肌は深みのあるブロンズ色をしているし、そのうえ屋外や海上の訓練でよく日焼けしている。見た目に著しく人の注意を引くようなところはなかった。ブルーグレーの目もそうは目立つまい。西洋人の血を引くリビア人は大勢いるのだ。

ゼインはベアリーの寝顔に目をやり、熟睡しているのを確認した。出かけることは言っておいたから、目を覚まして彼がいなくても慌てはしないだろう。彼は崩れかけた隠れ家から静かに出ていった。

戻ってきたときには二時間以上が経過しており、部下に合図を送る時間が迫っていた。必要なものはすべて調達してきた。もっとも調達するというより、くすねるといったほうが正確かもしれない。いまの彼は女ものの黒いローブとかぶりものを持っている。その中にくるんであるのは果物とチーズとパン、そしてベアリーにあいそうなスリッパだ。一番難儀したのは水だった。容器になるものを何も持っていなかったのだ。そこでまずワインが入った栓つきの水差しを盗んだ。イスラム教徒はコーランによって飲酒を禁じられているが、実際にはどこでもワインが手に入る。彼は中身の安酒を捨て、かわりに水を満たした。ワインの味は残るだろうが、水分さえとれればいいのだ。

例の隠れ家に戻ってくると、彼は人目を避けながら入口の前に石ころを積みあげ、腐った建材を渡して、すでに閉鎖されているかのように擬装した。それからするりと中に入り、ドアを崩れかかった枠の中に押しこんだ。

ベアリーはまだ眠っていた。部屋の中はかなり暑くなっており、毛布は彼女のわきにほうりだされていた。シャツもウエストまでまくれあがっている。

その姿を目にしたとたん、まるで強力なパンチのように欲望が胸を突いた。動悸《どうき》がして、呼吸が苦しくなった。額に玉の汗がにじみ、こめかみを流れおちていく。まいった。

彼女から目をそむけていなくては。邪念を払いのけなくては。毛布をかけてやらなくては。

しなければならないことはいくらでもあった。だが、ゼインは狂おしい欲望にとらわれ、むさぼるように彼女を見つめつづけた。下半身が痛む歯のようにずきずきする。ひとりの女をこれほどほしいと思ったのは初めてだ。いつもの冷静さはどこにいったのか、せっぱつまった強烈な欲望は容易におさまってくれない。

のろのろとぎこちない動きで盗んできた品々を床に置く。食いしばった歯のあいだから荒く息がもれた。性的な欲求不満がこれほどつらいものだとは今日まで知らなかった。これまでは女がほしくなったら、いつでも苦もなく手に入れてきたのだ。だが、この女は手出し無用。誘いをかけることさえ許されない。誘拐犯の連中に凌辱《りょうじょく》されたあとでは、助けに来た男にまで誘惑なんかされたくないはずだ。

室内がこれだけ暑くなっているのだから、毛布をかけてやっても彼女はまたはいでしまうだろう。ゼインは彼女のかたわらにそっと片膝をつき、シャツの裾を腰の下までおろしてやったが、自分の指が震えていることに気づくと、なんだか信じられない思いがした。手が震えるなんて初めての経験だ。どれほど緊迫した危険な場面でも決して平常心を失わず、どっしりと落ち着いていたのに。炎上した飛行機からパラシュートで降下したこともあれば、鮫《さめ》に食いつかれて自分で傷口を縫ったこともある。野生の荒馬に乗ったこともあるし、敵を殺したこともある。そのいずれのときにも彼は動じることなく完璧《かんぺき》に平静だった。だが、眠っている赤毛の女を前に、こんなふうに手が震えてしまうとは。

ゼインはしいて顔をそむけ、無線のヘッドセットをとりあげた。イヤホンを耳に差しこみ、かちっと合図を送ると、かちっ、かちっ、とすぐに返事が返ってきた。すべて順調のようだ。

水でも飲めば、少しは頭がひえるかもしれない。彼は浄水用の錠剤を二個、水差しに落としこんだ。中に残っていた微量のワインが水の雑菌を殺しきれなかったとしても、この錠剤を入れれば安心だ。これで水の味がよくなるわけではないが――むしろ悪くなるだろうが――腹をくだすよりはいい。

ゼインは渇きがちょうど癒《いや》されるだけの量を飲み、それから壁にもたれかかった。ただ向かいの壁をにらんで待つ以外にすることはなかった。ベアリーのほうを見る自信はないのだから。

ベアリーは人の声で目を覚ました。声は大きく、すぐ近くに聞こえた。ぎょっとして目を見開き、勢いよく半身を起こす。その瞬間がっちりした腕に抱きすくめられ、かたい手で口をふさがれた。動転したベアリーは恐怖にかられて抵抗を始めた。歯。歯で噛《か》みついてやろう。だが、強く顎を押さえつけられ、口を開くこともできない。首をふって手をふりほどこうとしても、相手はいっそう強く抱きすくめてくる。

「しーっ」抑揚のないささやくような声。その声のなじみ深さが狼狽《ろうばい》と眠気の霧を吹きとばした。ゼインだ。

ベアリーはほっとして力を抜いた。口をふさがれたまま顔をあげると、薄明かりの中でゼインと目があった。ゼインはベアリーが完全に目覚めたのを見てとって、小さくうなずいてみせた。彼女の口から手を離し、乱暴にしたことをわびるようにさっと頬を撫《な》でる。たったそれだけの愛撫《あいぶ》がまるで雷のようにベアリーの全身を貫いた。彼女は思わず身震いし、ゼインの肩のくぼみにほてった顔を押しつけた。

ゼインはつかの間とまどったように彼女を抱く手から力を抜いたが、また強く抱きしめてくれた。

声はますます近くなり、その声に何かぶつかるような音や岩が砕けるような音が加わった。ベアリーは全身を耳にして早口のアラビア語に聞きいった。この声は昨日の悪夢のような体験のさなかに聞いたのと同じ声だろうか？　なんともいえない。

むろん話の内容もわからない。大使令嬢にふさわしくフランス語とイタリア語は流暢《りゅうちょう》にしゃべれるし、スペイン語もそこそこいける。父親がアテネに駐在するようになってからはギリシア語も勉強し、簡単な会話ならできるようになった。

でも、こんなことならアラビア語も習っておくべきだったと思う。アテネの街で拉致《らち》されてからゼインに救出されるまでは恐ろしくいまわしいことの連続だったけれど、相手のしゃべる言葉を理解できないのが彼女の無力感と孤立感をいっそうつのらせたのだ。

またあの連中につかまるぐらいなら死んだほうがましだ。

そう思った瞬間体がこわばったのか、ゼインが安心させるようにぎゅっと抱きしめてくれた。ベアリーはちらりと彼の顔を見た。彼のほうはベアリーを見てはいなかった。この聖域の入口をふさいでいる朽ちかけたドアを見すえ、その向こうで響いている声にじっと耳を傾けている。落ち着きはらった冷静な表情。どうやら彼はアラビア語がわかるらしい。

でも、外をうろついている連中の会話に警戒心をかきたてられているわけではなく、この隠れ家に押しいられるのを警戒しているのだ。もし押しいられたとしてもうまく対処する自信はあるのだろうが。

それも当然だろう。ベアリーが見たところ、彼はどんな事態にも対処できそうだ。この男性にならば命を預けられる。現に預けてきた。

話し声はなかなかやまず、またこちらに近づいてきた。ゼインは拳銃を構えてドアに狙《ねら》いを定めた。

ベアリーは彼のなんでもできそうなたくましい手を見つめた。その手は拳銃を握りしめたまま、ぴくりとも動かない。自分の体をこれほど完全にコントロールできるなんて、どこか非現実的で生身の人間ではないみたいだ。

二人は暑く薄暗い部屋の中で身じろぎもせずに座りつづけている。ベアリーは脚に毛布がかかってないことに気づいたが、幸いシャツはきちんとなっていた。いまは毛布がなくても暑すぎるぐらいなのだ。

時間の流れはじれったいほどのろかった。暑い部屋でじっと黙りこくっているせいで、ベアリーは催眠術にかけられたように夢うつつの状態になってきた。ひどく空腹なのに、その空腹感もひとごとみたいに遠く感じられる。ずっと同じ姿勢をとっているために筋肉が痛くなってきたが、それもたいして苦にならない。ただ喉の渇きだけは別だ。暑さを意識するにつれ、水を飲みたいという欲求は切実になってきた。犯人グループは二度ほど水を飲ませてくれたけれど、彼女が用を足すところを見たがっているのだと思いいたると、ベアリーは飲むのをやめた。そんな屈辱を味わうくらいなら、渇きを我慢したほうがましだった。

ゼインの横顔に汗がしたたり落ち、Tシャツを濡《ぬ》らした。彼に抱きよせられてじっとしていることにはなんの不満もない。体にまわされた腕はたとえようもない安心感をもたらしてくれる。石としっくいと木でできたこの倒壊寸前の建物がたとえ鋼鉄で造られていたとしても、これほどには安心できなかっただろう。

これまでゼインのような男性に接したことはなかった。ベアリーの知っている軍人といったら、大使館の行事に列席する年輩者ばかり、将軍とか提督といったお偉方ばかりだ。大使館の警護にあたる海兵隊員たちも、やはりびしっと制服を着こんで礼儀正しかった。大使館の警護を任されるぐらいだから模範的な兵士なのだろうが、でも、いまベアリーを守るように抱きしめてくれている男とはまったく質が違う。彼らは兵士で、この男性は戦士だ。ゼインと彼らとでは、彼が腿につっている刃渡り二十センチの危険な短刀と小さなポケットナイフほどにも違う。でも、ゼインだって不死身ではないし、わたしたちの身が絶対安全だという保証もない。この隠れ家が見つけられ、彼が殺され、わたしがまたとらわれの身になることもありうるのだ。空腹や筋肉の痛みは無視できても、この厳しい現実は無視できない。

長い長い時間が過ぎ、ようやく声が遠ざかっていった。ゼインはベアリーを放し、静かにドアに忍びよって外をうかがった。これほどしなやかに音もなく動く人間は初めてだ。重い戦闘用ブーツをはいているのに、足の裏にクッションのついた山猫のように忍びやかに歩いている。

ベアリーはその場にじっとしていたが、ふりかえった彼の表情がわずかになごんでいたので、危険は去ったことが知れた。「いまのはいったいなんだったの？」声をひそめて尋ねる。

「地元の人間がブロックとか腐ってない木切れとか、再利用できそうなものを集めていたんだよ。もし大ハンマーを持っていたら、壁も崩して持っていっただろうね。集めたものは手押し車で運んでいったが、ひょっとするとまた来るかもしれない」

「来たらどうするの？」

「いまと同じように、彼らが立ち去るまで息をひそめて待つだけさ」

「でも、もしこの部屋に入ってきたら――」

「そのときはぼくに任せなさい」ゼインはベアリーが不安を言葉に出しきる前に、頼もしい口調でさえぎった。「水と食べものがあるけど、いるかい？」

ベアリーはよろよろと腰をうかせた。「水！　わたし、喉がからからなの！」それから昨日のことを思い出して躊躇《ちゅうちょ》した。「でも水なんか飲んだら、わたし、どこで……」

ゼインはちょっと当惑したようにベアリーを見つめ、ベアリーは顔を赤らめた。彼にはこういう問題は無縁なのだ。任務についているときには、彼も部下の男たちも必要とあらばどこででも用を足すのだろう。

「場所はあとで適当なところを探してあげるよ」ゼインはようやく言った。「そんな心配をしないで、必要なだけ水分をとりなさい。着るものも見繕ってきたが、こんなに暑いのでは夜になってから着たほうがいいかもしれないな」

彼が指さした黒いかたまりはどうやらローブのようだった。これで肌を隠せるのかと思うと、ベアリーは心底ほっとした。少なくともゼインの部下とはシャツ一枚という格好で顔をあわさずにすむのだ。

でも、ゼインの言うとおり日中は暑いし、この部屋にこもっているだけならシャツのままのほうがいい。その下に何も着ていないことはゼインも知っているし、その目で見てもいるけれど、シャツを貸してくれたあとはわたしの裸に素知らぬ顔をしてくれているのだから、彼と二人でいる分にはいまさら足首まである長いローブで肌を隠すこともないだろう。

ゼインは大きな水差しの栓を抜いて差しだした。

「変な味がするけれど、浄水薬のせいだから」

確かに変な味だった。なまぬるくて薬くさい。でも、とてもおいしい。ベアリーはずっとからっぽだった胃をびっくりさせないように、少しずつ飲んだ。そのあいだにゼインは食べものをとりだした。かたいパンにチーズのかたまり、そしてオレンジとプラムとなつめやしの実だが、たったそれだけのものがベアリーはたいへんなごちそうに見えた。

ゼインは毛布のしわを伸ばしてベアリーをその上

に座らせると、例の短刀でパンとチーズを小さく切りとってよこした。ベアリーはもっとほしいと抗議しかけたが、それっぽっちの食糧を二人で一日、あるいはそれ以上もたせなくてはならないのだと気がついて、文句を言うのはやめにした。

チーズは特に好きではなく、ましてこのチーズはこれほど空腹でなかったら食べる気になれなかっただろうが、いまはやたらとおいしく感じられた。噛むという単純な行為に満足しながら、パンとチーズをちびちびかじる。自分の食欲を過大評価していたらしく、ゼインがくれたわずかな量でおなかはいっぱいになった。

ゼインはベアリーよりは多めに食べ、それからオレンジをひとつ切りわけた。ベアリーは彼にすすめられるまま、たっぷり果汁を含んだオレンジを口に入れ、さらに水を飲んだ。するともうすっかり満腹してしまい、もうひと切れとすすめられたオレンジはあくびしながら断った。

「もう結構よ。おなかがいっぱいだわ」

「それじゃ今度は少しさっぱりしたいんじゃないかい？」

ベアリーは赤い髪を躍らせてぱっと彼に向きなおった。すがりつかんばかりの熱っぽい表情になっている。「そんなに水があるの？」

「バンダナを湿らすぐらいはね」

ベアリーはバンダナなど持っていなかったが、ゼインが持っていた。彼は水差しからバンダナに注意深く水をこぼし、ベアリーに渡すと背中を向けて装備品の整理を始めた。

ベアリーは濡れた布でゆっくりと顔をふき、幸せな気分で吐息をついた。いかに不快だったか初めてわかったような気がする。頬に痛いところが見つかったのは、犯人グループに殴られたせいだろう。腕にもいくつもあざができている。ベアリーはゼインの大きな背中をちらりと見てからシャツのボタンをいくつかはずし、手を入れて上半身や二の腕をそそくさとふいた。それがすむと、汚れた脚も同様にふく。ひんやりした感触はたまらなく心地よく、ほとんど官能的な快感さえ覚えた。

「すんだわ」ベアリーがそう声をかけると、ゼインはこちらを向いてバンダナを受けとった。「ほんとうにさっぱりしたわ。ありがとう」

次の瞬間心臓がとびはねたのは、ゼインが黒いTシャツを脱ぎはじめたからだった。どうやらゼインも体をふきたいらしい。脱いだTシャツを毛布の上にほうり、またバンダナを湿らせて顔をふく。

ああ、なんという……。ベアリーは胸毛の下で波打っているたくましい筋肉に目を吸いよせられ、心の内で嘆声をもらした。薄明かりの中でがっちりした肩のラインがうきあがり、ブロンズ色の肌がつややかに光る。彼が何かとろうとして体をひねったときには、背骨の両側にも筋肉が盛りあがっているのがわかった。実に男性的な体だ。

彼の左頬には二、三センチの長さの傷跡がある。顔が汚れていたから気づかなかったけれど、顔をふいたいまはその銀色の筋がはっきり見える。外科医が切った跡のような、細いまっすぐの傷跡だ。だが、肋骨《ろっこつ》のあたりの傷跡はゆうに二十センチもあって、組織がうねのように盛りあがっている。それからしわのよったまるい傷跡も二つある。ウエストのすぐ上にひとつ、右の肩胛骨《けんこうこつ》の下にもうひとつ。弾痕《だんこん》だ。弾痕なんて見たことはなかったけれど、見ればわかる。細長い傷跡はもう一箇所右腕にもあり、いま見えてないところにあとどれだけ隠れているのかは想像もつかない。この戦士も決して不死身ではないのだ。戦いの跡を体のあちこちに残している。

彼は半裸でしゃがみこんだまま、のんびりと汗まみれの胸をふきおえると、腕を片ほうずつあげて黒々と毛の生えたわきの下をふいた。その姿はどこをどのように見ても男そのものといった感じで、ベアリーはだんだん息苦しくなってきた。

身の内を走りぬける熱い戦慄《せんりつ》が、自分自身も自分で思っていた以上に女なのだと告げている。

頭がふらついてきたので、ベアリーは壁にもたれかかった。無意識のうちにシャツの裾を慎み深く下半身に巻きつけているが、頭にはさまざまな思いがよぎりだしている。

わたしたちはまだ危機を脱したわけではないのだ。

この二十四時間のあいだ、誘拐犯たちの動機を考える余裕はないに等しかった。恐怖や不安、苦痛など、対処しなければならないものが多すぎたのだ。ほとんど目隠しされていたから、それだけ動揺も激しかった。

犯人グループはわたしを裸にし、辱め、虐待し、愚弄《ぐろう》し、レイプの恐怖におののかせながら、実際にはレイプの一歩手前で踏みとどまった。むろんそれには理由がある。心理的に圧力をかけていたぶってやろうという気持もあったのだろうが、それ以上に今日到着することになっている男から自分が行くまでとっておけと命じられていたからだ。

その男とは何者だろう？　犯人グループの黒幕であることは間違いない。でも、動機は？

身代金？　いま冷静に考えてみると、身代金目あてとも思えない。確かにわたしの父親は金持ちだ。外交官の大半は富裕な家の出だ。だが営利目的なら、パパ以上の金満家はいくらでもいる。もしかしたらわたしが標的にされたのは、パパがわたしを助けるためならいくらでも出しそうなことが知れわたっているからかもしれない。

でも、なぜ国外に連れださなければならなかったの？　身代金と交換するにはわたしをギリシア国内に置いておいたほうが楽だったはずでしょう？　そうよ、わざわざ国外に連れだしたということは、何か別の動機があるということだわ。いずれにしても、お金は要求するつもりなのかもしれないけど。だって人質の身柄は押さえてあるんだから、お金だってとりやすいはずだわ。でも、お金が一番の目的だとは思えない。だったらいったい何が目的なの？

いくら考えてもわからない。首謀者が何者なのかもわからないのだから、そいつの目的なんてわかるわけがないわ。

まさかわたしの体ではないだろう。そう、それはありえない。ひとりの女に血道をあげて誘拐までしようという男が、手下の連中にその女への暴行を許すはずはない。それに、わたしはそれほど血道をあげられるようなタイプではない。いままでつきあった何人かの男性にも、そんなに執着された覚えはないもの。

つまり……何かほかに目的があるのだ。まだ見つかっていないジグソーパズルの一片が。首謀者はわたしの知っている男だろうか？　会ったことがあるとか、名前だけでも知っているとか？

思いあたることはない。大使館員の中にＣＩＡの諜報員《ちょうほう》がいるのはもちろん知っているけれど、わたし自身はいかなる陰謀とも無関係だ。ＣＩＡが大使館につながりを持っているのは自然なことであり、別に珍しくはない。大使であるパパもＣＩＡ支局長のアート・サンドファーや、最近ではサンドファーの部下であるマック・プルエットとよく内密の話をしている。アート・サンドファーは諜報員というよりも官僚に近いのだろうけど、あの疲れのにじんだ知的な目がかつては彼も現場で諜報活動に携わっていたことを物語っている。マック・プルエットのことはよく知らない。どこか不穏なこわい感じがして、顔をあわせると落ち着かなくなってしまう。

パパはマックをいい男だと言う。わたしはそうとも言いきれないような気がするけれど、確かに悪党のようには見えない。ただ二週間ほど前、わたしが来客中とは知らずにいきなりドアをあけたら、パパがマックに分厚い茶封筒を渡しているところだった。二人ともぎょっとしたような、気まずそうな顔をしていたっけ。でも、パパはさすが外交官、その場の雰囲気をうまくとり繕い、そしてマックは封筒を持ってそそくさとオフィスを出ていった。わたしは何も尋ねなかった。ＣＩＡの活動なんて、わたしが首を突っこむ筋合いではないもの。

でも、あの封筒の中身はなんだったんだろう？

最近の記憶に残っている中でちょっとでも不自然なことといったらあの一件だけだ。アート・サンドファーは以前、この世に偶然の一致などというものはないと言っていたけれど、今回わたしが誘拐されたこととあの一件とのあいだには何か関係があるのかしら？　あれが原因になっているとか？　ありえないことではない。

わたしはあの封筒に何が入っていたのか知らないし、いままで興味もなかったけれど、でも、パパがあれをマック・プルエットに渡すところは確かに見た。ということは……どういうこと？

ベアリーは迷路の中をぐるぐるまわっているような気がしてきた。あちこちで袋小路に入りこみ、なんとか論理的な解答にたどり着こうとうろうろしている。どんな形であれパパが娘のわたしに害が及ぶようなことをするわけはないのだから、あの封筒はやはり関係ないのだ。でも、ひょっとするとパパは何か危険なことにかかわっていて、その何かから手を引きたがっているのかも……。あるいは誰かがパパに何か不本意なことをやらせようとして、わたしを誘拐したのだとしたら筋は通る……。

だってパパが国を売るようなことをしていたなんて考えられないわ。少なくとも自分の意思でそんなことをするなんて……。パパには確かに欠点もある。ちょっと俗物的だし、わたしに対してひどく過保護だ。でも、パパが信義を重んじる愛国者であることも確かなのだ。もしかしたら犯人グループはパパになんらかの不正をやらせようとして——たとえば機密の情報を引きださせようとして——拒否され、わたしを人質に目的を達成しようともくろんだのかもしれない。

この解釈は論理的だ。あの封筒はやっぱり無関係なのよ。あれは単なる偶然。

でも、もしアート・サンドファーの言うように、この世に偶然は存在しないのだとしたら？

そうしたらパパは何か倫理に反することに関与していることになる。ああ、考えただけで胸がむかむかする。でも、あらゆる角度からあらゆる可能性を検討しなければ。現時点では検討したからといってどうすることもできないけれども。

わたしをパパに対する武器として利用するつもりなら、犯人グループは簡単にはあきらめないだろう。お金目あてであれば、逃げられたと思った時点で舌打ちしておしまいにしていたはずだ。

首謀者はまだこの土地に着いていないのだろう。でも〝この土地〟ってどこ？　考えることが多すぎて、ここがどこかということには頭がまわらなかったわ。

「ここはどこなの？」ベアリーはやぶからぼうに尋ねた。

ゼインは眉をあげた。いつの間にか体をふきおえ、ベアリーの右手の壁にもたれかかって座っている。

「港湾地区だよ」と彼は答えた。「街の中でも荒廃した地域だ」

「だから、どこの街かときいているの」

澄みきった彼の目に得心したような表情がうかんだ。「ベンガジだよ」そっと言う。「リビアのね」

リビア。ベアリーはぽかんとしたが、やがてまた思考の続きをたどりはじめた。

首謀者の男は今日飛行機でリビアに飛んでくるのだ。どこから？　アテネから？　もし手下の連中と連絡をとっているなら、わたしが逃げたことはもう知っているだろう。でも、その首謀者がアテネの大使館やパパに接触できる人間であれば、わたしがまだうちに戻ってないことも知ってるはずだ。それでまだリビア国内にいると考え、手下に捜させている……。

ベアリーはまたゼインの顔を見た。彼はまるで眠っているかのように半分目をとじていた。暑いせいでTシャツは脱いだままだ。でも眠そうな顔をしていてもただ体を休めているだけで、意識は警戒を怠っていないようだ。

犯人グループにあれだけの屈辱と苦痛を与えられたあとでは、ゼインの気づかいや優しさは鎮痛剤のようによく効いた。ベアリーは自分が受けたダメージの深さをはかる間もなく癒され、慰められていた。そして自分でも気づかないうちに、彼を異性として見るようになっていた。それが自然ななりゆきだったのだ。

犯人グループは彼とは正反対で、わたしを辱めるのが楽しくて仕方がないようだった。連中はいまもまだ街じゅうを捜しまわっているのだろうから、リビアから脱出するまではまたつかまる可能性がある。そしてつかまったが最後、今度こそレイプされてしまうだろう。

いやだ。そんなことには耐えられない。でも、もしその耐えられないことが起こったとしても、あいつらの卑しい期待には絶対こたえたくない。あんな連中にバージンを奪われてたまるものですか。

これまでは処女なんて単なる未経験の別名だというぐらいにしか思っていなかった。スイスの学校にいたときには、たまに男の子と知りあってもたいしてときめかなかったし、卒業してからは父親の監視が厳しく、大使館の仕事が忙しかったせいもあって、外でのつきあいはほんのわずかしかなかった。たまたま出会った男性にもやはり心はひかれなかった。エイズの脅威もあることだし、ただ経験してみたいからというだけで男性と関係を結ぶ気にもなれなかった。

でも、わたしなりにロマンスへの夢はあった。出会って、恋して、結ばれて……。実に単純な、ごくふつうの夢だ。

その夢もあやうくあいつらにめちゃめちゃにされるところだった。もし救出がもう少し遅れていたら、わたしは心に癒しきれない傷を負い、もう一生男性を信じることも愛することもできなくなっていただろう。ゼインが助けてくれなかったら、わたしの初体験はレイプによる暴力的なものになっていたのだ。

いや。絶対にいや。

たとえまたあいつらにつかまったとしても、あの夢を踏みにじられるのはいやだ。

ベアリーはふらりと立ちあがり、ゼインが座っているほうに二、三歩踏みだした。その動きで彼の全身にたちまち緊張感がみなぎったが、彼は動こうとはしなかった。ベアリーは彼の前で立ちどまった。薄闇《うすやみ》の中でグリーンの目をきらめかせ、彼をじっと見おろす。彼はなんとも読みとりがたい表情でベアリーを見つめかえした。

「わたしを抱いて」ベアリーはかすれ声で言った。

5

「ベアリー……」言いかけたゼインの声は優しいが、彼が拒絶するつもりでいるのは明らかだった。

「いや！」ベアリーは激した口調で言った。「よく考えろとか、自分の言ってることがわかってないんだなんて言わないで。あなたは信じてないんでしょうけど、わたしレイプはされなかったわ。力ずくで裸にされ、なぐさみものにされたのは事実だけど」そこで気を落ち着けようとして深呼吸する。「わたしもばかではないから、まだ危険が去ってないってことはわかるの。この国から脱出する前にあなたやあなたの部下が負傷し、あるいは殺され、わたしは結局またあの連中につかまってしまうかもしれない。わたし、まだ一度も男性経験がないの。初めての経験がレイプなんていやなのよ。わかってくれるでしょう？　初体験の相手はあなたであってほしいの」

　ゼインはびっくりしたようだが、例によって感情はほとんど表に出ていない。壁に預けていた上体を起こし、射るような目でじっとベアリーを見つめている。

　まだ拒絶する気なのだ。そんなの耐えられない。

「ほんとうにレイプはされなかったのよ。経験がないんだから、病気を持っているはずもないわ。もしそれを心配しているならね」

「違う」どこか緊張をはらんだ声音でゼインが言った。「そんな心配をしているわけではない」

「だったらこれ以上哀願させないで」ベアリーは両手を握りしめながら言った。

　ふとゼインの目つきがやわらぎ、あたたかな表情をたたえた。「哀願なんかしなくていいよ」そっと言うと、しなやかな身のこなしで立ちあがってベアリーと向きあう。その瞬間ベアリーは彼との体格の差を強く意識し、自分はいったい何をやっているのかと頭が混乱しそうになった。ゼインは彼女の横をすりぬけ、毛布のところまで行って手でしわを伸ばすと、その上にあおむけに横たわった。すべてを知りつくしているような老成した遠い目で、ひたとベアリーを見つめる。

彼にはわかっているのだ。わたし自身もいまのいままで気づいていなかった、わたしのほんとうの欲求を。彼の目を見て、自分が何を望んでいるのか初めてわかった。彼はじっと横たわり、わたしのなすがままになろうとしている。ベアリーは胸をしめつけられる思いがした。彼はわかっている。わたしの内に渦巻く思いを。わたしがこんな慎みのないめちゃくちゃなことを言いだした理由を。わたしはただ初めてのセックスを自分の意思で、自分の選んだ相手と経験したいだけではないのだ。ゼインは犯人グループがわたしから奪ったものを返そうとしてくれているのだ。わたしはあの連中に裸にむかれ、縛りあげられ、なすすべもなくなぶりものにされた。その屈辱を晴らし、男という人種への復讐《ふくしゅう》を果たし、自分の体を自分のものとしてとりかえしたい。それをゼインは、自らの肉体を投げだすことによって手助けしてくれようというのだ。

わたしは受け身の形で抱かれたいのではない。わたしのほうが彼を抱き、わたし自身のペースでことを運び、最後までリードする立場でありたいのだ。そしてゼインはそれをさせてくれるつもりでいる。自分の体をわたしの前に投げだしている。

ベアリーは息をつめて彼の横にひざまずいた。よく日焼けした肌に吸いよせられるようにそろそろと手を近づけ、衝動が不安に打ち勝った瞬間、心臓をとどろかせながらも彼のたくましい胸にそっと指先を触れる。まるで虎《とら》を愛撫《あいぶ》するような手つきだ。危険と知りながら、豊かな手ざわりを確かめたくて手を出さずにはいられない。用心深く手のひらをおろしていくと、弾力に富んだ分厚い筋肉が、そしてその下のがっしりした骨格が感じられた。心臓はリズミカルに鼓動を刻み、肋骨《ろっこつ》は呼吸にあわせて上下している。呼吸も心臓の鼓動も通常より速くなっているようだ。

それに気づいたベアリーはちらりと彼の顔を見て、思わず頬を染めた。彼の目は熱にうかされたようにとろんとして、唇は血の色をましている。彼の中で、男の欲望に火がついたのだ。誘拐犯たちの顔にむきだしになっていた欲望は醜悪で残忍だったけれど、ゼインの顔には欲望の甘美な一面が表れている。それでもベアリーはこの瞬間まで男の欲望という要素を度外視していたので、思わず手を引っこめた。

ゼインは愉快そうに口もとをほころばせ、白い歯を見せて微笑した。その笑顔にベアリーはつかの間心臓がとまりそうになった。やはりゼインの笑顔には途方もない威力がある。「そう、ぼくは興奮している」彼はやんわりと言った。「ぼくが興奮しなければ、ことが成就しないしね」

それはもちろんそのとおりだ。ベアリーはますます赤くなった。未経験だとこういうところが困る。セックスという行為がどういうものかはわかっているし、デートした男性に別れぎわ思いがけなく情熱的なキスをされ、相手の体に起こっている変化に気づかされたこともある。でも、いざというときに自分がどうすべきなのかはわからなかった――いままでは。

いまゼインはどうにでもしていいと、どっしり横たわっているのだ。スラックスの前をちらりと盗み見ると、その部分の生地がぴんと張りつめている。

「無理をしなくていいんだよ」ゼインはそう言って、

もう一度あともどりのチャンスを与えてくれた。だがベアリーは即座にためらいを捨て、覚悟を決めた。

「いいえ、無理でもしなくちゃならないの」

ゼインはスラックスのベルトに手をかけた。「それならぼくが――」

ベアリーはすかさず彼の手をつかみ、ベルトから引きはがして頭の両わきに持っていかせた。「わたしがやるわ」意図したよりも強い口調になっている。この場は自分が主導権を握らなければならないのだ。「わかった」ゼインはつぶやくように言って全身の力を抜き、居眠りでもするみたいに目をとじた。

顔を見られていないほうが確かに気が楽だった。だから彼も目をつぶってくれたのだろう。ベアリーはこれ以上不慣れなぎこちないところを見せたくなかったので、ベルトをよく見てはずしかたがわかってから手を伸ばした。勇気がしぼまないうちにベルトをとり、スラックスのファスナーをおろす。ゼインはその下に黒い水泳用のトランクスをはいていた。とまどいを覚え、トランクスをじっと見おろす。なぜ水泳用なの？

そうだ、彼はシール部隊の人間なのだ。シールとは海《シー》、空《エア》、陸《ランド》の頭文字をつないだ言葉だ。その三つの舞台すべてにおいて、ゼインは自由自在に動きまわれるのだ。ベンガジは港町だから、彼の部隊は海を泳いで潜入してきたのかもしれない。むろん船も使っただろうが、港の手前で海にとびこみ、そこからは泳いできたと思われる。

わたしのために彼は命をかけているのだ。そしていまはわたしに身を投げだしてくれている。ベアリーは熱い思いに胸を震わせた。ああ、わたしは生まれて二十五年のあいだに学んできた以上のことを、この二十四時間で身をもって知った。今回の経験がわたしを変えたのかもしれない。そう、わたしの中では何か大きな変化が始まっている。

ママや弟が亡くなってから十五年ものあいだ、わたしはパパに過保護なくらい守られてきた。わたし自身パパの庇護《ひご》が必要だったから、パパを責めることはできない。でも、もうあの時代は終わったのだ。安全な繭を突き破って過酷な世界にとびだしていくのに、絹の糸をいつまでも引きずってはいかれない。自分ひとりで未知の世界にとびたたなくては。

ベアリーは両手を水泳用トランクスのウエスト部分にかけ、スラックスといっしょにおずおずと引きおろしはじめた。ゼインは腰をうかして協力した。

「完全には脱がさないでくれ」目をとじ、両手を頭のわきに置いたまま、ささやくように言う。「下着をおろしているところを敵に踏みこまれても対処はできるが、完全に脱いでいたらその分反撃が遅れてしまう」

自信とユーモアにあふれたその言葉にベアリーはわれ知らずほほえんだ。彼は自分の戦闘能力に絶大な自信があるのだろう。

手に伝わってくるぬくもり、そのなめらかで引きしまった感触に、ベアリーの胸は高鳴った。手を這《は》わせて男性的なヒップの感触をもっと楽しみたいけれど、そこまでする度胸はなく、ただスラックスとトランクスを腿の真ん中あたりまでおろしていく。

ゼインはうかしていた腰を再び毛布の上に落とし、ベアリーはあらわになった男の証《あかし》に目をみはった。本で得た知識で想像はしていたものの、初めて見るそれは想像以上に鮮烈な存在感を放ち、摩訶《まか》不思議な光景を作りあげていた。

磁石に吸いよせられたようにふらふらと手を出し、一本の指の先をすべらせると、その部分は生きもののようにそりかえり、ゼインが苦しげに息をついた。彼の反応にベアリーはきゅんと胸をしめつけられたが、やがてそれはあたたかくほどけはじめた。いっそう大胆になって彼をそっと手に握り、甘いため息をもらす。

自分自身の内でも奔流のごとく欲望が全身を駆けめぐり、怒りが喜びに変わるのがわかった。こうでなくては、と内心ほっとする。こういうことは怒りではなく喜びをもってなすべきなのだ。ベアリーは勇気がうせないうちに素早くゼインにまたがった。

もう誘拐犯たちへの怒りや憤りはみじんもない。ただ純粋な喜びだけがあった。両膝でゼインの腰をはさみつけ、彼を握りしめて腰を落としていく。

だが彼に自分自身を触れあわせたとたん、かつて知らなかった熱い感触にぎょっとして思わず腰が引けた。ゼインもぴくりと身を震わせたが、またベアリーの下でじっと待つ。相変わらず目をとじたまま、すべてを彼女に任せるつもりらしい。

ベアリーは胸が苦しくてろくに息もできなかった。ほんの一瞬彼に触れただけなのに、腿のあわせめがうずきだしている。ゼインが貸してくれたシャツの下ではバストが燃えるように熱くなっている。何もかもが生まれて初めて知る刺激的な感覚だ。体の中を欲望が大きく逆巻きながら走りぬけていく。

もう一度彼女は腰を沈め、今度こそゼインを迎えいれるために体重をかけていった。

そのとたん強い異物感にはばまれ、思わず動きをとめた。本能的に痛みから逃れようとする体を、なんとかそのままの姿勢に維持する。ベアリーと同様にゼインも深々と呼吸しているけれど、彼は指一本動かそうとしない。

ベアリーは歯を食いしばって先に進もうとした。だが、どうしても耐えきれなくなって、また反射的に腰を引く。それでも異物感は消えやらず、焼けるような痛みが続いている。

荒く息をつきながら、覚悟を決めて再度挑戦したときには、あまりの痛さに涙がにじみだした。彼と結ばれたいのに、なぜすんなりいかないの?

ベアリーは体を引き、蚊の鳴くような声で言った。

「助けて、お願い」

ゼインがゆっくりと目をあけ、熱を帯びた目でベアリーを見つめた。右手をあげ、優しく彼女の頬に触れる。やがてその手は喉を伝ってそっとさがり、シャツの上から胸のふくらみを包みこんだかと思うと、最もひめやかなところにまでおりてきた。

まるで愛をささやきかけるかのような繊細な彼の愛撫に、ベアリーはいつしか未知の世界をさまよいはじめた。目をとじて、身じろぎもせずに陶酔にひたる。ああ、なんてすてきなの。でも、ほんの少し……もどかしい。なんだかじらされているみたい。

彼の指の動きはもっと強烈な深い快感がこの先にあることを予感させる。それを求め、彼女の体はおのずと前後に揺れはじめた。

と、不意に求めていたものが訪れ、ベアリーは低い喜びの声をもらした。だが、一瞬のちにその感覚は遠のき、ゼインはまた彼女をじらしはじめていた。

やがてこらえきれなくなったベアリーがまた体を揺すると、再び強烈な快感が与えられた。

それは妖《あや》しい官能のダンスだった。ゼインがリードし、ベアリーが従う。じらされる間隔は次第に短くなり、快感はそのたびごとに大きくふくれあがっていった。寄せては引く波のように体を揺すっているうちに、彼がまたわずかに侵入してきて強い異物感を覚えた。だが、ベアリーはもう逃げようとはしなかった。痛みなど気にならないほどゼインがほしかった。彼の胸に両手を突っぱり、声をあげまいとして唇を噛《か》む。指による愛撫は一瞬たりともとだえることなく、執拗《しつよう》にベアリーを追いつめていった。

体じゅうが火に包まれたように熱い。低くうめきながら、腰を落として彼を受けいれる。そのとたん強い抵抗を感じたが、次の瞬間には火のかたまりが体の芯《しん》を突きあげてきた。

痛い。ものすごく痛い。ベアリーはぴたりと動きをとめ、動転したようにかっと目を見開いた。その目が欲望を抑えこもうとする彼の苦しげな目とあった。不意にベアリーは彼の全身がかたく硬直していることに気づいた。彼は自分の欲望を必死に制しているのだ。肌は汗ばみ、ベアリーの手のひらの下では心臓が狂ったように早鐘を打っている。この男らしい危険な戦士がいまはわたしの支配下にあるのだ。いま、現実から遊離したこのひとときだけ……。

彼とは数時間前に初めて会い、そして数時間後には別れ別れになってたぶん二度と会えなくなる。でも、いま、彼はわたしのもの。このひとときをわたしは決して忘れない。

「わたし、どうすればいいの？」ベアリーはささやいた。

「さっきみたいに動きつづけていればいい」とゼインはささやきかえした。

ベアリーは再び動きはじめた。痛みは次第に原始的な喜びにのみこまれていく。もうゼインの指にあおりたててもらう必要もない。ゼインは喉の奥でうなり声をあげ、自分からは動くまいと全身に力を入れている。ベアリーを翻弄《ほんろう》する喜びの波はみるみる高まって、もう体がばらばらになってしまいそうだ。その直前までできて、彼女は再び動きをとめた。最後のハードルがどうしても越えられなかった。

そのときゼインがまたうなり声をあげた。彼の中で欲望が噴火して、自制心がはじけとんだ。両手でベアリーの腰をはさみつけ、のけぞるように腰を揺すりたてる。やがてベアリーは体の奥深いところに熱いほとばしりを受けとめ、その瞬間雷に打たれたように歓喜の声をもらした。

体じゅうの筋肉が痙攣《けいれん》し、収縮と弛緩《しかん》を繰りかえす。まるで彼をのみこもうとするかのように、何度も何度も。

ようやく嵐《あらし》がおさまると、ベアリーは息を切らし、泣きながらゼインの上にくずおれた。なぜ涙が出るのかわからない。「ゼイン」とささやいた。それ以上言葉が出てこなかった。

ゼインは大きな手で彼女の背中を優しく撫《な》でた。

「大丈夫かい?」いたわりに満ちた声だ。

「ええ」ベアリーはなんとか涙をのみこんで、震えがちな声で言った。「あんなに痛いものだとは思わなかったわ。それにあんなにすてきなものだとも」

想像していた以上の苦痛と快感に、彼女は身も心も圧倒されていた。あんな経験をわかちあっても感情にはなんの影響も及ぼされないなんて、わたしは本気で考えていたのかしら? わたしが肉体と感情を切り離すという芸当をやってのけられる人間なら、処女なんかとうに捨てていたはずだ。ゼインの十分の一でも魅力的な男性に出会った時点で、父の監視の目をかいくぐり、この身を投げだしていただろう。

肉体の結びつきは思っていた以上に強く深かった。セックスとはジェットコースターに乗るような一時的な快楽にすぎないと考えていた自分自身が、いまでは信じられなかった。人によってはほんとうにその程度のものなのかもしれないけれど、わたしはもうそんな割りきりかたは絶対にできない。ほんとうのセックスとは魂にかかわる根源的なものであって、いまのわたしはもうかつてのわたしとは違うのだ。

彼にシャツを着せられ、恋に落ちた瞬間からわたしは変わってしまったのだ。あのときはまだ暗くて顔さえ見えなかったけれど、わたしは彼という男性の本質に恋をしたのだ。彼の強さ、彼の優しさ、彼のまじめさに。たとえ彼の顔が醜く引きつれていたとしても、わたしの気持は変わらなかっただろう。顔も見えない暗い物置部屋にいたときから、わたしは彼の内面に恋をしていたのだ。単純なことだ。そして厄介なことだ。

だって、彼も同じ気持だとは限らない。心理学者はわたしの気持を救世主シンドロームと分析するだろう。自分を助けてくれた相手を実際以上に理想化し、美化しているのだと。患者が医者や看護師に恋をするのと同じだと。ゼインにとってわたしを助けだすのは仕事にすぎなかったのだろうが、わたしにとって彼は命の恩人なのだから――犯人グループはいずれわたしを殺すつもりだったのかもしれないのだ――この恩は一生忘れないだろう。でも、わたしは……あの窓から忍びこんできたのがゼイン以外の男性だったら恋はしなかったと思う。ゼインだから恋したのだ。

ベアリーは彼と体をつなぎあわせたまま、無言で彼にもたれかかっていた。バストに彼の心臓の鼓動が力強く伝わってくる。ムスクのような体臭はどんな高価なコロンにもまして蠱惑《こわく》的だ。崩れかけた建物の中で彼とこうしているいまのほうが、贅沢《ぜいたく》で安全な環境におかれていたころよりも安心してくつろげる。

でも、わたしは彼の生活をほとんど知らない。年齢も出身地も、好きな食べものやよく見るテレビ番組も知らない。独身かどうかさえ知らないのだ。

ああ、それさえ確かめなかったとは！　ベアリーは急に胸がむかむかしてきた。もし独身でなかったら、ゼインはわたしが思っていたような男性ではないということになり、わたしは生涯最悪の過ちをおかしてしまったことになる。

でも、それは彼のせいではない。わたしのほうが頼みこんで抱いてもらったのであり、ゼインは一度ならず思いとどまるチャンスをくれた。まさか同情心から抱いてくれたのだとは思いたくないけれども。

ベアリーは深く息を吸いこんだ。たとえ知らないほうが幸せなのだとしても、知らずにすませるわけにはいかない。ゼインに抱かれたことがとんでもない過ちだったのかどうか、確かめなければならなかった。「あなたは結婚しているの？」だしぬけに尋ねる。

ベアリーの下に横たわっている体はすっかり力を抜いてリラックスしたままだ。「いや、独身だよ」低い声で答えてからおかしそうに言葉をつぐ。「もうそろそろぼくの胸に立てている爪を引っこめてもいいんじゃないかな？」

そう言われて初めて気づき、ベアリーは慌てて指先から力を抜いた。「ごめんなさい。痛かった？」

「痛いといってもいろいろある」ゼインはくつろいだ調子で言った。「銃弾やナイフを受ける痛みに比べたら、雌猫に引っかかれるぐらいなんでもないよ」

「雌猫？」ベアリーはつかの間怒るべきか笑うべきか迷ったが、結局おかしさのほうが勝った。友人や同僚には上品だとか落ち着いているとか、慎重だとか誠実だとか言われている。雌猫なんて言われたのは初めてだ。

「うん」とゼインは言った。片手でベアリーの首筋をマッサージしながら、もう一方の手はシャツの下に入りこんでヒップを撫でている。かたい手のひらが焼きごてのように熱い。「優雅で、撫でられるのが好きなところが猫みたいだ」

撫でるのがゼインであるかぎり、好きだというのは否定できない。ぞくぞくするようなその感触にまた官能を刺激され、思わず身をくねらせる。

ゼインは手をとめ、やや真剣な口調になって言った。「きみにいくつかききたいことがある」

ベアリーは目をとじ、自分の中で彼がまた力をよみがえらせていく感覚をうっとりと味わった。ああ、もう一度さっきの快感に翻弄されてみたい。けれど、もうそんな力は残っていそうにない。「どんなこと？」うわの空で問いかける。

「亡霊は追い払えたかい？」

亡霊。犯人グループになぐさみものにされた精神的な後遺症のことだ。ベアリーはいつの間にかあのときの恐怖が消えていたことに気がついた。むろん怒りはまだ残っており、もし目の前に現れたらゼインの拳銃《けんじゅう》を借りたいぐらいだが、心の傷はゼインが与えてくれた喜びによって完全に癒《いや》されたようだ。喜び……喜びという言葉では表現しつくせない。悦楽という言葉でもまだ足りない。ゼインとの初体験はそれほど甘く強烈で、すべてを忘れさせてくれたのだ。

「ええ」と彼女はささやく。「亡霊は消えうせたわ」

「それはよかった」だが、ゼインの声はまだどこか張りつめている。「二つめの質問だ。そのシャツはまだ脱ぐ気になれないのかな？」

その言葉にはっとなり、ベアリーは上体を起こして彼を見つめた。わたしは確かに彼と結ばれたけれど――現にいまもまだ結ばれたままだけど――シャツを脱ぐことはできなかった。ヒステリーを起こさずになんとかここまで彼についてこられたのはこのシャツを着ていたからだ。このシャツは裸身を隠すためだけでなく、心の平衡を保つためになくてはならないものになっていたのだ。やはりわたしは自分で思っていたほどには回復していないのかもしれない。誘拐犯たちに無理やり服をはぎとられ、ゼインが救出に来たときにはぶざまな格好を見られて無念この上なかった。いまも彼に裸を見せられるかどうか自信がない。体じゅうにほかの男の狼藉《ろうぜき》の跡が残っているのだ。

ゼインは澄んだ穏やかなまなざしでわたしを見つめかえしている。彼にもわかっているのだ。わかっていて、あえて求めているのだ。わたしが彼を信頼し、何も隠さずにすべてさらけだすことを。

そうと気づくとベアリーの胸はちくりと痛んだ。体が結ばれても、わたしたちのあいだにはまだ距離がある。彼はさっき最後の瞬間——欲望が爆発してコントロールがきかなくなるまで、いっさいをわたしに任せてくれた。そしていま、わたしにも同じように全幅の信頼を求めているのだ。

ベアリーは困惑してシャツの前を両手でかきあわせた。「わたし……あざだらけになってるから」

「あざなんて何回も見たことがあるよ」ゼインは手を伸ばしてベアリーの頰に触れた。「ここにもあざができている」

ベアリーは反射的にそこに手をやった。するとゼインの手がすっとさがり、シャツのボタンをゆっくりとはずしはじめた。ベアリーは唇を嚙みしめ、じっとしていた。

ゼインはボタンを下まではずし、シャツの前を開くと、柔らかな胸のふくらみをひとつずつ手のひらに包みこんだ。「きみのあざを恥じなければならないのはあいつらだ」優しく言う。「きみではない」

ベアリーは目をとじて彼の手のぬくもりにひたった。やがてゼインはシャツを彼女の肩からするりと落とし、腕を抜きとらせた。

ついにベアリーは全裸になった。ゼインの指先が肩から腕、腕から胸、胸から腹部へとあざの上を軽く触れていく。「おいで、ベアリー」

ベアリーが彼の手に導かれ、おもむろに体を倒していくと、彼は頭をもたげて唇で唇を迎えた。

ゼインとの初めてのキス……。唇を重ねあう喜びをとびこしていきなりセックスを求めた自分自身の性急さに、ベアリーはいまさらのように驚いていた。あたたかく熱情的なくちづけが喉の奥からかすかな吐息を誘いだす。

しばらくしてゼインは毛布に頭を落とした。わずかに呼吸を乱し、欲望にけぶった目をして言う。「もうひとつ質問があるんだ」

「なあに？」ベアリーはまだキスをやめたくなくて、

未練がましくゼインの下唇をついばんだ。

ゼインは低く笑い声をもらした。その声にベアリーは陶然となった。彼が笑い声をたてることは笑顔よりもさらにまれで、それだけよけいに貴重だった。

「今度はぼくが上になってもいいかい？」

ベアリーの喉もとにも笑いがこみあげてきた。ゼインの首に顔を押しつけてなんとかこらえようとするが、体がひくひくと痙攣しはじめている。彼がベアリーを抱いたままごろりところがって体の位置を入れかえたときにも、まだ笑いはおさまっていなかった。それが突然とまったのは、彼がゆっくりと入ってきたからだった。

彼に組み敷かれてみると、体格の違いが改めてまざまざと実感される。彼はベアリーに体重をかけないよう肘を床につけているが、それでもよく発達した筋肉質の体の重みが伝わってきた。先刻までとは異なり、いまは彼が主導権を握っている。そのせいでいままで以上に大きく、たくましい感じがする。

彼はベアリーがその無防備な体勢を受けいれられるかどうか確かめるように、いっときようすをうかがった。だが、ベアリーは自分を無防備とは感じなかった。むしろ彼に守られているような安心感を抱いた。だからそっとほほえみながら、彼の首に両手を巻きつけた。

ゼインもうっすらほほえみかえした。そしてようやく動きはじめた。

6

その日はそれから夜までほとんど抱きあって過ごした。建物の外では波止場を行き来する船やトラックやクレーン車の音がしていたが、小さな薄暗い部屋は二人だけの世界だった。声や物音をたてられないせいで、二人の情熱はいっそう激しく燃えさかった。

　ゼインの顎にはひげが伸びかけているが、彼はベアリーを痛がらせないよう気をつけながら、体じゅうのあざにそっと唇を這《は》わせた。彼のこまやかな優しい愛撫《あいぶ》はベアリーを何度となく喜びの絶頂に導いて、犯人グループのおぞましい仕打ちを忘れさせてくれた。

　途中三度ばかり、彼は愛の行為の合間に腕時計をチェックし、無線のヘッドセットを手にとった。そして一回かちっと合図を送り、相手の応答を確認するとまた床に置いた。

「部下の人たち？」最初の連絡のあとにベアリーが尋ねると、ゼインはうなずいた。

「ぼくたちと合流するまで彼らも隠れているんだ」

　午後の時間はゆっくりと過ぎ、次第に外が暗くなってきた。ベアリーはたいして食欲がなかったが、ゼインに言われて少しは食べることにした。ゼインはスラックスをあげ、ベアリーもシャツを着こんで、パンや果物の残りを片づけた。

　ベアリーは彼に肩を抱かれたまま、いつまでもその場に座っていたかった。むろん安全で居心地のいいわが家に帰りたいとは思うが、ゼインと別れるのはいやなのだ。自分から今後の交際を迫って彼を困惑させるようなまねはしたくない。彼の口からこれからも会いたいと言ってもらいたかった。

ただ、たとえそう言われたとしても定期的にデートするのは難しいだろう。ゼインはただの軍人ではない。シール部隊の指揮官なのだ。仕事の内容も教えてくれずに、次々と与えられる任務を果たしに行くのだろう。今回無事に脱出できたとしても、彼はまた危険な場面にとびこんでいかねばならないのだ。それを思うと胸の中が凍りつくようだ。この狭い部屋を出たが最後、彼の身の安全を確かめるすべはなくなってしまうのだ。

でも、そんな狂おしい不安にも、彼とつきあっていくためならば耐えてみせる。わたしたちの関係はふつうの恋人同士とは逆の形で発展していくことになるだろう。ふつうは交際を続けるうちに少しずつ理解や信頼を深め、機が熟してから恋愛関係を結ぶものだけれど、わたしたちは出会ってすぐに結ばれてしまったから、これから時間をかけてお互いの育った環境や趣味、癖などを知っていくのだ。

家に帰ったら、父親との接しかたも考えなければならない。パパは気も狂わんばかりに心配しているだろうから、わたしが無事に戻ってきたらこれまで以上に心配症になってうるさく干渉してくるだろう。でも、ゼインとつきあうことになったら、わたしはパパを悲しませてでも干渉をはねかえさなければならない。わたしにとって、ゼインはパパよりも大事な人になるのだ。たいていの親は子どもの選んだ相手を信用し、親離れを喜んでくれるものだけれど、パパはわたしがどんな男性を好きになっても反対するに違いない。パパから見れば、わたしにふさわしい男など存在しないのだから。それに娘を自分の目の届かないところに連れ去る男には激しい憤りを覚えるだろう。パパにはもうわたししかいないんだし、わたしがママに似ているのもなおさらまずい。大使としてきわめて華やかな社交生活を送っているのに、パパはママ以外の女性を愛したことがないのだ。

いままでパパに逆らったことはないけれど、ゼインとの将来のためにはパパとのあいだに距離をおくしかない。

でも、それもまだ先のことね。ベアリーは内心苦笑しながら、毛布の上のパンくずをそっと払った。先のことは先のこととして、いまはリビアから無事に脱出しなければ。

「わたしたちは何時ごろここを出るの?」

「夜中の十二時過ぎ。そのころには人通りも絶えるだろう」ゼインはあのけぶるような目を向け、両手を伸ばしてベアリーのシャツのボタンをはずしはじめた。「だが、それまでまだ何時間もある」

それからまたひとしきり愛しあったあと、ベアリーは彼と寄りそったまましばらくまどろんだ。どのくらい眠っていたのかわからないが、ふと気づくとあたりはすっかり暗くなっていた。でも、今夜は寒さと恐怖に震えながらひとりぼっちで寝ていたゆうべと違って、ゼインの腕がしっかりと抱いていてくれる。ベアリーがちょっと体を伸ばしてあくびすると、その腕に力がこめられ、彼が起きているのがわかった。きっと彼は一睡もせずにわたしを守ってくれたのだ。通りを行きかう人の気配はとだえ、波止場の物音も闇《やみ》に抑えこまれたかのように小さくなっている。

「出発まであとどのくらい?」ベアリーは起きあがり、水差しを手探りしながら尋ねた。

ゼインは腕時計のカバーをあけ、光る文字盤に目をやった。「あと一、二時間というところだな。もうじき部下と連絡をとりあう時間だ」

ベアリーが水差しを渡すと、彼も水を飲んだ。二人でまた横たわり、ベアリーは彼の胸に手を置いて力強い鼓動を確かめる。

「ここを出たらどうするの?」

「部下と合流してこの町を脱出する。日の出のころに予定の場所までヘリが迎えに来ることになっているんだ」

ゼインはいともあっさりと言ってのけたが、ベアリーは彼が海水パンツをはいていることを思い出し、頭をもたげて問いかけた。「その予定の場所というのは陸上なの？」

「陸上とは言えないな」

「それじゃそこまで船で行くのね？」

「船というより救命いかだだね。船外機つきの七人乗りゴムボートで行くんだ。ぼくの部隊はいま二人欠けて六人しかいないから、きみもちゃんと乗れる」

「それを聞いて安心したわ」ベアリーはまたあくびをし、彼の肩のくぼみに額をこすりつけた。「わたしが乗れるように、部下の人を置いてきたの？」

「いや、二人欠けているのはちょっとしたトラブルがあったためで、帰ったらぼくが事後処理にあたらなくてはならない。ほかの部隊を派遣できたらぼくたちが来ることはなかったんだが、ぼくたちのいたところが一番ここに近かったし、きみが別の場所に移される前に救出しなくてはならなかったからね」

ベアリーは彼がヘッドセットをとりあげ、部下との交信をすませるのを待って再び質問した。「ゴムボートでどこまで行くの？」

「だから海の上までさ」とゼインは答えた。「無線で連絡をとり、空母モンゴメリー号のヘリでつりあげてもらうんだ。きみはそのヘリでまっすぐアテネに帰る」

「あなたは？　あなたはどこに行くの？」ベアリーはささやくように尋ねた。それ以上先のことはきけそうにない。

「わからない。ぼくの部隊はモンゴメリー号で演習をしていたんだが、部下が二人負傷し、演習はめちゃめちゃになってしまったんだ。その後始末にいつまでかかることか」

彼は自分がどこに行くことになるのか知らないのだ。いや、知っていたとしても言う気がないのだ。わたしが帰る先は知っているのに、電話をするとも言ってくれない。ベアリーは目をとじ、彼が言ってくれなかった言葉の数々を耳にこだまさせた。胸の痛みは覚悟していた以上に激しかったが、その痛みをいまはとりあえず抑えこむ。いずれまたぶり返すだろうけれど、彼とはあと数時間しかいっしょにいられないのだ、その貴重な時間を無駄に費やすつもりはなかった。ゼイン・マッケンジーのような男性と知りあえる女性はごくわずかだろうし、愛をかわせる女はなおさら少ないはずだ。だとしたら、たとえ短いひとときでも彼とこうしていられる時間をたいせつにしなくては。

何があろうと、もうパパが作りあげた安全な繭の中には戻れない。今回の事件を忘れるわけにはいかないのだ。もちろんパパはなぜわたしが誘拐されたのかわかっているのだろう。犯人グループはすでに要求を出しているはずだ。でも、わたしも自分が狙《ねら》われたわけを知りたい。なんといってもわたしが一番の被害者なのだから。

だが、被害も受けたけれど、ゼイン・マッケンジーとめぐりあうという幸運もつかんだ。あと数時間は彼はわたしのもの。ベアリーは彼に寄りそい、そっと唇を求めた。残された時間を最大限に活用したかった。

二人は再び迷路のような路地を歩いていたが、いまのベアリーは黒いローブに身を包み、ベールで髪をおおっていた。スリッパは少し大きすぎてかかとがういてしまうけれど、裸足《はだし》で歩くよりはましだ。ローブの下は裸だが、それでもこんなにいろいろ身にまとっているのがいまは妙な気分だった。

ゼインはまたベストを着こみ、武器を装着している。そのせいで、なんとなく彼が遠くなったような気もする。ベアリーが監禁されていた部屋に忍びこんできたときと同様、非情なまでに冷静だ。当面の仕事に全神経を集中しているのだろう。ベアリーは伝統的なイスラム教徒の女性がやるように軽くうつむいて、彼のあとに続いていった。

彼はある建物の角で立ちどまり、身を低くしてベアリーにも同じ姿勢をとるよう合図した。ベアリーは彼にならい、念のためにベールを引っぱって顔を隠した。

「二号、こちら一号だ。ようすはどうだ？」抑揚のない小さな声で彼が言い、相手の応答に耳を傾けた。「よし、それじゃ十分後に」彼はちらりとベアリーをふりかえった。「ゴーサインが出た。C作戦に切りかえる必要はないようだ」

「C作戦？」

「エジプトまで自力で逃げるという作戦さ」ゼインは穏やかに言った。「ここから東に四百キロほど行けばエジプトだ」

彼ならできるだろう、とベアリーは思った。車でも盗んで逃げきることができるだろう。彼の神経は鉄でできているに違いない。でも、わたしの神経はそれほど強靭《きょうじん》じゃない。不安と緊張でぴりぴりしている。いや、不安と緊張というよりもスリルとサスペンスと言うべきかもしれない。逃げるという行為に気が高ぶっている。リビア国内から脱出してしまわないかぎり、真の自由は手に入らないのだ。

十分後、ゼインは荒れはてた倉庫の陰で再び立ちどまった。たぶんまた無線で合図を送ったのだろう、闇の中から突然五つの人影が出てきて、あっという間に二人をとり囲んだ。

「紳士諸君、こちらがミス・ラブジョイだ」とゼインは言った。「さあ、さっそく車に案内してもらおう」

「オーケー、ボス」男たちのひとりがベアリーに向かって軽く頭をさげた。「こちらへどうぞ、ミス・ラブジョイ」

彼らにはある種の魅力的な荒っぽさがあったが、それを前面に押しだすことなく、統制のとれた動きで一列になって歩きだした。ベアリーは自分の位置を指示してくれた男にほほえみかけ、ゼインの後ろについた。ゼインの前にいる先頭の男はまったく音をたてずに歩き、ときには闇にとけこんで見えなくなってしまう。ベアリーの後ろに続いているはずの四人も足音をたてなかった。実際のところ多少なりとも音をたてているのは自分だけだと気づき、ベアリーはスリッパの中の爪先に力を入れてできるだけ静かに歩こうとした。

路地を抜けるとおんぼろのマイクロバスがとまっており、その横で彼らは足をとめた。暗闇の中でも車体のあちこちがへこみ、さびているのがわかった。ゼインがスライド式のドアをあけ、ベアリーにささやいた。「きみの馬車だ」

ベアリーは彼の手に導かれて中に乗りこんだ。長いイブニングドレスを着慣れていなかったらくるぶしまであるローブが邪魔になっただろうが、彼女は馬車に乗りこむ十九世紀の淑女さながら巧みに裾《すそ》をさばいて車中の人となった。中は助手席と運転席のほか、三人がけのシートがひとつあるきりだった。おそらく後ろにもシートがあったのだろうが、荷物用のスペースを作るためにとりはずされている。屈強な若い黒人の隊員が運転席につき、隣の助手席はゼインが陣どった。ベアリーの左にはさっきまで先頭に立っていた異様に静かな男が座り、右には別の隊員が座って、彼女を守る楯《たて》のように両側からはさんだ。残る二人は後ろの床に腰をおろし、がっしりした体と装備品とで狭いスペースをふさいだ。

「さあ出発だ、バニー」ゼインが言うと、若い黒人がにっと笑ってエンジンをかけた。廃車同然のマイクロバスでも、エンジンはちゃんとかかった。

「ゆうべのあれはボスにも見せたかったよ」と運転席の黒人青年は言った。「やばいところだったんだ。ほんとうにやばかった」まるで楽しかったパーティの思い出でも語るような熱っぽい口調だ。

「いったい何があったんだ?」ゼインが尋ねた。

「別に珍しくもないことだけどね」ベアリーの右の男が言った。「犯人グループのひとりが闇の中でスプーキーに蹴《け》つまずいて大騒ぎになっちまったのさ」

「あの野郎、おれを踏みつけやがったんだ」とベアリーの左の男が憮然《ぶぜん》として言った。「それでびっくりしちまったらしく、大声でわめきながらやみくもに銃を乱射しやがった。それでこっちもちょっとかっとなってね」

「ボスから指示が出てからは退却して逃げたけどね」ベアリーの右の男がまた言った。「ボスたちがすでにあのビルを出ていたんで、連中はおれたちを必死に追いかけてきたんだ。おれたちはすぐに隠れたが、ひと晩じゅうしつこく捜していたようだ」

「あのときにはまだこっちはビルの中にいたんだ」ゼインが静かに言った。「彼女を連れて隣の部屋に移ったのさ。連中はその部屋を調べようとは考えもしなかったらしい」

男たちは小気味よさそうに笑った。ベアリーの左隣の無気味な男でさえ、低く笑い声をもらした。

ゼインは助手席で体をねじり、ベアリーに笑みを投げかけた。「ぼくの部下をいちおう紹介しておこうか? それともこんな悪臭をまき散らす連中とは知りあいになりたくない?」

確かにバスの中はロッカールームのような、いや、それ以上にひどい匂《にお》いがする。「ぜひ紹介して」ベアリーは声に笑いを含ませて言った。

　ゼインは運転席の男を指さした。「この男はアントニオ・ウィズロック軍曹、通称バニー。南部の砂利道で何台も車をこわしながら大きくなった男だから、運転は安心して任せられる」

「はじめまして」ウィズロック軍曹は礼儀正しく言った。

「きみの右側はピーター・グリーンバーグ少尉、わがチームの副官だ」

「どうも」とグリーンバーグ少尉は言った。

「左側の男がウィンステッド・ジョーンズ軍曹」

　ジョーンズ軍曹は何やら低い声でぶつぶつ言った。

「彼のことはウィンステッドでなく、スプーキーと呼んでやってくれ」

「よろしく」ようやくジョーンズ軍曹は言った。

「後ろにいるのがわれらが衛生兵エディ・サントスと狙撃兵《そげきへい》のポール・ドレクスラーだ」

「よろしく」後ろで二人の声がした。

「どうぞよろしく、みなさん」とベアリーは言った。数知れぬ公式行事で記憶力が鍛えられているから、彼らの名前は間違いなく頭に刻みつけられた。サントスとドレクスラーの顔は見えないけれど、サントスという名前はスペイン系だから、明るいところに出れば顔だちで区別がつくだろう。

　ひととおり紹介がすむと、グリーンバーグがゼインに詳細な報告を始めた。ベアリーは口を出さずに黙って聞いていた。実を言うと、この深夜の逃避行がどこか現実離れしているように思われたのだ。いま彼らが走っているあたりはこんな夜ふけだというのにまだ車が多く、歩道には通行人さえ歩いている。赤信号でとまれば、ほかの車に囲まれてしまうのだ。だがドライバーのウィズロックは鼻歌まじりでハンドルを操り、ほかの男たちも何も心配していないようだ。確かにこのでこぼこのマイクロバスに注意を払う人はどこにもいなかった。

数分後にバスはベンガジの町を抜けた。ときおり右側に海のきらめきが見えるということは、西、すなわちリビアの地中海沿岸の中心部に向かって走っているのだろう。ほかの車の明かりが後方に遠のくと、ベアリーは積もり積もった疲れが出てもうろうとしてきた。ゼインに抱かれながらうとうとしたぐらいでは疲労が抜けきれなかったのだろう。でも、両隣のシール隊員に寄りかかるわけにもいかず、彼女は無理して目をあけていた。

しばらくするとゼインが言った。「赤のゴーグルだ」

何かの暗号かしら、それともわたしの聞き違い？ベアリーはぼんやりと自問したが、答えはどちらでもなかった。男たちがみなゴーグルをとりだしてかけたのだ。ゼインがベアリーをふりかえって説明した。「赤いゴーグルをかけると、暗闇でも視界がきくんだ。バニーがヘッドライトを消す前にゴーグルをかけて、いまから目を調節しておくんだよ」

ベアリーはうなずき、自分も暗闇に慣れておこうと思って目をとじた。だが、起きていたいのだったら何があろうと目をとじるべきではなかった。一度とじた目は二度とあけられず、次に気がついたときにはバスに揺られて両隣のシール隊員に上体をぶつけていた。ベアリーはなんとか背筋を伸ばそうとしたが、揺れが激しくてうまくバランスがとれない。だが、床にすべり落ちそうになったところでスプーキーのたくましい腕が鉄のバーのように突きだされ、座席から落ちるのを食いとめてくれた。「ありがとう」ベアリーは疲労のにじんだ声で言った。

「どういたしまして」

彼女が眠っているうちにバスはヘッドライトを消し、いまは暗い堤防を走っていた。ベアリーは前方に光るものが横たわっているのを見て、目をしばたたいた。それは星明かりにきらめく海だった。

バスが急停車した。「終点だ」バニーが陽気に宣言した。「ＩＢＳの隠し場所に着いたんですよ。ＩＢＳってのはわれわれの小型ゴムボートのことなんです。これはそこらの救命いかだとはちょいと出来が違う」

ゼインがふんと鼻を鳴らし、ベアリーは彼が救命いかだのようなものだと言っていたのを思い出した。

男たちはまるで水銀が裂け目から流れだすようなめらかさで次々とバスを降りた。天井のルームライトは彼らがこのバスを徴発したときにはこわれていなかったのだとしても、そのあと細工をされたらしく、ドアがあいても明かりはつかなかった。スプーキーがベアリーの前をすり抜け、数センチほどあいたドアの隙間《すきま》からするりと出ていった。瞬時のうちに蒸発したかと思うような早業だった。ベアリーはあっけにとられてドアを見つめた。ニックネームのとおり、ほんとうに幽霊《スプーキー》のような男だ。

ほかのメンバーも同じようにバスの外に出た。まるで体が水でできているみたいに、ドアの隙間から音もなくすべり出ていく。運転していたバニーだけはまだベアリーの後ろに待機していた。拳銃《けんじゅう》を手に、暗い海岸を見張りながらじっとしている。ベアリーも彼にならってじっとしていた。彼らの足手まといにならないためには、何事も彼らのやるとおりにすべきなのだ。

やがて窓ガラスが小さくこつんとたたかれると、バニーがささやいた。「異常なしだ。降りてください、ミス・ラブジョイ」

ベアリーがドアに近づいていくと、ゼインがドアを大きくスライドさせて降りるのに手を貸してくれた。「大丈夫かい？」

ベアリーは疲労のあまり口がきけず、無言でうなずいた。

例によってゼインがベアリーの気持を見すかしたように言った。「あと少しの辛抱だ。一時間もすれば空母の寝台でぐっすり眠れる」

でも、そのときには彼はそばにいないのだ。たとえ彼が今後もわたしとの関係を続けるつもりだとしても、まさか航空母艦の艦内でいっしょに寝るわけにはいかない。彼と離れ離れになるくらいなら、いっそ永久に眠らなくてもいいと思う。彼がわたしを抱いたのは密室でわたしに迫られたからにすぎないなんて、永久に認めたくない。

でも、たとえそうだとしてもわたしは泣かないわ。泣きもしないし、不平も言わない。たった一日でも彼を独占できたのだから。

ゼインはベアリーを岩だらけの海岸に係留してあるゴムボートのところまで誘導した。ほかの五人はそのボートに背を向けてとり囲み、銃を構えながら周囲に油断なく目を配っている。

ゼインがベアリーをボートに乗せ、座る位置を指示した。やがて男たちは海面上にボートをそろそろと押しやりはじめた。一番背の低いサントスが胸までつかるほどの水深になると、全員が訓練の成果とおぼしき身軽さでさっとボートに乗ってきた。スプーキーがほとんど無音のエンジンをかけ、ボートを沖に進めようとした。

そのとき岸のほうで怒号が響き、いきなり激しい銃撃が始まった。

ベアリーはだだだっという自動小銃の発射音に思わずふりかえろうとしたが、ゼインが片手で彼女の頭を押さえつけ、同時に自分のライフルを出した。スプーキーはエンジンの出力を全開にしてスピードをあげた。ほかの隊員たちはそれぞれの銃口に火花を散らしながら応戦した。ボートの底で身をちぢめているベアリーの上に、からになった薬莢《やっきょう》がばらばらと落ちてくる。彼女は熱い真鍮《しんちゅう》でやけどしないように顔をベールでおおった。

「ドレクスラー!」ゼインがどなった。「火器を持っているやつらを狙って爆発させろ！」

「了解！」

だが次の瞬間うめき声が聞こえ、ベアリーの上に誰かが倒れこんできた。隊員のひとりが撃たれたのだ。ベアリーはその隊員を助けるために重い体の下から這いだそうとしたが、相手は彼女をかばうようにおおいかぶさったまま動かず、彼女が身動きするたびにうなり声をあげる。

そのうなり声には聞き覚えがあった。

かつて感じたことのない恐怖に全身をわななかせながら、ベアリーはなんとかゼインを横にころがして起きあがった。ベールがはずれ、熱い薬莢が右の頬をかすめとんだことにも気づかない。

そのとき闇を打ち砕く爆発音がして、花火のようにぱっとあたりを照らしだした。ベアリーは爆発の衝撃でボートの底に尻もちをついたが、またよろよろとひざまずき、ゼインのほうに手を伸ばした。

「いや」しゃがれ声で言う。「いやよ！」

いまの爆発は真っ白な閃光《せんこう》をともなって、ゼインの姿を細部までくっきりとうきあがらせた。彼は横向きになってえびのように体をまげ、両手で腹部を押さえていた。顔からは血の気がうせ、口もとは苦しげにゆがんでいた。黒いシャツの左側には大きなしみが広がって血だまりを作っていた。

ベアリーはベールをつかんで傷口に巻きつけ、上から強く押さえた。ゼインは獣のようにうなりながら、そりかえった。「サントス！」ベアリーは傷口にベールを押しつけたまま叫んだ。「サントス！」

がっしりした衛生兵がベアリーを押しのけるようにしてゼインの体にかがみこんだ。ベールをそっと持ちあげてまたすぐに押さえこみ、ベアリーの手をつかんで場所を教える。「ここを押さえて」鋭い口調だ。「ぎゅっと押すんだ」

もう銃声はやみ、エンジンのうなり声だけが低く響いていた。ボートは海水をはね散らし、波間をぐんぐん進んでいく。隊員たちは秩序を乱さず、それぞれの位置についていた。

「怪我《けが》の具合は？」グリーンバーグがどなった。

「明かりをくれ！」とサントスはどなりかえした。

グリーンバーグがすぐに懐中電灯の光を向けた。その光がとらえた血だまりを見て、ベアリーは歯を噛《か》みしめた。

「出血がひどい」サントスが言った。「腎臓《じんぞう》か脾臓《ひぞう》に弾が入ったようだ。すぐにヘリを呼ばなくては。公海に出るまで待っている余裕はない」注射器のキャップをとり、ゼインの腕の静脈に器用に針を突きさす。「がんばってくれよ、ボス。じきにヘリが来るから」

ゼインは答えない。歯を食いしばり、荒く息をついている。ベアリーと目があうと、わずかに片手を持ちあげて彼女の腕に触れ、またばたりと手をおろした。

「しっかりしてよ、ゼイン・マッケンジー」ベアリーは必死の思いで言った。「お願いだから……」その先は続けられない。彼が死ぬかもしれないなんて考えたくもなかった。

サントスはゼインの脈をとった。ベアリーは自分を見たサントスの目つきで、脈が弱く速くなっているのを知った。このままでは注射のかいなく、ショック症状に陥ってしまうかもしれない。

「いくら岸から近すぎようが関係ない！」グリーンバーグが無線機に向かってどなっていた。「すぐにヘリを出してくれ。ボスをつりあげてくれるだけでいい。ほかの者は次のヘリを待つ」

ボートの揺れにも構わず、サントスは再びゼインの静脈に注射針を入れ、その注射器と管でつながった血漿《けっしょう》入りのパックを握りしめた。「傷口を押さえつづけて」とベアリーに指示する。

「ええ」ベアリーはゼインの顔から目を離さなかった。見つめあっているかぎり、彼は大丈夫。大丈夫でいてくれなくては。

ひた走るボートの中の悪夢はいつまでも終わらないかに見えた。血漿のパックがからになると、サントスは新しいパックを出して注射器につないだ。そうするあいだにも「ちくしょう」とか「くそっ」とか、低く悪態をついている。

ゼインはじっと横たわっているが、たいへんな苦痛に耐えていることはベアリーにもわかった。痛みのあまり目がうつろになっているけれど、それでも意志の力をふりしぼってベアリーの顔を見つめつづけている。意識を失うまいとして、彼女の顔に気持を集中しているのだ。

でも早くヘリが来てくれなかったら、彼の超人的な意志力をもってしても出血のショックにもちこたえられなくなってしまうだろう。ベアリーはヘリが待ち遠しくて、夜空を見あげたかった。だが、ゼインから目をそらす勇気はない。目と目をあわせているかぎり、彼はがんばってくれる。

やがてばらばらと音がしたかと思うと、空に軍用ヘリコプターが現れ、まばゆいばかりの明かりが彼らを照らしだした。スプーキーはエンジンを切ってボートを海上に安定させた。ヘリが空を旋回し、ボートの真上で空中停止《ホバリング》する。力強い回転翼が海面に大きな波をたて、ボートをぐらぐらと揺さぶった。

籠《かご》がおりてくると、サントスとグリーンバーグが機敏な動作でゼインを乗せ、安全ベルトをしめた。そのあいだもベアリーはそばについて傷口を押さえつづけている。

サントスはちょっとためらってから彼女に手を離してさがるよう言った。ベアリーはしぶしぶ従った。サントスはベールを持ちあげたが、またすぐにもとの場所に押しつけ、自分も籠にまたがるようにして傷を押さえたまま乗りこんだ。「準備完了だ！」

サントスのその声でグリーンバーグが後ろにさがり、ヘリの中でウインチを操作している男に親指を立ててみせた。

籠がするすると引きあげられ、ハッチから突きだされたいくつもの手に引っぱりこまれた。そしてヘリは空母をめざし、みるみる遠ざかっていった。

あとには無気味な静寂が残った。ベアリーは顔をこわばらせてシートに座りこんだ。誰も口をきかない。スプーキーが再びエンジンをかけると、ボートはかなたに消えようとしているヘリの灯を追って、闇を切り裂くように疾走しはじめた。


二機めのヘリが巨大な空母のデッキに着陸したときには、それから一時間以上が経過していた。四人の隊員はヘリの車輪がデッキに着くのも待たずにとびおり、ベアリーも降りて彼らと走りだした。遅れないようグリーンバーグが腕をつかんでくれた。

制服姿の男が彼らの前に出てきて言った。「大丈夫ですか、ミス・ラブジョイ？」

ベアリーは構わずにその男をよけて走りつづけた。するとまた別の男が前に立ちはだかった。礼装用の軍服を着ていたさっきの男と違い、今度の男はこの空母の乗組員のようだ。

グリーンバーグが立ちどまって言った。「ウダカ艦長――」

「マッケンジー少佐は処置室だ」と艦長は言った。「あんなに出血していては基地までもたないと先生《ドクター》が言うんだ。うまく止血できなかったら脾臓を摘出するそうだ」

さっきの制服の男が追いついてきて言った。「ミス・ラブジョイ」ベアリーの腕をむんずとつかむ。「わたしはホッドソン少佐です。お宅までお送りします」

軍には軍の規律がある。ベアリーはただちに自宅に送りかえされねばならない。大使も心配している……。

ベアリーは大声で抗議した。困惑する少佐に悪態さえついた。

だが、それもむなしく今度は貨物輸送機に乗せられてしまった。最後にモンゴメリー号をふりかえったときには地中海の青い水に朝日が差しそめていたが、その風景はあふれる涙でかすんでいた。

7

貨物機がアテネに到着するころには、ベアリーは泣きすぎて目を腫《は》らしていた。ホッドソン少佐はなんとか彼女を落ち着かせ、なだめようとした。自分は命令に従っているだけだと言い、負傷したシール隊員の容態についてはいずれわかるだろうと慰めた。

〝動揺なさるのも無理はありません、ずいぶんこわい思いをなさったんでしょうからね、しかし、まずきちんと手当てを受けなければ――〟

ベアリーは座り心地の悪いシートから思わず立ちあがった。「撃たれたのはわたしじゃないわ！　手当てなんか必要ない。わたしはただゼイン・マッケンジーのそばについていたいだけなのよ！」

ホッドソン少佐は困りはてたように制服のカラーをつまんで引っぱった。「あいにくですが、わたしにはどうすることもできません。アテネに着いてお父上に無事な姿を見せて差しあげたら、そのあとはどこへ行こうがご自由です」

内心どこへでも勝手に行けと思っているのはその顔つきからして明らかだった。ベアリーはどさりとシートに腰をおろし、涙をぬぐった。こんなに逆上したのは生まれて初めてだった。いつでも淑女らしく、父の完璧《かんぺき》なパートナーを務めてきたのだ。

でも、いまは淑女の気分とはほど遠い。邪魔だてする者は噛《か》み殺そうと殺気だっている虎《とら》の気分。ゼインが重傷を負って死ぬかもしれないというのに、この連中がわたしを彼から引き離そうとしているのだ。軍の規律もパパの影響力も地に落ちればいい!

もしもゼインがわたしのいないところで死んでしまったら、愛するパパでも絶対に許さないわ。パパがゼインのことを知らなくても関係ない。この恐怖をいったいどうしたらいいの? ああ神さま、お願いだから彼を死なせないで! 彼にあのまま死なれるぐらいなら、いっそわたしが誘拐犯の手によって殺されたほうがよかったわ!

アテネには一時間半足らずで到着した。飛行機が停止すると、ホッドソン少佐は厄介なお荷物から解放されることにほっとしたような顔でシートから立ちあがった。

扉が開き、ベアリーは身にまとったローブを押さえながら明るいアテネの日ざしの中に足を踏みだした。もう午前もなかば近く、気温が高くなっている。ベアリーは目をしばたたき、片手で日の光をさえぎった。日なたに出たのはずいぶん久しぶりのような気がした。

窓ガラスを黒っぽくしてあるグレーのリムジンが滑走路で待っていた。ドアがあき、父が日ごろの威厳も忘れて駆けよってきた。「ベアリー！」二日間の心労が顔にしわを刻んでいるが、心底ほっとしたような表情でベアリーを抱きしめる。

ベアリーはまた泣きだした。いや、涙はさっきからとめどなくこぼれつづけていた。父の胸に顔をうずめて泣きじゃくる。「わたし、戻らなくちゃならないの」ほとんど支離滅裂な発言だ。

父は彼女を強く抱きしめた。「よしよし、ベイビー。もう大丈夫だ。こわかっただろう？　すぐにうちに帰って――」

ベアリーは激しくかぶりをふって父から身を引きはがした。「わたしはモンゴメリー号に戻らなくちゃならないのよ。ゼインが……彼が撃たれたの。もう助からないかもしれない。早く彼のところに戻らなくちゃ」

「大丈夫、大丈夫。心配いらないよ」父はそうなだめながら、ベアリーの肩を抱いてタラップをおりはじめた。「医者を待たせてあるから――」

「医者なんて必要ないわ！」ベアリーは激高して父の手をふりほどいた。

娘がそんなことをするのは初めてだったので、ラブジョイ大使は愕然《がくぜん》とした。ベアリーは顔にかかった髪を乱暴にかきあげた。髪は二日間櫛《くし》を通していないためにくしゃくしゃにもつれ、汗や海水でべとついている。

「わたしを助けてくれた男性が死にそうなのよ。ホッドソン少佐に飛行機に乗せられたときには、彼はまだ処置室にいたわ。わたし、あの空母に戻りたいの。ゼインの無事を確かめたいのよ」

ウィリアム・ラブジョイは娘の肩に再び腕をまわし、リムジンのほうに歩きだした。「なにもおまえが戻る必要はない。リンドリー大将に問いあわせればすむことだ。その彼もシールの隊員なんだろう？」

ベアリーは力なくうなずいた。

「おまえが戻ってもなんの役にも立たないことはわかるだろう？　処置がうまくいったら、彼は軍の病院に移されるさ」

処置がうまくいったら……。その言葉はナイフのようにベアリーの心を切り裂いた。慰めの言葉や気休めなんか聞きたくない。いまはただゼインに会いたい。

三日後、ベアリーはこれまで見せたこともないような冷たい目をして父親のオフィスに立っていた。

「パパがリンドリー大将にわたしの要請を拒絶するよう言ったのね？」非難をこめて言う。

ラブジョイ大使は吐息をついた。老眼鏡をはずし、くるみ材のデスクの上にそっと置く。「ベアリー、これまでおまえの望みはたいていかなえてやったはずだ。しかし例の男に関しては少々常軌を逸しているぞ。彼が快方に向かっているのはわかったんだから、もういいじゃないか。わざわざ枕《まくら》もとに押しかけていく必要がどこにある？　マスコミにかぎつけられたら、おまえの災難が世界じゅうの大衆紙にでかでかと書きたてられてしまうんだよ」

「わたしの災難？」ベアリーはおうむ返しに言った。「それじゃゼインはどうなの？　彼はわたしを助けるために死にそうな目にあったのよ。いいえ、ひょっとしたら彼が一命をとりとめたというのはリンドリー大将の嘘《うそ》なのかもしれないわ」

「むろん彼は生きているさ。わたしがリンドリーに頼んだのは、おまえに彼の居場所を教えないでくれということだけだ」父は長身の体を椅子から起こし、デスクをまわりこんでベアリーの手をとった。「焦らずに心の傷が癒《い》えるのを待つんだよ、ベアリー。おまえの気持はよくわかる。相手は強くて勇敢なゲリラ戦士だ。しかし時がたって客観的に見られるようになったら、彼を追いかけまわすような恥ずかしいまねをしなくてよかったと思うはずだよ」

胸の内にふくれあがる怒りを押しとどめるのはもう不可能に近かった。誰もわたしの言うことを聞いてくれない。聞きたがらない。ただ、災難だったね、時がたてば傷も癒えるよ、と言うばかり。レイプはされていないと何回も主張したのに、誰も信用してくれない。医者の診察を拒んでいるのも誘拐犯たちにレイプされたからではなく、ただゼインと愛しあった痕跡《こんせき》を誰の目にもさらさず大事に守りたいだけなのに。なのに誰もがわたしをこわれもののように扱って、事件のことには触れまいとしている。

わたしはゼインに会いたいのだ。ただ会うだけでいい。彼の無事をこの目で確かめれば。だけど、大使館につめている海兵隊の将校にゼインのことを調べてくれるよう頼んだら、その将校のかわりにリンドリー大将が返事を持ってきたのだ。

彼が大使官邸にやってきたのは一時間ほど前だった。ベアリーはまだ仕事に身が入りそうになくて、大使館には行っていなかったので、官邸の応接間で大将の応対をした。

ベアリーの健康状態や天気についてあたりさわりのない会話をかわしたあと、リンドリー大将は用件を切りだした。「お尋ねのゼイン・マッケンジーの件ですが」優しい口調だ。「彼についてはわたしが随時報告を受けておりました。いまではいずれ完全に回復するものと断言できます。モンゴメリー号の船医が止血に成功し、脾臓《ひぞう》の摘出もせずにすんだんです。容態は安定し、病院に移されています。じきに本国に戻って、予後の回復に専念することになるでしょう」

「いまどこにいるんです？」ベアリーは目をぎらつかせて詰問した。この三日間ほとんど寝ていない。食べるものもろくに喉を通らず、体重はどんどん落ちていた。

リンドリー大将はため息をもらした。「それはお教えしないようお父上に頼まれているんですよ。わたしもあなたは知らないほうがいいと思いますね。ゼインは非凡な戦士だが、シールというのは特殊な人間の集団なんです。彼らは偉大な戦士であるがゆえに、模範的な市民にはなりえない。はっきり言えば、とぎすまされた人間兵器なんですよ。表舞台には立てないし、彼らに関する情報はほとんどが極秘扱いなんです」

「彼の任務について知りたいわけではありませんわ」ベアリーは抑えた口調で言った。「ただ、会いたいだけなんです」

リンドリー大将は首をふった。「あいにくですが」

それ以上は何を言っても無駄だった。ただゼインが生きているということだけがせめてもの救いだった。それがわかっただけで膝の力が抜け、耐えがたいほどの緊張も少しは解けてきた。

だが、だからといって父親の干渉を許すつもりはない。

「わたしは彼を愛しているの」いまベアリーはきっぱりとした口調で父親に宣言した。「彼と会うのを邪魔する権利はパパにもないはずよ」

「愛だって？」父はあわれむようなまなざしで言った。「ベアリー、おまえが感じているのは愛ではなく、あこがれだよ。いずれさめるに決まっている」

「わたしがそれを考えなかったと思うの？」ベアリーは言いかえした。「ロックスターにのぼせあがったティーンエイジャーとは違うのよ。確かにわたしたちが知りあったときの状況は危険で特異なものだったわ。確かに彼は命がけでわたしを助けてくれた。でも、愛とあこがれの違いぐらい、わたしにもわかるわ。それにもしわかってないとしても、決めるのはわたし自身なのよ」

「おまえはむかしから理性的な娘だったはずだ。せめていまの自分に冷静な判断ができなくなっていることは認めるべきだよ。衝動のままにその男と結婚なんかしたら——彼はおまえとの結婚には一も二もなくとびつくだろうよ——あとで悔やむはめになる。俗物的な言いかたかもしれないが、彼はわたしたちとは人種が違うんだ。彼は軍人、それもよく訓練された殺し屋だ。おまえは各国の国王や王子と食事し、ダンスをする立場の娘だ。そんな二人にどういう共通点があるんだね？」

「最初に言っておきますけど、いまのは俗物的な言いかたではないわ。俗物そのものの言いぐさよ。それにパパはわたしを資産家の娘という以外にとりえがないと思っているのね」

「そんなことはないさ」父親は本心からびっくりしたように言った。「おまえはすばらしい人間性の持ち主だ。だが、おまえと彼とでは生きる世界が違うんだよ。だいたい私利私欲に彼の目がくらまないとなぜ言いきれる？」

「なぜならわたしは彼を知っているからよ。彼については大使館のパーティで出会っていたら絶対にわからないようなことまでわかっているわ。パパに言わせるとシールの隊員は人間らしい優しさや思いやりなんて持ちあわせてないんでしょうけど、彼は違うわ。いいえ、彼のチームの全員が優しくて人間的だったわ。わたし、レイプはされてないと何度も言ったわよね？　パパがそれを信じずにわたしの身を気づかい、苦しんでいるのはわかっていたわ。でも、ほんとうに、誓ってレイプはされていないのよ。犯人グループは翌日に首謀者が到着するまで待つつもりだったの。だからわたし、恐怖におののきはしたけれど、パパが考えているような心の傷は負わずにすんだのよ。血だまりの中に倒れているゼインを見たことが何より大きな傷になっているんだわ！」ベアリーは努めて声のトーンを落とした。「わたしの救出が当初の計画どおりにいかなかったのはパパも知ってるでしょう？」

　ラブジョイ大使は小さくうなずいた。娘をとりもどす唯一の望みが断ち切られたあのとき、彼はもう娘が生きて帰ってくることはあるまいと、絶望のどん底に突き落とされた。だが、リンドリー大将はそれほど悲観してはいなかった。シール部隊からの連絡がとだえ、ベンガジ市内で発砲騒ぎがあったと報告は受けたけれど、もし隊員たちが殺されるかつかまるかしたのならリビア政府はとくとくとしてそれを全世界に向けて発表するはずだ。発表がないということは、部隊はまだ救出活動を続けているのだろう。部隊のほうから救出は失敗したと連絡してこないかぎり、まだ希望は残されている――。

「あれは別に失敗というわけではなかったのよ、パパ。ゼインはわたしが監禁されていたビルにひとりで忍びこんできたの。たぶん万一の場合ほかの隊員に犯人グループの注意を引きつけさせるためだわ。それに彼らが見つかった場合にも、どうすべきか作戦を考えてあったのよ。人間のやることには予測不可能な面もあるから」それについては二人きりで過ごした甘いひとときにゼインが話してくれたのだ。

「隊員たちは外の暗がりにひそんでいたんだけど、犯人グループの見張り役がそのうちのひとりに蹴《け》つまずいてしまったの。それで大騒ぎになって銃撃が始まったのよ。わたしが監禁されていた部屋の外にも見張りが立っていたけれど、その男はゼインが息の根をとめたわ」淡々と言う。「残りの犯人グループは外の隊員たちを追って出ていったの。わたしとゼインはそれから一日、別の場所で隠れていなければならなかったけど、でも、わたしは無事だった」

　父は真剣な顔で聞きいっている。いままでベアリーはゼインのことが心配でたまらず、リビアを脱出するまでの経緯を詳しく説明するどころではなかっなのだが、ゼインが生きているのがわかったからには、父に話をする余裕も出てきたのだ。

「隠れ家にひそんでいるあいだも、ゼインは危険をおかして食べものや水やローブを調達してきてくれたわ。怪我《けが》の手当てもしてくれたし、くず拾いが壁をこわして入ってきそうになったときには体を張って守ろうとしてくれた。わたしが恋したのはそういう男性なのよ。パパとは人種が違っていても、わたしとは同じ人種の男性だわ！」

その瞬間父の目に驚愕《きょうがく》と狼狽《ろうばい》の表情が広がった。ベアリーは遅ればせながら自分が戦略を誤ったことに気がついた。もしも単に感謝すべき相手としてゼインを見舞いたいのだと、会ってきちんとお礼を言いたいだけなのだと思わせておいたら、父も認めてくれたかもしれない。父は礼儀を重んじる几帳面《きちょうめん》なタイプなのだ。でも、わたしはゼイン・マッケンジーを本気で愛していると言いきってしまったし、それこそがパパの最も恐れていたことなのだ。これでゼインは娘を奪いかねない大きな脅威となったわけだ。

「ベアリー、わたしは……」いつも弁舌さわやかなラブジョイ大使がいまは言葉につまって口ごもっている。彼は大きく息を吸いこんだ。彼が娘の望みをたいていかなえてやってきたというのは事実だった。これまでに娘の望みをしりぞけたのは、それが娘の身の安全を脅かすと判断したときだけだ――たとえばオートバイがほしいと言いだしたときのように。たったひとり残された娘を守ることと、妻にそっくりのその娘をそばに置いておくことが、彼にとっては絶対譲れないこだわりになっているのだ。

ベアリーは父の目に、娘のほしがるものをなんでも与えてやりたいという親心と、それをしたら娘が自分から離れていくかもしれないという恐怖心とがせめぎあうのを見た。パパはわたしとたまに会うだけけではいやなのだ。そういう暮らしはわたしが寄宿学校にいたころだけでたくさんであり、いまは常にそばに置いておきたいのだ。わたしがいれば家のことをさせられるからという身勝手な理由もあるだろうけど、パパが心の底からわたしを愛していることには疑問の余地はない。

父は狼狽の色もあらわに、かたい口調で言った。

「それでもおまえはまだ気持が落ち着くまで待つべきだと思うね。彼はおまえが言ったような特異で危険な状況に生きている男なんだ。そんな男とどうやって暮らしていくつもりだ?」

「それは無意味な質問だわ。わたしたち結婚の話はおろか、つきあおうという話さえしなかったんですもの。いまはただ彼と会いたいのよ。彼にお見舞いにも来ないような薄情な女だと思われたくないの」

「つきあおうという話さえしなかったのなら、彼がおまえの見舞いを期待するわけもないだろう? 彼にとっておまえの救出は単なる任務にすぎなかったんだから」

ベアリーは肩を怒らせ、グリーンの目に感情をたぎらせた。「それだけじゃないわ」そっけなく言ったのは、ゼインとのあいだにあったことをそれ以上話したくなかったからだ。ひとつ深呼吸して、重いひとことをほうりだす。「もとはといえばパパのせいよ」目は父の顔を見つめたままだ。「わたしが誘拐されているあいだにこっちで何があったのかはききもしなかったけど、わたしだってばかじゃないんだから——」

「それはもちろんだ」父はさえぎった。「しかし、だからといって——」

「身代金の要求はあったの?」ベアリーは鋭く言葉を割りこませた。

ラブジョイ大使は有能な外交官だ。めったに顔色を変えることはない。だが、いまは不思議そうにぼんやり娘を見つめかえしている。「身代金？」

ベアリーのみぞおちに新たな絶望がしこりとなって居座った。「そうよ、身代金よ」厳しい表情でやんわりと言う。「身代金の要求はなかったのね？　つまり犯人の目的はお金じゃなかったわけね？　犯人は別のものをほしがっていたんでしょう？　情報をね。パパから無理やり情報をとろうとしていたのか、それともパパがずっと情報を流しつづけていたのにいまになって抜けようとしているのか、いったいどっちなの？」

父のポーカーフェイスがまたはがれ落ちた。外交官らしい穏やかな表情に戻る前に、ほんの一瞬目に動揺が走った。「とんでもない誤解だよ」静かに言う。

ベアリーは胸がむかむかしてきた。誘拐犯たちがわたしを人質にパパから情報を引きだそうとしていたのだとしても、パパはわたしを心配させまいとして否定するだろう。でも、いまのパパの表情からは確かに罪悪感が読みとれた。祖国を裏切っているという罪悪感が。

ベアリーは父の返事にはとりあわなかった。「パパのせいよ」と繰りかえす。「ゼインがあんな目にあったのはパパのせいだわ」

父はベアリーの険しい目つきに一瞬たじろいだようだ。「わたしはそうは思わないね」

「わたしが誘拐された原因はパパにあるのよ」

「職務上おまえに言えないこともあるのはわかっているだろう？」そう言うとベアリーの手を放し、デスクの前に戻って腰かける。そうすることで父親の立場を離れ、アメリカ大使の立場に戻ったのをわからせるかのように。「だが、いずれにしてもおまえがそんな邪推をするということは、それだけ平静を失っている証拠だ」

ＣＩＡのアート・サンドファー支局長に話したら、彼もやっぱり邪推だと言うだろうか？　いや、パパを追いつめるようなまねはできない。パパをかばったら、わたしも謀反人ということになるのかしら？

そう考えると吐き気がしてくる。わたしはアメリカという国を愛している。長くヨーロッパで暮らし、ヨーロッパの文化にも愛着を感じるけれど、アメリカの土を踏むたびに感じるエネルギッシュで豊かな雰囲気はほかの国にはないものだ。むろんアメリカだって完璧ではない。完璧とはほど遠いけれど、でも、わたしにとってアメリカは大事な祖国なのだ。

パパのことを黙っていたら、わたしも愛する祖国を裏切っていることになるのかもしれない。

ここにいるかぎり、わたしの身の安全はいつまでも保証されない。誘拐に失敗したからといって、犯人がこれであきらめるとは限らないのだ。パパは犯人が誰なのかわかっているに違いない。今後はこれまで以上に警戒を強めるだろう。わたしはパパの恐怖心の奴隷となって大使官邸の敷地内にとじこめられ、護衛つきでなければ外に出してもらえなくなるのだろう。

ほかの土地に移っても絶対安全ということはありえないだろうが、ここよりはましなはずだ。それに大使館という檻《おり》の中からとびだせば、ゼインの居所を突きとめるチャンスも広がる。リンドリー大将の力も世界の隅々にまで及んでいるわけではないのだから。アテネから離れれば離れるほど、彼の影響力は希薄になるはずだ。

ベアリーは父に向きなおり、この十五年間自分たち親子を結びつけていたかたい絆《きずな》をあえて断ち切ることにした。「わたし、アメリカに帰るわ」静かな口調だった。「バージニアの家に」

二週間後、ゼインはワイオミング州マッケンジー山の頂上に建つ両親の家のポーチに腰かけていた。青い山並みと豊かな植生の谷が作っている景観は息をのむほど美しい。ここは何もかもが自分自身の手のようになじみ深かった。牛や馬、家じゅうに置かれている本、納屋や厩舎《きゅうしゃ》をうろつく猫、世話好きなうるさい母、理解ある父……。

これまでにも銃で撃たれたことはある。ナイフで切りつけられたこともあるし、鎖骨や肋骨《ろっこつ》を折ったことも肺に穴があいたこともある。重傷を負ったのはなにも今回が初めてではない。だが、死があれほど間近に迫ってきたのは初めてだった。大量に出血しながら、ベアリーに傷口を押さえてもらっていたあのとき……。彼女の迅速な判断が、そしてサントスの適切な応急処置が、その他もろもろのすべてがゼインを救ってくれたのだ。そのどれかひとつでも欠けていたら、もうこの世にいなかっただろう。

海軍の病院を退院し、療養のためにこの家に帰ってきて以来、ゼインはやけに無口になっている。元気がないというよりも、考えたいことが多すぎるのだ。もっとも家族のみんなが次から次へと見舞いに押しかけてくるものだから、考えごともそうはできない。長兄のジョーはワシントンからとんできて、末の弟が思ったより元気なのを見るとすぐに帰っていった。次兄のマイケルは妻シェイと二人の腕白坊主を連れて、もう何度か顔を出している。その下の兄ジョッシュはやはり一家総出で週末にやってきた。妻のローランが勤務先の病院を週末しか休めないからだ。妹のメアリスはよっぴて車をとばし、彼が帰ってきたときには家で出迎えてくれた。彼はそのときにはのろのろとではあるにせよ、ひとりで歩けるようになっていたが、そうでなかったらメアリスはまだここに残っていただろう。彼女はゼインの前に椅子を持ってきて座り、意志の力で自分のエネルギーを送りこもうとするかのように何時間も彼を見つめていた。実際ゼインは彼女のエネルギーをわけてもらったのかもしれない。メアリスにはなんともいえない神秘的な力があるのだ。

それからあのチャンスさえもやってきた。いまにも爆発しかねない爆弾を見るような目で用心深く母や妹をうかがいながらも、この家に帰ってきて、いまもゼインの隣に腰かけている。

「海軍を辞めようかと思っているんだろう?」

ゼインはチャンスに心の内を見すかされたことを不思議には思わなかった。十四のときに派手な殴りあいをやって以来、二人は一種独特の連帯感で結ばれていた。女の子にもてたことから軍で訓練を受けたことにいたるまで、共通点がたくさんあるせいかもしれない。チャンスはいまだに手負いの狼《おおかみ》のように警戒心が強く、容易に人を近づけないが、そのチャンスも家族に対しては弱かった。路上でメアリーに拾われてにぎやかなマッケンジー家の中にほうりこまれるまで、誰からも愛されたことがなかったのだ。いまでも一家だんらんに引きずりこまれそうになるたびに抵抗を示すが、愉快なことにその抵抗が一時間ともったためしはない。メアリーやメアリスにはさすがのチャンスもかなわないのだ。ゼインもチャンスをきょうだいと認めてからは、彼の警戒心などいっさい斟酌《しんしゃく》しなくなった。

「ああ、そうなんだ」いまゼインはようやく返事をした。

「今度という今度はほんとうに死の一歩手前までいったせいかな?」

ゼインは鼻先でせせら笑った。「死にそうになったからといって、お互い臆病《おくびょう》風に吹かれるようなやわな人間ではないだろう?」マッケンジー家でチャンスの仕事について詳しく知っているのはゼインだけだ。どっちの仕事のほうがより危険かといえば、どっちもどっちだった。

「それじゃ少佐に昇格したせいだな」

「そう、昇進したせいで現場に出る機会がなくなってしまった」ゼインは物静かに言った。そっと椅子にもたれかかり、ブーツをはいた足をポーチのてすりにのせる。いかに回復が速いとはいえ、重傷を負って二週間半しかたっていない体を手荒に扱うわけにはいかない。「このあいだの任務だって、モンゴメリー号のごたごたで部下が負傷していなかったらぼくの出番はなかったんだ」

そのごたごたについてはチャンスも知っている。ゼインから聞いたのだが、ごたごたというのはいかにも控えめな表現だった。ゼインは病院で意識をとりもどすと、ただちに電話で調査を指示した。オデッサ下級准尉は完全に回復するだろうが、ヒギンズ大尉のほうは後遺症のために退役を余儀なくされそうだということだった。彼らを撃った兵士たちは、抜け目ない弁護人がつけば軍法会議でも処罰されずにすむかもしれないが、それでも免職処分はまぬかれないだろう。それがウダカ艦長やボイド副艦長の出世にどの程度響くのかはわからない。おそらく波及効果は艦長にまで及ぶだろう。

「ぼくはもう三十一だ」とゼインは言った。「第一線で活躍させてもらえる上限年齢は超えてしまった。それにぼくは優秀すぎるんだ。どんどん階級があがって、現場に出られるような立場ではなくなってしまった」

「軍を辞めてぼくと組むか？」チャンスは軽い調子で尋ねた。

それをゼインも考えてはみた。だが、何か引っかかるのだ。それが何かはわからないのだが。

「そうしたいとも思うんだが、ちょっと事情があって……」

「どんな事情だ？」

ゼインは肩をすくめた。気持が定まらない理由の中にははっきりしているものもある。「女さ」

「なるほど、女か」チャンスは安楽椅子を揺さぶってのけぞるように空を見た。「女がからんでいるならその女のことがふっきれないかぎり、ほかのことには集中できないぞ。女はかわいいものだからな」チャンスは女にまつわりつかれるタイプだ。すこぶるつきのハンサムだということもあるが、命知らずの無頼な雰囲気が女性を引きつけるのだろう。

ゼインはベアリーをふっきる自信がなかった。ふっきりたいのかどうかもわからない。彼女がさよならも言わずに姿を消したわけはわかっている。さんざん抵抗しながらも無理やり貨物機に乗せられてアテネに連れもどされたと、バニーやスプーキーから聞いている。シール部隊に関する秘密保持という軍の方針もさることながら、彼女の父親が邪魔をして、彼がどこの病院に収容されたのかさえ突きとめられなかったのだろう。

ゼインは彼女に会いたかった。彼女の穏やかな表情や熱い肌が恋しかった。

ベアリーが彼のベルトに手を伸ばして、思いつめた調子で〝わたしがやるわ〟とささやいたときのことが、いまも鮮やかによみがえる。

彼女の気持はよくわかった。自分が主導権をとりたいというだけでなく、いまわしい記憶をいい思い出で追いやるために勇気を奮ったのだ。彼女はバージンだった。レイプされていないというのはほんとうだったのだ。だから何をすべきかもわからず、初体験の痛みも知らなかった。だが、最後には彼を受けいれ、ほかの女にはできなかったやりかたで彼の理性を打ちくだいた。

甘やかされた無力なお嬢さまのはずが、現実のベアリー・ラブジョイは緊迫した危険な場面でも泣き言ひとつ言わずに危機を切りぬけた。

彼女と話をするのも楽しかった。ずっと一匹狼をきどって、家族以外の人間に愛という言葉を結びつけて考えたことはなかったけれど、しかしベアリーには……。ああ、もっと彼女を知りたい。彼女と会って、二人の関係を行きつくところまで発展させたい。

彼女がほしい。

だが、その前にまず体力を回復させなくては。自力で家の中を歩きまわれるようにはなったものの、これが厩舎まで歩いていくとなると躊躇《ちゅうちょ》してしまう。

海軍にとどまるか否かについてもじっくり考えなくてはならない。海軍に入ったそもそもの目的が昇進によってとりあげられてしまったのだから、もう軍にいても仕方がない。今後シール部隊からはずされてしまったら、いったい何を生きがいにすべきだろうか？　よく考えて決断しなければならない。

ベアリーにはつきあう気などないのかもしれないが、彼女がアテネに発《た》ったときのようすを聞くと、そんなはずはないと思う。ベンガジで愛をかわしあったのは、どちらにとっても単なるなりゆきではなかったのだ。

だが、彼女と連絡をとるのはなかなか難しい。今朝もアテネのアメリカ大使館に電話して、ベアリー・ラブジョイを出してくれるよう頼んでみたが、しばらくして聞こえてきたのはラブジョイ大使の声だった。しかも彼とのやりとりは決して友好的なものではなかった。

〝娘もきみには感謝しているんだが、しかし事件のことはもう忘れたいという気持もご理解いただけるのではないかな？　きみの声を聞いたら、娘はよけいなことを思い出して動揺してしまうだろう〟大使は落ち着いた口調でひややかに言った。

〝それは大使のお考えですか？　それともお嬢さんの？〟ゼインも冷たく言いかえした。

〝どちらでも関係ないと思うがね〟大使はそう言いすてて電話を切った。

こうなったら当分のあいだはほうっておくしかな

い。いまは行動を起こせるような状態ではないのだから、しばらくようすを見る以外にない。今後どのような仕事につくか考えがかたまったら、またベアリーに連絡をとる時間もできるだろう。大使が電話をベアリーにとりつがせないようにしているのがわかったからには、次のときにはうまく大使をかわして接触をはかろう。

「ゼイン」家の中から母親の声がして、ゼインは現実に引きもどされた。「あなた、疲れてるんじゃないの？」

「大丈夫だよ」ゼインは答え、チャンスの顔をちらりと見た。

チャンスはにやにやしながらささやいた。「そっちに気をとられて、ぼくが肋骨を折ったことは忘れているんだ」

「お役に立てて光栄だよ」ゼインはものうげに言った。「ただし自分が怪我をするたびに、ぼくもどこかで撃たれてるなんて期待するなよ」

チャンスがメアリーにあれこれ世話を焼かれるのを恐れてびくびくしながら、結局されるがままになってしまうさまは家族全員にとって面白い見ものだった。チャンスはメアリーの言いなりなのだ。だが、それを言うならほかの子どもたちも同じだ。なにしろ父親というお手本を見て育ったのだ。父ウルフ・マッケンジーはぶつぶつ文句を言いながらも、たいていメアリーに押し切られてしまう。

「チャンス？」またメアリーの声だ。

チャンスの顔からたちまち笑みがかき消えて、今度はゼインがにんまりしたくなった。「はい？」チャンスはおそるおそる返事をした。

「骨折したところにまだちゃんとテーピングをしてるんでしょうね？」

例によってチャンスの目に困惑の色が広がった。

「ええと……もうとってしまったけど」嘘をついても

メアリーは疑いはしなかっただろう。しかし子どもたちはみな、どんなに都合の悪いことでも母親の質問にはいつも正直に答えている。子どもに嘘をつかれたことを知ったら、母がどんなに傷つくかしれないからだ。

「あと一週間はとってはいけないと言われているんでしょう?」家の中からまた声が聞こえた。まるで天の声だ。この声は甘く軽やかで、ゆったりとした南部なまりがあるけれども。

「それはそうだけど……」

「こっちにいらっしゃい。やってあげるから」

「はい」チャンスはあきらめたように言って立ちあがり、家の中に入っていった。通りすぎるとき、ゼインにはこうささやいて。「撃たれたぐらいじゃだめみたいだ。今度は違うのにしてくれ」

8

二カ月後、ゼイン・マッケンジー保安官はアリゾナ南部に買ったスペインふうの快適な家の窓辺に裸で立っていた。窓の向こうには月に照らされた砂漠が広がっている。シール部隊で訓練を積んだおかげでどんな環境にも順応できるようになっていたから、暑くて乾燥したこの土地にもうとましさは感じなかった。

ひとたび退官を決意すると、あとはとんとん拍子にことが運んだ。現在アリゾナ州当局で働いている元シール隊員が、ゼインが軍を辞めると聞きつけて電話をよこし、任期を二年残して死亡した保安官の後任になる気はないかと打診してきた。

ゼインは最初しりごみした。保安官になろうとは考えたこともなかったし、それ以上にアリゾナ州の法律なんてまったく知らなかったからだ。

〝心配いらないよ〟と相手は言った。〝保安官というのは政治家や官僚とそう変わらないんだ。ただし、きみが行くところは少々手がかかるかもしれない。保安官代理が二人辞めたきりになっているから人手不足で忙しいだろうし、残っている保安官代理の連中は、よそ者が自分たちを差しおいて保安官の後釜《あとがま》に座ったことを快く思わないかもしれない〟

〝なぜ保安官代理の中から後任を指名しないんだ？資格のある者がいないのかい？〟

〝そういうわけではないんだが、ここらあたりは人材が少なくてね。優秀なのが二人いることはいるが、二人とも若すぎて経験不足なんだ〟

保安官か。ゼインの関心は次第にふくらんでいった。楽な仕事ではないだろう。ましてよその土地から来た保安官は、はえ抜きの部下たちにけむたがられ、反抗されることもあるかもしれない。だが、そのほうがいい。楽な仕事はつまらない。難しい仕事のほうがやりがいがある。〝わかった、考えてみよう。ほかに知っておかなければならないことは？〟

〝面倒なことは結構多い。報酬はまずまずだ。ネイティブ・アメリカンの保護区があるから、ネイティブ・アメリカン当局ともつきあっていかねばならん。不法移住者の問題もあるが、そっちは移民帰化局に任せればいい。総じて犯罪は少ない土地がらだ。なにしろ住民が少ないからな〟

そういうわけでゼインは体力が回復するとこの土地の保安官に就任し、百エーカーの敷地と家の持ち主になったのだ。ワイオミングの実家から馬も数十頭持ってきている。海軍にいたころとはたいへんな違いだ。

もうベアリーに会いに行ってもいいころだろう。

この数カ月間ずいぶん彼女のことを考えた。最近では彼女のこと以外考えられなくなっている。調べてみたところ、意外にも彼女はアテネに連れもどされてから一週間とたたないうちにかの地を離れていた。いまはバージニア州アーリントンにあるウィリアム・ラブジョイの私邸に住んでいるという。しかも父親も先月唐突に大使解任を願いでて、バージニアに帰ったそうだ。父親が彼女のそばにいるとなると、これは少しばかり厄介だった。

だが、ウィリアム・ラブジョイが何をしようが、何を言おうが、ゼインは彼女と会うつもりだった。自分が銃弾を受け、彼女がアテネに連れもどされた時点で二人のつながりは切れてしまったけれど、このまま別れるわけにはいかない。二人がベンガジであれほど燃えたのは、異常な状況で密室にこもっていたからにすぎなかったのかもしれないが、そんなことはこの際どうでもよかった。それに、ほかにも無視できない問題がある。それもあって、明朝ツーソンからワシントンに飛ぶ航空便を予約したのだ。明日に備えてもう寝なくてはならないけれど、頭を占めている問題が彼を眠らせてくれない。ベアリーは妊娠しているのだ。

なぜそう言いきれるのかは自分でもわからない。直感というか、第六感というか、いや、論理的に考えてもそういう結論になるのだ。あのときは避妊の手だてがいっさいなかった。しかも二人は何度も愛しあった。となれば当然妊娠の可能性が生じてくる。だが、ゼインはそれを単なる可能性とはとらえず、既定の事実と考えた。

ベアリーがぼくの子どもを産む。

そう心につぶやいただけで熱い感情が押しよせてきて、こまごまと立てた計画をすべて押し流してしまった。もう互いを少しずつ知っていくなどという段階ではない。彼女が妊娠しているのなら、すぐに結婚しなくては。たとえ彼女がいやがってもきっと説得してみせる。要するにそれだけのことだ。

わたしは妊娠している。ベアリーはその事実を父親にも誰にも打ちあけず、ただじっと胸に抱きしめていた。父親との関係は誘拐事件を機に気まずくなったまま、いまもぎくしゃくしている。だが、父のほうはなんとか関係を修復しようと努めているようだ。大使を辞任したのもそのためだ。世間の人々はあの事件で身も心も傷ついたベアリーがアテネにいたたまれなくなり、ウィリアム・ラブジョイはそんな娘のそばにいてやりたくてアメリカに帰ったのだと思っているから、突然の辞任も彼の経歴の汚点とはならなかったが。

ベアリーは父がどんな陰謀にかかわっているのか考えまいとした。自分の父親が祖国を裏切っているかもしれないなんて、想像しただけでつらくなってくる。それに、心の片隅ではまだ父を信じていた。父は古風な男、信義を重んじる人間だ。それに証拠があるわけではなく、すべてはわたしの憶測にすぎないのだ。でも、わたしが事件の原因はパパにあるのではないかと難詰したとき、パパが隠しようもなく垣間《かいま》見せたあの狼狽《ろうばい》の表情は……。

もうひとつつらいのは、父が自分とゼインを会わせまいとしていることだ。ベアリーはバージニアに帰ってくると、ただちにゼインの消息を調べようとしたが、ここでもまた壁に突きあたった。彼のことは誰も教えてくれなかった。シール部隊の本部にまで問いあわせたのに、やはりやんわり拒絶された。シールがテロと戦う特殊部隊だということを考えれば、隊員の身元や居場所を隠すのも当然なのかもしれないが。

でも、わたしのおなかにはゼインの赤ちゃんがいるのだ。彼にそれを知ってほしい。過大な期待をかけるつもりはないけれど、子どもが生まれることは知っておいてほしい。それに、どうしてももう一度会いたい。父への疑惑や不信感で気持が不安定になっているから、せめて子どものことだけでも安心感を得たい。ゼインはわが子に背を向けて平然としていられるタイプではないはずだ。この子がわたしと彼をつなぐ永遠の絆《きずな》になってくれるだろう。

パパは子どものことを知っても、ゼインとの仲を認めてはくれまい。たとえ婚外子であろうと、自分の孫として独占し、束縛したがるかもしれない。わたしが妊娠したのを世間には隠そうとするだろうが、子どもが生まれてくれば隠しきれるものではない。ことが露見したら世間の人々はこの子をレイプによってできた子と思い、出産に踏みきったのは勇気ある行為だと言いあいながらもあわれみの目を向けてくるだろう。

ああ、このままでは頭がおかしくなりそうだ。せっかくバージニアに帰ってきたのにパパが追ってきて、護衛なしで出かけようものならたちまち大騒ぎになってしまう。どこへ行くにも、パパの運転手に連れていってもらわなくてはならない。薬屋に家庭用の妊娠検査薬を買いに行ったときにも、こっそり家を抜けださなくてはならなかった。もっとも検査薬を試すまでもなく、妊娠に間違いないことは体の変調が告げていた。

こんな思いもかけない事態には慌てふためいて当然なのだろうが、ベアリーにとって妊娠は唯一喜ばしいことだった。いまの彼女は非常に孤独なのだ。ゼインと二人きりの長く濃密な時間を経験したあとでは、ほかの人たちがなぜか遠く感じられた。彼との思い出もいまの心境も、他人にわかってもらえるとは思えない。ゼインとわかちあった経験は戦争体験にも似て、当事者同士にしか理解の及ばないものなのだ。

でも、妊娠の事実はいずれわかってしまう。定期的に診察を受けなければならないし、家の中の電話はいまではすべて録音されている。家を抜けだし、公衆電話で病院に予約を入れることはできるだろうが、もうそんなことはしたくなかった。

わたしはもう子どもではない。やがて母親になるのだ。ろくに口もきかないほどパパとの関係が悪化しているのはほんとうに残念だけど、でも、それは仕方のないことだ。パパがスパイ行為にかかわっている可能性が消えないかぎり、わたしにはどうすることもできない。パパにわたしが誘拐されたわけを納得のいくまで説明してほしいのに……。出かけるたびに背後をふりかえらなければならないような生活はもういやだ。護衛の必要な生活なんていや。ふつうの生活がしたい。こういうぴりぴりした雰囲気の中で赤ちゃんを育てたくはない。

そう、こんな息苦しい家は出なくては。また誘拐されるかもしれないという恐怖の念から自分自身を解放しなくては。いまは自分の身だけでなく、おなかの赤ちゃんも守らなくてはならないのだから。

うつうつとそう思い悩んでいたある日のこと、ベアリーは庭の木立で縄張り争いをする鳥たちの鳴き声で朝早くに目を覚ました。妊娠して疲れやすくなったため、夜はきちんと眠れるようになっていたが、朝目覚めるとたんに吐き気がする。その朝も起きるが早いかいつものように浴室に走った。吐き気の嵐《あらし》がおさまったあとは、いつもと同様すっきりした。すると珍しく空腹を覚え、数週間ぶりに食欲がよみがえってきた。

時刻は六時前だから、料理人のアデルはまだ来ていないだろう。朝食はだいたい八時と決まっており、ベアリーは八時過ぎても寝ていることが多かった。だが、いまはおなかが鳴っていて、あと二時間も待てそうにない。

彼女はガウンを引っかけ、スリッパをはいてそっと部屋を出た。階段のそばの寝室で寝ている父親を起こしたくなかった。父が起きてきたら、差し向かいで気づまりな食事をとらねばならない。父はいつも何事もなかったようにふるまっているが、ベアリーのほうは前と同じような態度はとれなかった。

階段の上まで来たとき、眠っていると思っていた父の声が耳に入った。ベアリーは父が足音に気づいて自分を呼んだのかと思い、その場に立ちどまった。と、そのとき父が鋭い調子で〝マック〟と言うのが聞こえた。

冷水を浴びたように背筋が凍りつき、胃が引っくりかえった。ベアリーが知っているマックといったらマック・プルエットだけだが、なぜ父が彼と話をしているのだろう? わたしの知るかぎり、マック・プルエットはいまもアテネに駐在しているはずだ。大使を辞任してアメリカに引きあげてきた父とは、もう連絡をとりあう理由などないはずだ。

そこまで考えたベアリーは、別の可能性に思いあたってぎくりとした。もしかしたらパパはマッケンジーと言ったのに、わたしが最初の部分しか聞きとれなかったのかもしれない。ゼイン・マッケンジーの話をしているのだとしたら、聞き耳を立てていれば彼の居所か、せめて元気かどうかはわかるかもしれない。彼のその後について何も教えてもらえないのだから、完全に回復するはずだというリンドリーの言葉もうのみにはできない。リンドリー大将のことも父のことも、彼女はもう信用していなかった。

父の寝室ににじりより、ドアに耳を押しつける。

「もうこんなことは終わりにしたい」父の厳しい声が聞こえたあと、ちょっと間があった。「ベアリーを巻きこむつもりはなかったんだ。なんとかうまく片づけてくれよ、マック」

ベアリーは絶望に打ちひしがれて目をとじた。先刻以上に背筋が冷たくなり、体が震えだした。再び襲ってきた吐き気を、唾《つば》をのみこんでこらえる。やっぱりパパは敵と通じているのだ。パパだけでなく、マック・プルエットも。マックはCIAの諜報員《ちょうほう》だが、実は敵のスパイなのだろう。でも、その敵とは何者だろうか？ 東西の境界線がはっきりしていた冷戦時代に比べ、世界は大きく変わっている。多くの国家が消滅し、あるいは新たに誕生した。いま国家間の紛争の種となっているのは、たいていが宗教もしくはお金だ。そんな中でパパやマック・プルエットがどういう役割を果たしているのだろう？ パパが知っていてマックが知らない情報とはいったい何？

そんなものはいくらでもある。考えてもらちがあかない。パパはヨーロッパ各国に友だちがいて、多種多様な秘密情報を入手できるのだ。わからないのはなんのためにパパが情報を売るのかということだ。まさかお金のためではあるまい。パパはすでに金持ちなのだ。でも、お金には麻薬のような中毒性があるともいう。ある人々にとってはどれほど持っていても十分ではなく、あとからあとからほしくなるものらしい。

でも、パパがそういう人間のひとりだなんて考えられない。それともわたしがいまだに子どもの目でしか父親を見られず、不正を働いてでも金を得ようとする強欲な一面を見落としているのだろうか？

ベアリーは足音を聞かれるのも構わずにふらふらと自室に戻っていった。まだ電話に没頭しているのか、それとも彼女の足音が思ったほどには大きくなかったのか、父の部屋のドアはしまったままだった。

ベッドにまるくなり、おなかの子どもを守るように膝をかかえこむ。

パパがわたしを巻きこむつもりはなかったと言ったのはどういう意味だろう？ 誘拐のこと？ でも、

あれからもう二カ月以上たっている。またわたしを人質にとられる恐れが出てきたのだろうか？

こんなふうに途方もない憶測で闇《やみ》の中を手探りしていくなんて耐えられない。まるで道しるべのない未知の世界に迷いこんでしまったみたいだ。いったい全体どうしたらいいの？　FBIに相談する？　でも、FBIにはなんのつてもないし、それに引きかえパパは長年FBIと接触しているから、FBIの誰を味方につけていないとも限らない。

FBIにも相談できないとなると、この家にいるのは危険なのではないかしら？　わたしの憶測は決して途方もないものではなく、あんがい的を射ているかもしれないのだ。外交官の娘として外国暮らしをするようになってからずいぶん裏の世界を見てきたし、大使館勤めを始めてからはなおさらだ。不正や陰謀は決してなくならず、危険はいたるところに存在する。わたしが誘拐されてからいまにいたるまでパパが異常なくらいわたしの身を気づかっていることを考えれば、決して楽観はできない。

やはりこの家を出なくては。

この家を出て、テロリストたちに見つからないよう姿をくらまさなくては。でも、テロリスト以上にこわいのがマック・プルエットだ。マックは恐ろしいほど切れる男だ。まるで蜘蛛《くも》の巣のように、あちこちに情報網を張りめぐらしている。航空券をとるのに本名を使ったり、クレジットカードで支払いをするわけにはいかない。

完全に姿をくらますためにはまとまった額の現金が必要だから、まず銀行預金を解約しなければ。でも、パパに見とがめられずに家を出られるかしら？　夜陰に乗じて窓から抜けだし、近くの公衆電話でタクシーを呼ぶしかないだろう。

ひょっとするとこの家はすでに監視されているかもしれないし。

ベアリーはうめき声をもらし、両手で顔をおおった。ああ、こんな調子ではノイローゼになりそう。でも、おなかの赤ん坊のことを考えたら用心するにこしたことはないのだ。黒装束で窓から這《は》いださなければこの家から離れられないのだとしたら……いかにばかばかしく感じられようともそうすべきだ。今夜にでも？　決行は早ければ早いほどいい。

そう、今夜決行しよう。

決心がつくと、ベアリーは深く息をついて細かな計画を練りはじめた。少しは衣類も持っていかなければならない。それに小切手帳と預金通帳。当座預金も定期預金も解約するのだ。クレジットカードも持って出て、可能なかぎりの現金を作ろう。全部あわせれば五十万ドル近い額になるはずだ。でも、それだけの現金を持ち歩くためにはからの鞄《かばん》も必要だわ。

そんなふうに考えていくと、やっぱり少々ばかばかしくなってきた。両手にスーツケースを引きずりながら、どうやって闇夜の庭を這っていくつもり？

よく考えるのよ、とベアリーは自分を励ました。そうだ、なにも衣類やスーツケースを持っていくことはない。手もとにある数百ドルの現金と小切手帳、預金通帳、クレジットカードだけ持っていけばいい。小切手帳や通帳は現金化したあとで廃棄する。衣類や化粧品など、すぐに必要なものはディスカウントショップで買いそろえるのだ。自分でできるヘアカラーのセットも買って、赤い髪をブラウンに染めよう。

現金を手にしたあとはどうにでもなるだろう。切符を買って列車にとびのり、目的地の手前で降りればいい。それから安い中古車をキャッシュで買えば、行き先を突きとめられる恐れもなくなる。念のためにその車は一日で乗りすて、別の車に買いかえよう。

過激な手ではあるけれど、実行不可能ではない。

ばかげた妄想かもしれないけれど、自分の命、そして赤ん坊の命がかかっているのだから万全を期さなくては。パパには町を去る前に葉書を出そう。しばらく帰らないけど心配いらない、と。さもないとパパはまた誘拐されたと思って動転してしまうだろう。よけいな心配はかけたくない。パパに対する愛情はいまも変わらないのだ。でも、不安や不信感はおりにふれて心に襲いかかってくる。パパがテロリストに情報を売るなんてありえない。パパはそんな人ではない。万人に好かれるタイプではないけれど、わたしがこれまでに聞いたパパの一番の悪口とはせいぜいが俗物という程度のものだ。でも、俗物ではあっても、パパが有能な外交官として国のために尽くしてきたのは事実だし、CIAとつながっているのはどこの大使でも同じだ。それにパパは六代前の大統領から現大統領にいたるまで親しく友だちづきあいをしている。そんなパパが国を裏切るわけはない。

わたしも自分のことだけ考えればいいのだったら、こんなふうにパパを疑いはしなかっただろう。

でも、わたしのおなかには赤ちゃんがいるのだ。まだわたし自身にしかわからない、小さな命が宿っている。この子のおかげでバストがやけに敏感になり、腹部もちょっと張っているような感じがする。

ゼインの赤ちゃん。

この赤ちゃんを守るためなら、どんな苦労もいとわぬつもりだ。まず、どこか産婦人科の診察が受けられるような安全な土地を探す。それから名前を変え、新しく運転免許証と社会保障カードをとらなくては。偽名で免許証や社会保障カードをとるのは難しいだろうが、社会の裏側に通じている人間はどこの土地にもいるはずだ。免許証は偽造できるかもしれないけれど、社会保障カードのほうは正規の役所で発行してもらわなければないだろう。たとえ社会保障制度そのものがいずれ廃止されるにしても、きちんと就職しようと思ったらいまはまだ社会保障番号が不可欠だ。

そう、考えるべき問題はほかにもある。現金を全部使い果たしてしまうのは愚の骨頂だ。仕事を見つけ、住宅費や食費を稼がなければ。美術と歴史の学位は持っているけれど、本名を使えないのだから教職につくことはできない。

いずれにせよ、仕事のことは落ち着く先が決まってから考えるしかない。ウェイトレスでも事務員でも、自分にできる仕事ならなんだってやろう。

ベアリーはちらりと時計を見た。七時半。気が高ぶっているにもかかわらず、気持が悪いほど空腹を感じる。これだけ神経が張りつめていても、子どもを宿した体はちゃんと時間どおりに食事を要求するものらしい。

そう考えるとベアリーは思わず頬をゆるめた。おなかの子が自分の要求を通そうとして、小さな足で地団駄踏んでいるような気がした。

片手を腹部にやり、かつては存在しなかったわずかなふくらみにあてがってささやきかける。「わかったわ、すぐに食べさせてあげる」

それからシャワーを浴び、服を着ながら、父親と何食わぬ顔で対面する心の準備を整えた。

朝食室に入っていくと、父はうれしそうに顔をあげたが、すぐに用心深い表情になった。「いっしょに朝食がとれるとはうれしいね」新聞を折りたたんでわきに置く。

「鳥の声で目が覚めちゃったの」ベアリーはそう言いながら、トーストと卵料理をとろうとしてカウンターに向かった。だが、ソーセージを見ると軽い吐き気がこみあげてきたので、結局トーストと果物だけにする。これでおなかの赤ちゃんが満足してくれるといいんだけど。

「コーヒーは?」父が腰をおろしたベアリーに尋ね

た。すでに銀のポットを手にとって、カップにつごうとしている。

「いいえ、今朝はいいわ」ベアリーは急いで言った。脱胃のあたりが警告を発するようにまた苦しくなっている。「最近カフェインをとりすぎているから、へらそうと思っているの」ほんとうは妊娠を疑ったときからカフェインを断っており、いまでは体が受けつけなくなっていた。「今朝はオレンジジュースにするわ」いままでのところオレンジジュースならば胃がむかつくことはない。

ベアリーは食事をしながら父が始めた世間話に礼儀正しく相槌《あいづち》を打ったが、以前のように身を入れて聞く気にはなれなかった。気持が顔に出るのを恐れ、目をあわすこともできない。ただでさえ用心深くなっている父にこれ以上警戒心を抱かせるようなことはしたくなかった。

「わたしは今日、ガース議員とランチをとることになっているんだ」父は言った。「おまえの予定はどうなってる?」

「別になんの予定もないわ」ベアリーは答えた。脱走は夜がふけてからにするつもりだ。

父はほっとしたような顔になった。「わたしも夕方には帰ってくるよ。自分で運転していくから、どこか行きたくなったら運転手に連れていってもらいなさい」

「ええ」昼間は家にいる予定だったので、ベアリーは素直にそう答えた。

父が家を出たあと、彼女は読書や昼寝をして過ごした。覚悟が決まり、かえってやすらかな気分になれたみたいだ。明日は慌ただしい一日になるだろうから、休めるうちに休んでおきたい。

父は三時ごろ帰ってきた。居間のソファーにまるくなって本を読んでいたベアリーは、父が彼女の姿を見たとたん安心したように表情をやわらげたのがわかっわかった。

「ガース議員とのランチは楽しかった？」むかしの習慣どおりに問いかける。

「政治家との会食がどんなものかはわかっているだろう？」と父は言った。かつては会食の席で出た話をじっくり聞かせてくれたのに、今日の父はベアリーの質問をさりげなくかわしている。ガース下院議員は対外政策や国家機密にかかわる重要な委員会に属しているのだ。父はベアリーにそれ以上質問する隙《すき》を与えず、書斎に入ってドアをしめた。以前はいつでもベアリーが顔をのぞかせられるようにドアをあけっぱなしにしておいたものだ。ベアリーはとじられたドアを悲しげに見つめ、それから読書の続きに戻った。

そのとき玄関のチャイムが鳴り響き、ベアリーはどきりとした。本を置いて玄関に行き、ドアスコープから外をのぞく。そこに立っているのは背の高い黒髪の男だった。

ベアリーの心臓がはねあがり、目がまわりだした。

背後で父が書斎から出てくる音がした。「誰だ？」厳しい声音だ。「わたしが出よう」

ベアリーは返事もせずにドアをあけ、ゼインのひえびえとしたブルーグレーの目を見つめた。息もできないくらい動悸《どうき》が激しくなっている。

ゼインはさっと彼女の全身を見おろしてから、また顔に視線を戻した。「きみは妊娠しているのか？」その低い静かな声は急ぎ足で近づいてきた父の耳には届いていない。

「ええ」ベアリーは小声でささやいた。

ゼインはこれで決まりだというように力強くうなずいた。「それなら結婚しよう」

ずだ。娘はもう事件のことは忘れようと――」

　ゼインはウィリアム・ラブジョイからベアリーへと視線を移した。ベアリーははた目にもわかるほど体を震わせながら、グリーンの目に哀願の表情をたたえて彼を見つめている。彼女の目がこんなに深いグリーンで、こんなに表情豊かだとはいままで気づかなかった。彼女は無礼な口をきかないでくれと哀願しているのではない。むしろどういう形でか助けを求めているみたいだ。具体的に何をどう助けてほしいのかはわからないが、その前になんとかこの場を切りぬけなくては。元大使に自分の立場をわからせてやるのだ。

「ぼくたちは結婚します」ゼインはベアリーから目をそらさずに、ウィリアム・ラブジョイの言葉をさえぎった。そのぴしっとした口調、世界最強の特殊部隊を一瞬にして統率する力強い声音が、元大使のもったいぶった横柄な言葉を封じこめた。

9

　父がやってきてベアリーを肩で押しのけた。「きみは何者だ？」相変わらず厳しい口調で問いただす。

　ゼインは義理の父親となる男を値踏みするような目でひややかに眺めまわしてから答えた。「ゼイン・マッケンジーです」よく日焼けした顔は無表情だが、突きさすようなブルーグレーの目がゼインという男の危険な底力を思い出させた。でも、ベアリーはこわいとは思わない。いまの彼女にはゼインの力が必要だった。

　ウィリアム・ラブジョイは驚愕《きょうがく》を押し隠し、青白いこわばった顔でゼインをにらみかえした。「きみに会うことが娘のためにならないのはわかっているはウィリアム・ラブジョイは絶句し、その顔に狼狽《ろうばい》の色があらわになった。やがてようやく彼は言った。

「ばかを言ってはいかん。ベアリーは人殺しが得意なだけの軍人なんかとは結婚しない」

ゼインは冷たい目で彼を見すえた。その目からはブルーの色が消え、氷のかけらのような薄いグレーになっている。ウィリアム・ラブジョイはいっそう青ざめて一歩あとずさりした。

「ベアリー、ぼくと結婚するね？」ゼインが彼を見すえたまま、ゆっくりと尋ねた。

ベアリーがちらりと父を見ると、父は緊張して娘の返事を待っている。

「ええ、結婚するわ」ベアリーは目まぐるしく頭を働かせながらそう答えた。いったいどういう奇跡が起こってゼインがここに現れたのかわからないが、いまのベアリーは必死だったから、たとえ彼を愛していなくても結婚に応じていただろう。ゼインはシールの隊員だ。父をここまで追いつめた見えない敵からわたしを守れる人間がいるとしたら、ゼインをおいてほかにない。それにわたしは彼の子を身ごもっている。彼がわたしを訪ねてバージニアまでやってきたのも、その可能性に思いいたったからのようだ。ゼインは責任感が強いのだ。ほんとうならわたしが彼を思うくらい彼もわたしを思っていてくれればいいのだけれど、この際贅沢《ぜいたく》は言うまい。彼がわたしにひかれているのは確かなのだから。だからこそわたしを抱いたのだ。

結婚すれば、彼も次第にわたしを愛するようになってくれるかもしれない。

父はベアリーの言葉にひるみ、懇願するように言った。「おまえはこんな男と結婚したくなんかないはずだ。なんだって最高のものを手に入れてきたんだから。この男はおまえにはふさわしくない」

ベアリーは胸を張って言った。「わたし、彼と結婚します。できるだけ早く」

娘の意志がかたいのを見てとると、父は再びゼインをにらんだ。「わたしの遺産はきみの手には一ペニーも入らないぞ」悪意をこめて言う。

「パパ！」ベアリーは思わず叫んだ。彼女には母や祖父母から相続したお金があるから、父の遺産が入らなくても生活に困ることはない。ただ、父がそういう言いぐさでゼインを侮辱し、自分と彼の未来をめちゃめちゃにしようとしたことがつらかった。

ゼインは肩をすくめ、やんわりと言った。「結構です」その淡々とした穏やかな声の底には鋼鉄の意志がひそんでいる。「あなたの財産はあなたが好きなようになされればいい。ぼくはいっこうに構いません。だが、ベアリーを一生手もとに置いておけると思ったら大間違いだ。孫の顔も見たくないのならいつまでも強情を張っていればいいでしょうが、あなたが何をおっしゃろうとぼくたちは結婚しますよ」

ウィリアム・ラブジョイは顔を引きつらせ、苦渋のにじんだ目で娘を見つめた。「頼むから思いとどまってくれ」そう言った声は震えを帯びている。

今度はベアリーがひるんでしまった。父親を傷つけるのは本意ではない。「わたし、妊娠しているの」しいて背筋を伸ばし、低い声で言う。「だから彼と結婚します」

父の体がぐらりとよろめいた。真っ青な顔からさらに血の気が引いていく。「なんだって？」彼はしゃがれ声でききかえした。「しかし……しかし、おまえはレイプはされなかったと言ってたじゃないか」

「そのとおりです」ゼインが穏やかに言った。

ベアリーはゼインと目を見かわし、かすかにほほえんだ。「ええ、レイプはされなかったわ」そう言ったとたん、顔がかっとほてりだす。

父は思いがけない返答に言葉を失って、二人を穴のあくほど見つめていた。やがてその顔が怒りで紅潮し、ついで蒼白《そうはく》になった。「この恥知らずな卑劣漢め！　娘の弱みにつけこんで、よくも――」

ベアリーは父の腕をつかんで自分に向きなおらせた。「やめて、パパ！」ほっそりした体が憤怒《ふんぬ》にこわばっている。朝から張りつめていた神経が、ここにいたってとうとう切れてしまったようだ。ゼインの突然の訪問はうれしくて夢のようだけれども、精神的にはもう限界だった。「そういう言いかたをするなら、弱みにつけこんだのはわたしのほうだわ。詳しく聞きたいなら話してあげてもいいけど、聞いたあとでパパが後悔するでしょうよ！」

わたしがいつまでもバージンでいられると思っているの、と続けたいのはかろうじてこらえる。それを言ってはおしまいだ。一度口にしてしまった言葉はとりかえしがつかない。パパはわたしを愛しているのだ。たぶん愛しすぎるほどに。こんな暴言を吐くのもわたしを失うのがこわいからだ。わたしのほうもパパを愛している。なのにこんなふうになってしまうのはなんともせつなかった。「わたしにはわかっているのよ」苦しげなまなざしで父をじっと見つめる。「わかっているの。わたしが出かけるたびになぜパパが異常なくらい心配するのか……。わたしはこの家を出なければならないのよ」

父はわずかに残っていた自制心もなくして、あえぐような声をもらした。焼けつくようなベアリーの視線を受けとめきれず、つと目をそらす。

「娘を守ってやってくれ」声をつまらせてゼインに言い、彼はぎくしゃくと書斎に向かった。

「むろんそのつもりですよ」最大の難問が片づいたいま、ゼインはもうウィリアム・ラブジョイの後ろ姿には目もくれなかった。ベアリーを見つめ、はっとするような微笑を口もとにうかべる。「荷物をまとめておいで」と彼は言った。

一時間後には二人は車に乗っていた。

あれからベアリーは寝室に駆けあがって荷造りをした。イブニングドレスやブランドもののスーツは無視して実用的な衣類だけをつめた。そのときにはいていた足首までのコットンのスカートは着やすくて旅行にも向いている。ノースリーブのブラウスの上からシルクのシャツをはおっているのも、そのままでよさそうだった。とにかく本能にせきたてられるようにして手早く支度をすませ、スーツケースをころがしながら部屋を出た。

スーツケースはキャスターつきだから階段の上まで行くのは造作もなかったが、ゼインは彼女の姿を見ると、階段を一段おきにあがってきた。

「無理しちゃだめだ」スーツケースをとりあげ、命令口調で言う。「こういうときはぼくを呼びなさい」

部下に命令をくだすときと同じ調子だが、そんなことにこだわっている場合ではなかった。ゼインは三つのスーツケースを軽々とかかえあげて階段をくだりはじめ、ベアリーは慌ててあとを追った。

「これからどこに行くの？　車に乗るの？　それとも飛行機？」

「空港まで車で行き、ラスベガスに飛ぶ」

ベアリーはびっくりした。「航空券をとってあるの？」

ゼインは足をとめ、ちらりと彼女をふりかえるとわずかに眉をあげた。「もちろんだよ」

こちらがたじたじとなるほどの自信だ。一瞬ベアリーはこれからいったいどうなることかと不安になった。ゼイン・マッケンジーは常に自分自身や周囲のすべてを冷静に見きわめ、平常心を失わない。その平常心を突き崩すのはとうてい不可能だろう。でも、ベッドでは別だ。ベンガジの隠れ家で愛しあったときの記憶がまざまざとよみがえり、ベアリーはぽっと頬を染める。あのときはゼインもわれを忘れ、とても……すてきだった。

「飛行機は何時の便?」ベアリーはまた彼に遅れ、急いで階段をおりていった。「銀行に寄る時間があるかしら? 口座の解約をしていきたいんだけど」

「口座は向こうに移せばいい」

ゼインがスーツケースを自分の乗ってきたレンタカーに積んでいるあいだ、ベアリーは父の書斎に行ってそっとノックした。返事はない。ベアリーは少し待ってからドアをあけた。父はデスクに両肘をつき、手で顔をおおっていた。

「それじゃ行くわね、パパ」ベアリーは低く声をかけた。

父は無言だ。喉ぼとけを上下させて深々と息をついている。

「落ち着いたら居場所を知らせるわ」

「いや」喉にからんだ声が答えた。「連絡はしなくていい」ようやく顔をあげ、悲しげにベアリーを見る。

「まだ当分は……連絡してくるな」

「わかったわ」ベアリーは父の言う意味に思いあたり、胸をかきむしられる思いでつぶやいた。連絡はしないほうがいいのだ。父は電話の盗聴を心配している。

「ベアリー、わたしは……」父が声をとぎれさせ、苦しげに息をついだ。「おまえの幸せを……そしておまえの無事だけを祈っているんだ」

「わかってるわ」ベアリーは頬が濡《ぬ》れるのを感じ、手で涙をぬぐった。

「彼のような男とは結婚させたくなかったよ。シール部隊は……いや、もういい」父はため息をもらした。「彼ならおまえを守れるかもしれん。守れると思いたい。わたしはおまえを愛しているんだ、ベアリー。わたしの世界はおまえを中心にまわっていた。すべておまえを愛すればこそ……」それ以上続けられずに言葉を切る。

「わかってるわ」ベアリーはもう一度言った。「わたしもパパを愛してるわ」

そして静かにドアをしめ、うなだれてその場にたたずんだ。そこにゼインがやってきて――足音は聞こえなかったが――ベアリーのウエストに片手をまわすと玄関の外に連れだした。彼は何もきかずに車のドアをあけ、ベアリーを乗りこませると、決然とした態度でドアをしめた。

ベアリーは空港に向かって走りだした車の窓から、身じろぎもせずに外を見ていた。

「この機会を逃すと、またしばらく二人きりになるチャンスがなくなってしまう」ゼインがこみあったラッシュ時の道路に見事なハンドルさばきで車を進めながら言った。「だからいまのうちに、そっちではどういうことになっていたのか話してくれ」

彼はサングラスをかけていたが、その目がよそよそしいクールな表情をたたえていることは見ないでもわかった。

口調も命令するような調子だったので、ベアリーはつんと顎を突きだして前方を見すえた。彼との結婚生活は前途多難だろうが、彼にはすべてを話しておかなくてはならない。せめて赤ん坊が生まれるまでは、彼に守ってもらわなくてはならないのだ。危険が迫っていることを知らなかったら、彼も警戒のしようがないだろう。やはり正直に言わなくては。

「まずあなたに知っておいてほしいのは……わたしには守ってくれる人が必要だということもあって結婚に同意したの。もしも危機に直面したとしても、シール隊員のあなたがいればなんとかなるわ」

「危機とはどんな？」ゼインは事務的な、無関心とさえいえるような調子でききかえした。仕事がら危機などというものは珍しくもなんともないのだろう。彼にとっては危険な状態こそがあたりまえなのだ。

「例の犯人グループがまだわたしを狙《ねら》っているかも

しれないのよ。いまは自分の身だけ心配していればいいってわけにもいかないし」妊婦が胎児を守ろうとする本能的な仕草で片手をおなかにあてる。

彼はバックミラーを一瞥《いちべつ》して後方を確認した。それからちょっと考えた末、話の核心に触れてきた。

「FBIには知らせたのかい？　警察には？」

「どちらにも何も言ってないわ」

「なぜ？」

「わたしの父がかかわっているかもしれないから」

その言葉は喉に引っかかりそうだった。

ゼインは再びバックミラーを見た。「どういう形で？」

腹立たしいほど落ち着きはらった声だ。ベアリーは両手をかたく握って気持を引きしめた。彼がこれほど冷静沈着でいられるなら、わたしだって……。しいて淡々と説明する。「犯人グループの目あてはお金じゃなかったのよ。たぶん父から情報を引きだすことが目的だったんだわ。ほかに考えられないもの」

ゼインはしばし黙りこみ、巧みに車を操って渋滞している道路を走りぬけていった。ベアリーには彼の緻密《ちみつ》な頭脳が正解をはじきだそうとする音が聞こえたような気がした。やがて彼は言った。

「お父上が自らFBIに通報しないのは、彼も仲間だからというわけだな。そうでなかったら、きみをもっと安全な場所に移してFBIや警察に厳重な警護を頼んでいたはずだ」

彼もやはりわたしと同じ結論に達したのだ。だが、当然ながらだからといって喜べるわけはない。「バージニアに帰ってきてからの父はほんとうにおかしかったわ。ひとりでは外出もさせてくれないし、電話はすべて録音しているのよ。昔から過保護なところはあったけど、これほどではなかったわ。最初はアテネの事件があったから神経をとがらせているだけだと思ったんだけど、よくよく考えてみたらまだ安心はできないのよね」そこで深く息を吸いこむ。「実は今夜うちを抜けだして、しばらく姿をくらますつもりだったの」

もしゼインが来るのが一日遅かったら、わたしはもう家にはいなかったのだ。すれ違いになって、お互い連絡をとるすべもなくなっていたんだわ。それを思うとベアリーの目に涙がにじんだ。ああ神さま、ほんとうに危ないところだった。

「つかまってて」不意にゼインが言い、右に急ハンドルを切った。隣の車線を強引に突っ切って横道に入る。タイヤがきしみ、クラクションが響きわたった。ベアリーは警告されたにもかかわらず身構える余裕がなく、シートベルトが強く体に食いこんだ。

「いったいどうしたの？」シートベルトをつかんで体勢を立てなおしながら叫ぶように尋ねる。

「尾行されているみたいだったから、大事をとったんだ」

ベアリーはぎょっとして後ろの交差点をふりかえり、無理やりこちらに曲がってこようとする車なり人なりがいないかどうか見定めようとした。だが、車の流れに異状はない。

「白人の二人組だった。年は三十代から四十代で、二人ともサングラスをかけていた」ゼインが空模様を語るような無造作な口調で言った。

その超人的な冷静さに、ベアリーはベンガジからの脱出行を思い出した。状況が緊迫していれば緊迫しているだけ、彼は感情を排して冷静になる。その彼が言うのだから尾行されていたのは間違いないのだろう。ベアリーは突然胃がざわざわしてきた。危険が迫っているのではないかと頭で考えるのと、その危険を身をもって実感するのとでは、恐ろしさの度合いがまるで違う。

そのとき彼の言ったことがふと頭に引っかかった。

「白人？」ぼんやりとききかえす。「でも……」そう言いかけてやめたのは、白人ということもありうると気づいたからだ。無意識のうちにリビア人の尾行を想定していたけれども、この陰謀にはリビア人だけでなくマック・プルエットもかかわっているのだ。マックが手先を使っているのだとしたら、中東の人間だけでなく、あらゆる人種を疑わなければならない。黒人にせよ白人にせよ東洋人にせよ、信じられる人間はひとりもいない――ゼイン以外には。

「車種を知られてしまったから、この車は捨てなくては」ゼインはまた角を曲がった。今度はさっきほど乱暴ではないが、やはり方向指示機も出さなければ必要以上の減速もしない。「電話で車の引きとりと別の車の手配を頼もう」

ベアリーは誰に電話するのか尋ねなかった。このあたりには軍の人間がうようよいる。そのうちの誰かが車を引きとって、レンタカー会社に返してくれるのだろう。そしてそのころにはわたしたちはもうラスベガスに向かっているというわけだ。

「でも、どっちにしても行き先は突きとめられてしまうわ」航空券には名前が記載されることを思い出し、ベアリーはぶっきらぼうに言った。

「いずれはね。だが、ある程度の時間は稼げる。事実上の猶予期間だ」

「どうかしら」ベアリーは唇を噛《か》んだ。「今朝、父がマック・プルエットと電話しているのを立ち聞きしたの。マックというのはCIAアテネ支局の副支局長よ。父はもうこんなことは終わりにしたい、わたしを巻きこむつもりはなかったんだと言っていたわ」

ゼインは眉をあげた。「なるほどね」

彼にもその意味がわかったのだろう。もしパパが正当な理由でCIAと接触しているのなら、当局に堂々とわたしの警護を頼めるはずだ。でも、パパはマック・プルエットとともに不法行為にかかわっているため、それができないのだ。マックなら一般の人には入手できない記録も調べられるだろう。CIAはアメリカ国内では活動していないけれども、その影響力は絶大だ。航空会社にあたってわたしの行き先を調べることなど朝飯前に違いない。

「この車のナンバーまで見られていたら、ぼくの名前はじきに知れてしまうだろう」とゼインは言った。「もしナンバーは見られていないとしたら、ぼくの正体を突きとめる手がかりはないはずだ。いずれにしても、いまさら心配しても仕方がない。ぼくたちは別の車に乗りかえ、ラスベガスに飛ぶまでだ。ラスベガスでは当分は見つからずにすむだろう」

「でも、マックがあなたのことを思い出して、あなたの記録を調べたら――」

「ぼくはもう軍を辞めたんだ。もうシール隊員ではないんだよ」

「まあ」ベアリーは虚をつかれ、うつろな声で言った。彼女としては、すでに軍人の妻として生活していくつもりになっていたのだ。あちこちを転々としながら、軍内部での駆け引きに神経を使うことになるのだと。それは外交官の娘の生活と少し次元が異なるだけで、実質的にはそう違わないはずだった。でも、ゼインが軍を辞めたとなると、この先どんな生活が待っているのだろう？「それじゃ、これからわたしたちはどうするの？」

「ぼくはいま南アリゾナのある郡で保安官をやっているんだ。任期なかばで亡くなった保安官の後任としてね。その任期が切れるのが二年後だから、少なくともあと二年はアリゾナで暮らすことになる」

保安官！　これにはベアリーも驚いた。ゼインの口調がこともなげだったので、よけい実感がわかない。それでもベアリーはできるだけ平静を装って言った。「職業は問題じゃないわ。肝心なのはあなたがシール隊員として訓練を受けてきたってことなの」

ゼインは肩をすくめ、車を有料駐車場に入れた。

「わかっている」無感動にそっけなく言う。「きみが結婚に応じたのはぼくに守ってもらうためだ」ウィンドーをおろして、機械が吐きだす駐車券をとる。

赤いバーがあがり、車は奥に進んだ。

ベアリーは両手の指を組みあわせた。最初の天にものぼるような喜びはいまや不安に変わっていた。ゼインは確かにわたしを追いかけてきてプロポーズしてくれたけれど、二人がひかれあっていると思ったのはわたしのうぬぼれにすぎなかったみたいだ。なんだか急に足もとをすくわれてしまったような心もとなさを感じる。ゼインはわたしに会えたのが特別うれしそうではない。もっとも会った早々厄介なお荷物をしょいこまされてしまったのだから無理もない。いきなり夫の役と父親の役を押しつけられ、おまけに顔のない敵から妻子を守らなければならないなんて。そういえば、彼はまだキスもしてくれない。ベアリーは泣きたい気分でそう心につぶやいたが、同時にこんなときにそんなことを考える自分自身にちょっとあきれてしまった。ゼインの言うように誰かがわたしたちを尾行していたのだとしたら、危険は思っていた以上にすぐそばまで迫っているわけだ。彼がプロポーズした理由について頭を悩ませている場合ではない。わたしがプロポーズに応じたのだって、赤ん坊のためでもあるのだ。

「わたしをというよりも赤ちゃんを守ってほしいの」ベアリーは静かに言った。「ほかにも理由はあるけれど、それが一番大きな理由だわ」ゼインへの思いは自分ひとりでなんとか処理できるだろうが、赤ちゃんの命を危険にさらすわけにはいかない。

「そう、大きくて重要な理由だ」ゼインはベアリーをちらりと見ながら、三階の駐車スペースに車を入れた。「ぼくが必ずきみや赤ん坊を守ってみせる」それからサングラスをとり、ベアリーに「ちょっと待ってて」と言うと、車をおりて公衆電話のほうに歩いていった。電話にたどり着いて番号をプッシュしてしまうと、通話中でも車を見張っていられるようにこちら向きになる。

ベアリーは彼を見つめ、不意に胸苦しさを感じた。あの男性がほんとうにわたしの夫になるのだ。彼は前よりもさらに長身に、さらに引きしまって見える。でも、肩は白いコットンのシャツの縫い目がほころびそうなほど広い。黒い髪は少し伸びたみたいだけれど、肌は相変わらず日焼けしている。ちょっぴりやせたという以外、ほんの二カ月前に銃弾を受けたようには見えない。彼の肉体的な強靭《きょうじん》さはこわいくらいだ。そう、彼はこわい男なのだ。わたしったらどうして忘れていたの？　彼の優しさや情熱やこまやかな心づかいばかり思い出し、彼が素手で犯人グループの見張り役を殺したことなど忘れていた。わたしは彼を味方につけ、彼のそういう危険な能力を利用するつもりでいたけれど、その能力は彼という男性とわかちがたく結びついているのであって、必要に応じてひきだしから出し入れできるような簡便なものではないのだ。彼と結婚したら日常的にそれとつきあい、あるがままの彼を認めなければならない。ああいう男性は決しておとなしい飼い猫にはならないだろう。

でも、飼い猫はかわいいけれど、彼に飼い猫になってほしいとは思わないわ。

いまのわたしは赤ちゃんのため、彼に守ってもらう必要があるけれど、でも、いつまでも他人の庇護《ひご》をあてにしていたくはない。ベンガジでは自分が意外にタフで強いことに気がついた。パパはわたしが前途有望な大使候補とでも結婚すれば満足だったんだろうけど、わたしはそんな夫はいらない。ゼイン・マッケンジーのような荒々しい野性的な男性のほうがいい。ゼインは癪《しゃく》にさわるほど冷静でいながら、どこかたけだけしい激烈なものを秘めている。

まさに野性の男だ。

わたしは彼がわたしを捜しだし、両手を広げて抱きしめに来てくれるのを夢見ていた。そしてドアの向こうにゼインが立っているのを見たときには、その夢が現実になるのをばかみたいに期待した。ところが現実は夢よりもずっと複雑だった。

現実には、わたしたちは全部あわせてもまだ二十四時間ぐらいしか顔をあわせてないし、それも大半が二カ月も前のことになっている。あのときにわたしたちは狂おしく愛をかわしあい、子どもさえできたけれど、でも、それはそれだけのことだ。

ひょっとしたら彼にはつきあっていた女性がいたのかもしれない。でも、妊娠させてしまったのではないかという責任感からわたしに会いに来たのだ。彼ならやりかねない。わが子に対する責任をとるため、恋人、あるいは婚約者にさえ背を向けかねない。

ああ、わたしは彼の私生活について何も知らないのだ。家族構成か、せめて出身地だけでもわかっていたら彼を捜しだすこともできたかもしれないが、ゼインはわたしを彼の無事さえ確かめようとしなかった薄情者と思っているに違いない。

いまゼインは電話を終え、車に戻ってこようとしていた。記憶にあるとおりのしなやかな足どりで音もなく大股に近づいてくる。日焼けした顔は、表情を読みとろうとするベアリーの努力をあざ笑うかのように相変わらず無表情だ。

ドアをあけ、運転席にするりと乗りこむ。「迎えの車がじきに来る」

ベアリーはうなずいたが、気持はまだ先刻までの思いにとらわれていた。勇気がうせないうちに、静かに切りだす。「わたし、あなたを捜しはしたの。あなたがまだ処置室にいるうちにアテネに連れもどされてしまったんだけど、あなたがどんな具合なのか知りたくて、連絡をとろうとはしたのよ。でも、父もリンドリー大将も連絡先を教えてくれなかったの。いずれ回復するから心配いらないと言うばかりで」

「そんなことだろうと思ったよ。ぼくもあの二週間後、大使館に電話したんだが、出たのはきみのお父上だった」

「父はあなたから電話があったことすら教えてくれなかったわ」ベアリーの胸の中でなじみ深い怒りと悲しみがふくれあがった。モンゴメリー号から無理やり飛行機に乗せられて以来、その二つの感情が始終胸をこがしている。でも、彼もわたしに連絡をとろうとはしたのだ。ベアリーの心はちょっぴりうきたってきた。「バージニアに帰ってからももう一度調べようとしたんだけど、海軍でも何も教えてくれなかったわ」

「シールの情報は機密扱いだからね」ゼインの口調はどことなくうわの空だ。別の車がゆっくりと近づいてくるのをバックミラーで凝視している。その車はあいているスペースを探し、彼らの前を通りすぎていった。ベアリーはそれが上の階に通じる傾斜路を曲がっていくまで黙然と座っていた。

「ごめんなさい」しばしの沈黙の末、彼女は言った。「とんだお荷物をしょわせてしまって」

ゼインは感情をうかがわせない澄んだブルーグレーの目をちらりと向けた。「ぼくがここにこうしているのは、ぼく自身が望んだことだ」

「あなた、恋人はいるの？」

今度はベアリーが赤くなってうつむいてしまうほど長い時間、彼女を見つめてくる。

「いたら、きみを抱きはしなかった」ようやく彼は答えた。

ああ、なんてこと。ベアリーは唇を噛んだ。ゼインはどんどん遠くなっていくみたい。彼が結婚しようと言ったときには、二人のあいだに暗黙のコミュニケーションが成立したのに。そう思ったとたんみぞおちが苦しくなり、おなじみの不快感が体じゅうに広がりだした。

ベアリーはごくりと唾《つば》をのみこんで自分に言いきかせた。いままで朝にしか襲ってこなかったつわりがこんなときに訪れるわけはない。だが、次の瞬間にはよろよろと車をおり、トイレを探して周囲を見まわした。ああ、こんなところにトイレなんてあるのかしら？

「ベアリー！」ゼインも緊張した顔つきで車からおりてきた。

ベアリーは必死に考えた。トイレがないなら階段で吐く？　それともエレベーターで？　でも、階段やエレベーターを汚したら利用者が不愉快な思いをするわ。一番いいのはここのコンクリートの地面だろうけど、それだって気が引ける。しかし胃はいやおうなくせりあがってきて、ベアリーは慌てて口を押さえた。

ゼインが鋭い目を気づかわしげに曇らせて駆けよってきた。「こっちへ」と言いながら、ベアリーの体に腕をまわす。外との仕切りは腰までの高さのコンクリート塀になっており、ゼインは急ぎ足でそちらにベアリーを誘導した。ベアリーはもしも下に人が通りかかったら、と一瞬躊躇《ちゅうちょ》したが、嘔吐《おうと》の発作はもう待ってはくれなかった。ゼインにささえられ、塀から身を乗りだして胃の中身をもどした。

ようやく胃がからになったときには体が震えていた。目をあけると三階下には狭い通路があるだけで、その点だけはとりあえずほっとした。ゼインはハンカチで顔の汗をぬぐってくれ、それから自分で口がふけるようにそのハンカチを渡してくれた。ベアリーはたまらなく恥ずかしかった。しつけの厳しいスイスの学校でも、人前でもどしてしまったときの作法については教えてくれなかった。

ふと気づくと、ゼインが彼女のこめかみに唇を触れながら、低い声で何やら慰めの言葉をささやいている。彼女の腹部には胎児を包みこむように、力強い手が置かれている。ベアリーは膝から力が抜けるのを感じ、そのままうっとりと彼にもたれかかった。

「さあ、気を楽にして」もう一度ベアリーのこめかみに唇を押しつけ、ゼインは言った。「歩いて車まで戻れるかな？　それともぼくに抱いていってほしい？」

ベアリーはまだ頭がまともに働かなかった。だが、ゼインは考える時間など一秒も与えれば十分だと思ったらしく、両手に彼女をさっと抱きあげた。素早い足の運びで車に戻り、彼女をシートに座らせる。

「何か飲むかい？　清涼飲料水でも？」

冷たいものを飲んだら確かに気分がすっきりしそうだった。「カフェインの入ってないものにして」ベアリーはかすれ声で言った。

「二十秒以内に戻ってくるけど、通りかかる車に注意して、何かあったらクラクションを鳴らしなさい」

ベアリーがうなずくと、ゼインはロックボタンを押してからドアをしめ、車内に残されたベアリーは静寂に包まれた。ほんとうは外の空気を吸いたいのだが、車の中にいたほうがいいのはわかっている。外に出たら人目について狙われやすくなってしまう。彼女は頭をヘッドレストに預けて目をとじた。吐き気はもうおさまっているが、内臓がゼリーみたいにふにゃふにゃだ。脱力感と眠気、それにゼインの優しさに対する当惑が彼女をとらえていた。

でも、彼が突然優しさを示したからといって驚くにはあたらないんだわ。ゼインはわたしが身ごもっているのではないかと思ったからこそ会いに来たのだ。つわりを心配していたわってくれたのはむしろ当然だろう。

窓ガラスをこつこつとたたかれ、ベアリーはぎょっとした。眠くてぼんやりしていたために、もうゼインが戻ってきたとは気づかなかったのだ。だが、彼の手に冷たそうな水滴のついたグリーンの缶が握られているのを見ると、一刻も早くそれを飲みたくて、すぐにロックを解除すると缶を引ったくった。そして彼が隣に乗りこんでドアをしめたときには、ひえた炭酸飲料をごくごくと喉に流しこんでいた。

すっかり飲みほしてしまうと、ベアリーはシートに寄りかかって満足げな吐息をついた。ふと低い笑い声に気づいて隣を見ると、ゼインが面白がっているような、それでいて妙に熱っぽい目でこちらを見ている。「ソフトドリンクを飲んでいる女を見て欲情をそそられたのはこれが初めてだよ。もう一本飲むかい？　二本めには我慢できなくなってしまうかもしれないが」

ベアリーは目をまるくした。頬がかっと熱くなったけれど、両手を握りしめ、いつも以上にかすれた声で言う。「もう喉の渇きはおさまったけど、あなたのほうがおさまらないということなら、もう一本いただいてもいいわ」

ゼインの目から面白がっているような表情が消え、白熱の炎だけが残った。だが、ベアリーのほうに手を伸ばして触れようとしたとき、近づいてきた車が彼の注意を引きつけた。

「迎えの車が来た」そう言ったときにはまた無感動でクールな口調になっていた。

10

彼女は守ってもらう必要があるから結婚に同意しただけなのだ。ラスベガスへの長いフライトのあいだ、ゼインは自分にそう言いきかせていた。隣のベアリーはこちらの質問に答えるとき以外口を開かず、黙って目をとじている。精神的な重圧からようやく解放され、一気に疲れが出たらしい。最後にはゼインの肩に頭をもたせかけてぐっすり眠りこんでしまった。

たぶん妊娠しているせいもあるのだろう。見た目にはまだなんの変化もないが、三人の兄嫁のおかげで妊娠初期の女性がいかに疲れやすいものかはわかっている。少なくともシェイとローランはほんとうにつらかったようだ。キャロラインは五人も子どもを産みながら、妊娠初期にも元気いっぱいだったけれども。

ベアリーのおなかの子のことを考えると、彼は再び深い感慨に満たされた。ぼくの赤ん坊が彼女の中にいるのだ。彼女を膝に抱きあげたい。だが飛行機の中で思いをとげることはできない。結婚の手続きをして、ホテルの部屋で二人きりになるまで我慢しなければ。

ゼインはこれまで以上にベアリーがほしかった。彼女が玄関のドアをあけ、グリーンの目に驚愕《きょうがく》の色をうかべたときにはその場ですぐにも抱きしめたかった。それを思いとどまったのは彼女の父親が近づいてくるのが見えたからだ。

こんなに長く待つべきではなかったのだ。動きまわれるようになった時点で、ただちに会いに行くべきだった。彼女はベンガジで監禁されていたときのように、ひとりぼっちで恐怖と闘っていたのだろう。

もうあんな思いは二度とさせたくない。

バニーとスプーキーがバニーの特注の一九六九年式オールズモビル四二二に乗って駐車場にやってきたときには、感動の再会といった雰囲気になった。ベアリーはうれしそうに声をあげながらレンタカーからおりて、二人のシール隊員に抱きついた。ゼインは二人がともに目立たないよう武器を携行しているのを頼もしく思った。二人とも私服姿だが、シャツの裾《すそ》をスラックスから出して肩につった銃を隠している。ふだん非番のときには銃など持ち歩かないのだ。ゼインは状況だけ説明してあとは彼らの判断に任せた。もう彼らは部下ではないのだから。だが、彼らはちゃんと万全の態勢を整えてきた。ゼイン自身も左のわきの下のホルスターに銃をおさめ、薄手のサマージャケットで隠している。

「何も心配いりませんよ、ミス・ラブジョイ」スプーキーが安心させるように言った。「われわれが無事に空港までお送りします。ナスカーではバニーの車にかなう車はないからね」

「そうでしょうね」ベアリーは車を見ながら答えた。一見したところはごくふつうの車だ。色は淡いグレーで、なんの改造も加えられていないように見える。だが、空転しているエンジンの音には底力があって既製のものとは思えないし、タイヤの幅もふつうより広い。

「ガラスは防弾、金属の部分は強化メタルですよ」バニーが誇らしげに言いながら、ゼインとともに彼女の荷物をトランクに運んだ。「スチールでは重すぎて思うようにスピードが出ないから、防弾服用に開発された軽くて強い新素材を使ったんだ」

「それなら安心ね」ベアリーは言った。それからゼインとともにツードアの車の後部座席に腰を落ち着けると、小声でささやいた。「ナスカーってどこなの？」

　スプーキーは四十歩離れたところで針が落ちる音さえ聞きとれる男だ。助手席でおもむろにふりかえり、驚きの表情を見せた。「ナスカーは地名ではないんですよ、ミス・ラブジョイ。改造車のレースのことです」南部生まれの彼はナスカーとともに育ったので、このスポーツの醍醐味《だいごみ》を知らない人に出くわすとびっくりしてしまうのだ。

「まあ」ベアリーはわびるようにほほえんだ。「ごめんなさい。わたしはヨーロッパが長かったものだから、カーレースといえばグランプリぐらいしか知らないの」

　バニーがあざけるように鼻を鳴らした。「あんなのは単なるお遊びですよ。レーシングカーでは一般道路は走れない。それに比べるとナスカーは実用的だ」

　そう言いながら周囲に休みなく目を走らせ、羊の皮をかぶった恐るべき改造車を駐車場から出した。

「競馬なら行ったことがあるわ」ベアリーが失点をとりもどそうとするかのように言った。

　ゼインはその口調に顔がほころびそうになるのをこらえて尋ねた。「馬に乗れるのかい？」

「もちろんよ。馬は大好き」

「それなら立派にマッケンジー家の一員になれるね」スプーキーがのんびりと言った。「ボスは余暇には馬を育てているんですよ」その声に皮肉めかした響きがあるのは、シール隊員には余暇など皆無に等しいからだ。

「ほんとう？」ベアリーが目を輝かせてゼインにきいた。

「多少飼っている。三十頭ぐらいかな」

「三十頭も！」ベアリーは声を張りあげた。ゼインには彼女のとまどいがよくわかった。馬は一頭飼うにも金がかかる。広い土地や人手の必要な馬を三十頭も飼っているなんて、元海軍将校のイメージにはそぐわないのだろう。

「うちがもともと牧場なんだ」ゼインは周囲の車に目を配りながら説明した。

「異状なし」バニーが言った。「尾行のリレーもまず不可能だろう」

ゼインもそう判断して、肩の力を抜いた。尾行のリレーは準備がたいへんだし、あらかじめルートを押さえておかねばならない。それにバニーは空港まであちこちまわり道をするつもりだから、たとえ尾行がついていたとしても途中で発見してふりきれるはずだ。すべて順調だ——いまのところは。

やがて車は何事もなく空港に着いたが、バニーとスプーキーは念のためにボディチェックのゲートまでついてきた。そしてそこからは例の駐車場に戻り、置いてきたレンタカーをゼインが借りだしたこの空港の代理店ではなく、ダレス国際空港の代理店まで返しに行った。これでベアリーを追う者たちをまた手間どらせることができるだろう。

そうして無事に飛行機に乗りこんだゼインは、今後どのようにしてこの問題に決着をつけるか考えていた。

もっとも最初にやるべきことは決まっている。ベアリーの父親がどんなトラブルに巻きこまれているのか、チャンスに調べてもらうのだ。願わくはスパイ行為とは無関係であってほしいけれども、なんであろうがやめさせなくては。チャンスには国家安全保障局も青ざめるような情報収集能力がある。もしウィリアム・ラブジョイが祖国を裏切っているのだとしたら、刑務所に入ってもらわねばならない。かわいそうでも仕方がないのだ。ゼインはこれまでの人生を祖国を守ることにささげてきたし、いまは保安官として法の順守を誓っている。たとえベアリーのためといえども、犯罪者を見逃すわけにはいかない。彼女を傷つけたくはないが、彼女の身の安全にもかかわることなのだ。

ベアリーは飛行機が着陸した衝撃で目を覚ました。体を起こし、顔にかかった髪をかきあげ、ここがどこなのか思い出そうとするように機内を見まわす。飛行機の中で眠ったのは生まれて初めてだった。こんなに眠いのも妊娠しているせいだろう。こういう身体的な変化はこわいくらいだ。

でも、妊娠したおかげで気力はかえって充実している。この気力をもって、これから結婚というドラマチックな変化に立ち向かわなくてはならない。こちらの変化もやはりこわいけれども。

「まずシャワーを浴びて着がえたいわ」ベアリーはきっぱりと言った。結婚といってもかつて漠然と思い描いていたようなきちんとした式を挙げるわけではなく、単に手続きをするだけなのだろうが、それでもしわだらけのドレスにねぼけまなこで臨む気にはなれなかった。

「わかった。それじゃ、まずホテルにチェックインしよう」ゼインは節くれだった指でひげの伸びかかった顎を撫《な》でた。「どうせぼくもひげをそらなければならないし」

ベンガジで愛しあったときにも彼はひげが伸びていた、とベアリーは心につぶやいた。裸の胸にざらついた顎の触れる感触がまざまざとよみがえり、みるみる顔がほてりだす。

ゼインに気づかれなければいいけれど、彼の観察力は並ではない。周囲のいかなるものも見逃さないよう訓練されている。たとえばこの機内なら前後左右、十列以内の乗客の特徴はすべて頭に入っているだろう。わたしが寝こむ前にも、後ろの人がトイレに行こうと歩いてくるたびに神経をとがらせていた。

「気分でも悪いのかい？」ゼインがピンクに上気したベアリーの顔を見つめて尋ねた。

「いえ、ちょっと暑いだけ」嘘《うそ》ではないのに、彼女の顔はますます赤くなる。

　ゼインの目から心配そうな表情が消え、かわりに炎が燃えあがった。ああ、この程度のことも彼には隠せないなんて！　だいたい出会ったときから皮膚の下まで見すかされているみたいだった。ちょっとした心の揺らぎさえ、わたし自身が自覚するが早いか感づかれてしまう。

　ゼインはベアリーの胸のふくらみへとゆっくり視線をさげた。ベアリーは思わず身をかたくしたが、見つめられた胸のいただきが熱を帯びてとがっていくのはどうすることもできない。

「敏感になっているのかい？」ゼインがささやく。

　ああ、お願いだからやめて。ベアリーは心の中でうめいた。滑走路を走っている満席の飛行機の中でいまにも服を脱がせにかかりそうな目でわたしを見つめながら、そんな質問をするなんて。

「そうなんだろう？」

「ええ」ベアリーはやっとの思いでつぶやいた。妊娠し、しかも彼に見つめられているせいで、体じゅうが敏感になっていた。もうじき彼と結婚し、その腕に抱かれるのだ。

「式が先だ」ゼインは彼女の思いを無気味なくらい正確に読みとって言った。「さもないと、明日までホテルの部屋から出られなくなってしまう」

「あなた、超能力があるの？」ベアリーは小声でなじるようにささやいた。

　ゼインの形のいい唇にゆったりと笑みが広がった。

「そのバストが何を意味するかは超能力などなくてもわかるよ」

　ベアリーが思わず目を走らせると、胸のいただきがブラやブラウスを押しあげるようにしてその所在を明らかにしている。彼女は真っ赤になってシャツの前をかきあわせ、ゼインは低く笑い声をもらした。

少なくともほかの人には彼の言葉は聞こえなかったようだ、とベアリーはなんとか自分を慰める。彼は声を落としていたし、どちらにしろ機内はざわざわして騒がしかった。

「機体が静止して扉が開くまで席を立たないでください」とアナウンスが流れたが、その指示は例によって無視され、乗客は頭上の荷物入れやシートの下から荷物を引っぱりだしてぞろぞろと通路に出はじめた。ゼインも通路に足を割りこませたが、そのときジャケットの前がはらりと開き、左のわきの下にホルスターにおさまった拳銃《けんじゅう》が見えた。次の瞬間には彼は反射的に肩をすぼめてジャケットをもとどおりに直し、さりげなく拳銃を隠した。それは実に慣れた仕草だった。

彼が武器を持っていることはむろんベアリーも知っていた。空港で申告するのを見ていたからだ。しかし、退屈な機内では見えざる敵のことは頭から追いやられていた。それがいま、拳銃を目にしたせいでまた改めて思い出させられた。

ゼインは両手でベアリーをかばうようにして、先に通路に出した。ぎっしりと並んだ人の列の中で、彼女は背後のゼインを強固であたたかい壁のように感じた。彼の息で頭頂部のあたりの髪がかすかにそよぎ、彼の大きさを再認識させられる。ベアリーも背の低いほうではないが、もたれかかったら頭が彼の肩のくぼみにすっぽりおさまってしまいそうだ。

すぐ前の男が身動きしたのでベアリーがちょっと後ろにさがると、ゼインは背後から抱きかかえるようにして彼女の腹部に手を置いた。ベアリーはそんな彼の気づかいをうれしく思うと同時に、不安にもなってきた。喜びと恐怖がかわるがわる訪れるこういう不安定な状態が長く続いたら、わたしの頭はおかしくなってしまうかもしれない。

扉が開くと人の列が動きだし、ゼインはベアリーの腹部から手を離した。ベアリーは少しずつ前に進んでいるときに、席に座ったまま通路がすくのを待っている年輩の女性と目があった。その女性はゼインをちらりと見て、したりげにほほえみかけてきた。「お先に」ゼインがすかさず彼女に挨拶《あいさつ》したので、彼もベアリーと彼女の無言の交流に気づいていたのがわかった。こういう鋭さ、勘のよさに、ベアリーは少々落ち着かなくなってきた。もし彼に気づかれたくないことがある場合にはどうしたらいいの？勘の鋭い夫を持った女性はかなりのスリルを味わえるだろうが、ゼイン・マッケンジーほどの男が相手ではスリルを味わうどころではすまないだろう。

でも、ゼインなしで生きるよりはましだ。二カ月以上も彼に恋いこがれ、ついに結婚することになったのだから、彼が油断のならない男だからといって及び腰になるつもりはない。彼がこれまで生きのびてこられたのも、こういうとぎすまされた鋭敏な神経のおかげなのだ。

表示板に従って手荷物受取所のほうに進んでいくときには、彼の注意深さはいっそう際立った。空港は人でごった返しており、ゼインは絶えずまわりの人々に目を光らせていた。これまでにも一度ならずやってきたように、ベアリーに壁際を歩かせ、自分は反対側から彼女をはさむように楯《たて》になって歩く。そうやってわたしをかばったために彼は一度撃たれているのだと思うと、ベアリーは彼を引きよせて自分のほうが楯になりたかった。

だが、手荷物受取所に着く前にゼインは彼女の腕をとって立ちどまった。「ここで少し待とう」

ベアリーはたちまち不安になってきたが、努めて穏やかに言った。「何か不審な点でも？」

「いや、迎えが来ることになっているんだ」ゼインはあたたかなまなざしでベアリーを見つめた。「きみはなかなか肝の座ったじゃじゃ馬だな。どんなときでも落ち着きを失わず、最善をつくそうとする。甘やかされた社交界のねんねにしては、いい線いってるよ」

ベアリーは一瞬たじろいだ。じゃじゃ馬と言われたのも社交界のねんねと言われたのも生まれて初めてだ。そういう言いかたには異議をとなえるべきなのかもしれない。だが、彼女は少し考えてからうなずいた。「そのとおりだわ」しとやかに言う。「確かにわたし、甘やかされた社交界のねんねのわりには肝が座っているわ」

ゼインはびっくりしてふきだした。その笑い声がぴたりとやんだのは、無線機を持ったスーツ姿の中年男性が近づいてきたからだった。「マッケンジー保安官ですか?」

「そうです」

「空港警備隊のトラビス・ハルシーです」ミスター・ハルシーは身分証明書をちらりと見せた。「ご要望どおり、荷物を安全な場所に置いてあります。どうぞこちらに」

そこまで考えてあったのかとベアリーは内心驚嘆しながら、ゼインとともにミスター・ハルシーのあとから印のないドアのほうに歩いていった。犯人側にしてみれば、警備の厳重な空港内部でわたしを拉《ら》致《ち》するよりも、手荷物受取所の先にある出口で待ち伏せし、目的地まで尾行して機会をうかがうほうが確実だろう。ゼインはその裏をかくために、前もって手を打っておいたのだ。

ドアを抜けると、砂漠地帯の乾燥した熱気が顔を包みこんだ。ベアリーの三つのスーツケースと彼の衣装ケース――これは彼がワシントンの空港のロッカーから出して持ってきたものだ――は正規の出口とはかなり離れた目立たない通用口の外で二人を待っていた。そしてその横には一台の車がとまり、軍人らしく髪を刈りこんだ私服の若い男が立っていた。

男はさっと姿勢を正した。「空軍のザハリアス空士と申します。どうぞお見知りおきを」

ゼインは日焼けした顔をおかしそうにほころばせた。「楽にしてくれ。ぼくは兄貴とは違うんだから」

ザハリアス空士も笑顔になった。「ぱっと見たときには、一瞬兄上ではないかと思いましたよ」

「もし兄貴が階級をかさに着てきみの休暇をつぶさせてしまったのなら――」

「いや、自分のほうから志願したんです。マッケンジー大将には基礎訓練を終えたばかりのころ、個人的にたいへんお世話になりましたから。大将の弟君をホテルまでお送りするぐらい、お安いご用ですよ」

大将？　弟君？　ベアリーは内心当惑した。最初が馬で、今度はこれだ。わたしはもうじき夫となる男のことを何もわかってないんだわ。

ゼインはうやうやしくベアリーを紹介した。「ベアリー、ザハリアス空士は休暇を使い、彼個人の車でぼくたちを送ってくれるんだ。ザハリアス空士、こちらはぼくの婚約者、ベアリー・ラブジョイだよ」

ベアリーが片手を差しだすと、ザハリアス空士は感激して握りかえしてきた。「お目にかかれて光栄です」それから車のトランクをあけ、ゼインがスーツケースを持ちあげようとするのを「自分がやります！」とさえぎって、ひとりで積みこみはじめた。

「ぼくはもう軍人ではないんだよ」ゼインは愉快そうに目をきらめかせて言った。「それに、どっちみち空軍ではなく海軍にいたんだ」

ザハリアス空士は肩をすくめた。「でも、空軍大将の弟君であることには変わりありません」そこでちょっと間をおいて問いかける。「シール部隊にいらしたというのはほんとうですか？」

「ああ」

「すごいな」ザハリアス空士は感嘆の吐息をもらした。

彼らはエアコンの効いたシボレーに乗りこんで出発した。若い空士はラスベガスの道を知りつくしているらしく、指示も待たずに一般的なルートを避けて横道に入った。運転しながら陽気にしゃべりつづけているが、お互いの仕事や私生活についてはいっさい触れない。話題はもっぱら天気や道路状況、観光客やホテルのことに限られた。大通りを通らないようにしながら車はやがてホテルに到着し、ザハリアス空士は帰っていった。

ゼインがグレン・テンプルとアリス・テンプルという名でチェックインの手続きをするあいだ――どこからそんな偽名を考えついたのか知らないが――ベアリーはおとなしく横に立っていた。フロント係がわけ知り顔に作り笑いをうかべているのは、わたしたちを不倫のカップルと思っているからかもしれないが、それはそれで結構だ。へたに詮索《せんさく》されるよりはいい。

二人はエレベーターに乗ってゼインがとったスイートルームに行き、荷物を運んでくれたポーターにたっぷりチップを手渡した。

そのスイートルームは彼女がヨーロッパのホテルで泊まったどの部屋よりも贅沢《ぜいたく》だった。数時間前だったら、ゼインが自分のために無理をしたのではないかと心配しただろうが、いまはそんなばかげた心配はしない。ゼインがポーターを送りだしてドアをロックすると、腕組みして彼をにらみつける。「馬ですって？　実家が牧場をやっている？　それにお兄さんは空軍の大将なの？」

ゼインはジャケットを脱ぎ、肩につっていたホルスターをはずした。「そのとおりだよ」

「わたし、あなたのことを何もわかっていないのね？」ベアリーは彼が銃をホルスターごとベッドわきのテーブルに置くのを見ながら物思わしげに言った。

ゼインは衣装ケースのジッパーをあけてスーツをとりだした。「ぼくのことはわかっているはずだ。ぼくの家族に関しては話す機会がなかったけどね。わざと隠していたつもりはないんだ。ききたいことがあったらなんでもきいてくれ」

「別に身上調査をしたいわけじゃないわ」ベアリーは本心とは裏腹にそう言った。「ただ……」言葉につまって両手を広げる。これから結婚する男の身の上を何も知らないのはやはり情けなかった。

ゼインはシャツのボタンをはずしはじめた。「家族についてはあとで話してあげるよ。いまはお互いシャワーを浴びて支度しよう。さっさと結婚式を挙げてベッドに行こう。話はそのあとだ」

ベアリーはキングサイズよりもさらに大きいベッドに目をやった。まず肝心なことを確かめなくては、と自分に言いきかせる。「ここは安全なの？」

「ほかのことに没頭できる程度にはね」

ほかのこととはなんなのか、きくまでもなかった。もう一度ベッドを一瞥《いちべつ》し、深く息を吸いこむ。「順序は変えてもいいんじゃないかしら。ベッド、話、結婚式という順番はいかが？　結婚式は明日にするとか」

ゼインはシャツを脱ぐ手をぴたりととめた。その目がかげりを帯び、熱く揺れた。が、次の瞬間にはゆっくりとシャツを脱いで床にほうった。「ぼくはまだきみにキスもしていない」

ベアリーは唾《つば》をのみこんだ。「ええ、気がついていたわ。いったいどうしてなのかと……」

「理由は決まっている」ゼインはすかさず言った。「キスなんかしたら、途中で踏みとどまれずに最後まで突っ走ってしまうからだ。ぼくたちがやってきたことは最初から順序がめちゃくちゃだった。初めて会ったとき、きみは裸だった。あのときもぼくはきみがほしかったし、いまこの瞬間もほしくてたまらない。だが、きみの周辺にはいまも敵の影がちらついているし、ぼくの使命はそいつらをきみやぼくたちの赤ん坊に絶対近づけないことなんだ。ひょっとしたらぼくは殺されるかもしれないが――」ベアリーが抗議の声をあげたが、ゼインは構わず言葉をついだ。「そういう可能性もあるということだよ。ぼくはその可能性を何年も前から認めてきた。ぼくが結婚を急ぐのは、明日は何が起こるかわからないからだ。不測の事態に備え、わが子にちゃんとマッケンジーの名前を与えておいてやりたいんだ。マッケンジーの名によって受けられる恩恵をきみや子どもに保証しておきたいんだよ。一刻も早くね」

ベアリーは涙のあふれる目で彼を見つめた。この男性はわたしのためにすでに銃弾を受け、今後も命をかける覚悟でいる。ほんとうに彼の言うとおりだ。わたしは彼のことをわかっている。好きな色や学生時代の成績は知らなくても、ゼイン・マッケンジーという男性の本質を知っている。わたしがあっという間に恋に落ち、心から愛したのはその本質なのだ。たとえ彼がこわいほど冷静であっても、たとえ勘がよすぎてクリスマスや誕生日にびっくりさせることが難しいとしても、だからどうだというのだろう？　わたしにはいまのままの彼で十分だ。

そして彼がわたしのために死ぬことも辞さないのだとしたら、わたしにできるのは正直になることぐらいだ。

「わたしが結婚に同意したのにはもうひとつ理由があるの」とベアリーは言った。

ゼインは無言で問いかけるように眉をあげた。

「あなたを愛しているのよ」

11

ゼインはダークグレーのスーツに黒いブーツをはき、黒い帽子をかぶっていた。ベアリーは足首までの長さのシンプルな白いドレス姿で、赤褐色の髪はゆるくねじりあげ、顔のまわりにおくれ毛を遊ばせている。アクセサリーはパールのイヤリングだけだ。彼女は寝室のバスルームで、そしてゼインのほうは居間についている浴室で、それぞれシャワーを浴びて結婚の支度をすませたのだ。

ベアリーが衝動に任せて愛を告げたとき、ゼインはほんの一瞬にせよ満足げな表情を見せた。〝ぼくには愛というものはよくわからない〟その声は揺さぶってやりたくなるほど静かだった。〝だが、こんなに

ほしいと思った女性はきみが初めてなんだ。だから一生大事にするよ。きみのことも、子どものこともね。きっときみを幸せにする〟

それは愛の告白とは言えないにしても、誠意のこもった献身の誓いであり、ベアリーの目には涙がこみあげてきた。この容易に打ちとけない戦士も、いつかはガードを解いてわたしを愛してくれるだろう。長いあいだ冷静な思考力と正確な判断力が要求される危険な仕事に従事し、生きるか死ぬかという緊迫した状況の中で感情を押し殺してきたのだ。愛は冷静さや正確さとは相いれない。愛は予測のつかない不穏なものであり、人を傷つきやすくしてしまう。ゼインはまるで爆弾に近よるように、そろそろと用心深く愛を知っていくのだろう。

〝泣かないで〟ゼインが優しく言った。〝きっといい夫になるから〟

〝わかっているわ〟ベアリーはそう答え、それから

長い一日のあいだに結びあった絆《きずな》は、離れ離れの月日にも断ち切られることはなかったのだ。

ゼインはもうひとつ、ベアリーを驚かせるものを用意していた。急な結婚だったからベアリーは指輪は期待していなかったのだが、そのときが来ると彼は上着の内ポケットからゴールドのシンプルな指輪を二つとりだした。ベアリーのための指輪は少しゆるかったけれど、はめてもらって目をあわせた瞬間ゼインの意図が理解できた。いまはゆるくても、おなかがふくらんでくればぴったりになるはずだ。ベアリーは太くて大きいほうの指輪を彼の薬指にはめ、たとえようのない喜びを噛《か》みしめた。これで彼がわたしのものになったのだ!

結婚証明書にサインをすると、二人はタクシーでホテルに戻った。

「まずは夕食をとろう」ゼインがホテル内のレストランに向かいながら言った。「きみは飛行機の中で何

二人はそれぞれに結婚の支度を始めたのだ。

教会へはタクシーで行った。そこは小さな教会で、大がかりな結婚式ができるようなところではなかった。ラスベガスではごく簡単な手続きで結婚ができる。それでもゼインは、思い出に残る結婚式になるように、小さなブーケと趣味のいいゴールドのブレスレットを買ってくれた。それを右手の手首につけ、判事の前に立ったときには胸が高鳴った。ゼインは左手で彼女の右手をしっかり握りしめていた。

ベアリーは彼の手のぬくもりに原始的なまでの独占欲を感じとった。彼はすでにわたしの体を手に入れ、いま、それを法的に認められたものにしようとしている。わたしのおなかにはすでに彼の子が宿っているのだ。こうしていると彼の男としての満足感がひしひしと伝わってくるように感じられた。そして誓いの言葉を静かに口にしたときにはベアリーの胸にも満足感が押しよせてきた。ベンガジでのあの

も食べなかったし、東部時間ではもう夜中の十二時を過ぎている」

「ルームサービスを頼めばいいわ」とベアリーは言った。

ゼインはけぶるようなまなざしになった。「いや、それはだめだ」どこか思いつめたような、断固たる口調だ。「きみに食事をさせなくてはいけないのに、いま二人きりになったら食事どころではなくなってしまう」

ほんとうにわたしに食事させることを第一に考えているの？　それともそういう言葉が及ぼす効果を心得ているのかしら？　ベアリーはレストランのテーブルをはさんでゼインの顔を見つめながら、そんなことを考えた。部屋に戻ったらあの腕に抱かれるのだと思っただけで、体はすでに彼を受けいれる用意を始めている。彼に胸もとをじっと見つめられて全身がうずきはじめ、料理の味さえわからなくなりそうだ。でも、彼がそう来るならわたしだって……。

ベアリーは料理をゆっくりと噛みしめながら彼の口もとを見つめ、さりげなく唇をなめた。とたんに彼の顔がこわばったのを見て、内心ほくそえむ。人さし指で水のグラスのへりを撫《な》でてみせると、ゼインの息づかいがわずかに荒くなった。ベアリーはテーブルの下で足先を伸ばし、彼のふくらはぎにこすりつけた。

ゼインはレーザー光線を発しそうな目でウェイターをふりかえり、ほえるように言った。「勘定！」そしてウェイターがいそいそと持ってきた勘定書に、ルームナンバーと例の偽名を書きなぐった。あきれたことに、彼はこんなときにもそういうつまらないことを正確に思い出せるのだ。わたしのほうはまともに歩ける自信さえないのに……。

お返しに、彼が後ろにまわって椅子を引いてくれたとき、立ちあがりざま手の甲でさりげなく彼の股《こ》間《かん》を撫でた。ゼインは一瞬その場に凍りついて、歯を食いしばった。ベアリーは無邪気を装い、〝どうかした?〟というように彼を見あげた。

浅黒い顔を紅潮させ、彼はベアリーを見つめかえした。無表情に近い、かたい表情だが、目はダイヤモンドのかけらのようにきらきら光っている。大きな手で彼女の肘をつかみ、ベンガジの暗い部屋で初めて聞いたときと同じ低いささやき声で言う。「行こう。ただし、部屋に着くまでいまみたいなことはするなよ。さもないとエレベーターの中で押し倒してしまうぞ」

「ほんとうに?」ベアリーは彼をふりかえってにっこりした。「それも……一興ね」

ゼインがかすかに身震いし、復讐《ふくしゅう》を誓うような顔つきでベアリーを見すえた。「きみはもっと純情な女かと思っていたが」

「あら、わたしは純情よ」ベアリーはエレベーターに向かいながら言った。「ただ、簡単に押し倒されるような女じゃないってだけ」

「よし、見てろよ。ほんとうに押し倒してやるから」

エレベーターの前まで来ると、ゼインは荒々しい動作で呼び出しボタンを押した。

「あら、押し倒す必要はないわ。あなたになら息を吹きかけられただけて倒れちゃう」ベアリーは嫣然《えんぜん》とほほえみ、唇をとがらせてゼインの胸に息を吹きかけた。

エレベーターが来たことを知らせるチャイムがちんと鳴り、扉が開いた。二人は乗客が降りるのを待って、からになった箱に乗りこんだ。乗り遅れまいと駆けよってくる人もいたけれど、ゼインは素知らぬ顔で自分たちの部屋があるフロアのボタンと閉のボタンを押した。扉がしまり、エレベータが上昇を始めた。そのとたん、彼は生肉を前にした虎《とら》のようにベアリーに向きなおった。

ベアリーはつかまるまいと身をかわしながら、デジタルの階数表示を見た。「すぐに着いてしまうわよ」

「ぼくもすぐに達してしまいそうだ」ゼインはうなるように言ってベアリーを壁際まで追いつめた。狭いエレベーターの中では逃げようがないけれど、ベアリーのほうにも逃げる気はなかった。自分と同じぐらいゼインを興奮させたかった。ゼインは彼女のウエストに両手を巻きつけて持ちあげ、体を使って壁に押しつけた。ベアリーは激しいくちづけにこたえながら、屹立《きつりつ》している彼自身のたくましさに息をのんだ。ゼインは彼女の唇をむさぼる一方で、リズミカルに腰を揺する。

再びチャイムが鳴り、エレベーターが軽い振動とともに停止した。だが、ゼインはベアリーを離さない。両手に抱きかかえたまま廊下に出ると、自分たちの部屋に向かって足早に歩いていく。ベアリーは両手両脚で彼にしがみつき、ゼインが一歩進むごとに体の敏感な部分に加えられる稲妻のごとき刺激を全身で受けとめていた。

たとえ誰かとすれ違ったとしても、ベアリーにはわからなかっただろう。焼けつくような欲望のとりことなって、ゼインの肩に顔をうずめている。ずっと彼がほしかったのだ。会いたくて会いたくてたまらなかった。その彼にかつてと同じ激しさで求められ、ほかのことはもうどうでもよくなっていた。

と、そのときまた体が壁に押しつけられ、ベアリーは一瞬やりすぎたかと甘美な不安にとらわれた。だが、ゼインは腰にからみついている彼女の脚をそっとほどき、床に立たせた。彼の呼吸は乱れ、目には差し迫った欲望が燃えているけれど、持ち前の用心深い冷静な一面はまだそっくり残っている。唇に指をあてて声を出さないよう合図し、右手を上着の内ポケットに入れる。再びポケットから出てきた手には黒光りする拳銃《けんじゅう》が握られていた。安全装置をはずし、ドアの電子ロックを解除し、ドアハンドルをそっと押しさげて音もなく中に入りこむ。ドアは開いたときと同様静かにしめられた。

ベアリーは廊下で身じろぎもせずに立ちつくしていた。突然恐怖の念に心をわしづかみにされ、両手を拳《こぶし》に握りしめながら目をつぶる。室内で物音はしないかと耳をそばだてるが、なんの音も聞こえない。完全な静寂。でも、猫のように足音さえたてずに動きまわれる男はなにもゼインひとりに限ったわけではないのだ。ベンガジで見張り役を片づけたときのゼインのように、ひそやかに殺人をやってのけられる男はほかにもいるだろう。ベアリーを誘拐した男たちはそれほどの達人ではなかったけれど、彼らを操っていた首謀者がこのラスベガスの真ん中で人目につく中東人を使うとは思えない。今回は縛りあげられた無力な女をいたぶるよりも、与えられた仕事を完璧《かんぺき》にこなそうとするいっそう危険な人物が雇われているかもしれないのだ。少しでも物音なり声なりがしたら、それはそのままゼインの死を意味するかもしれない。それを思うと、ベアリーは緊張のあまりどうにかなってしまいそうだった。

再びドアがあく音は聞こえなかった。聞こえたのはゼインの穏やかな〝異状なしだ〟という声だけで、次の瞬間には厚い胸に抱きすくめられていた。

「すまなかったね」ゼインはベアリーを部屋の中に導きながら、髪に唇をつけてささやいた。むろんドアは施錠してチェーンをかける。「だが、きみの命を危険にさらすわけにはいかないからね」

ベアリーの体の中を怒りが炎となって駆けぬけた。彼の肩に預けていた頭をもたげ、憤怒《ふんぬ》のみなぎった目でにらみつける。「あなたの命はどうなるの？　いまみたいなことをしてわたしがどういう気持になるか、わからないの？　いつ誰が発砲してきてもあなたが楯《たて》になるつもりでいることに、わたしが気づかないとでも思っているの？」叫ぶように言って、彼の胸に拳を打ちつける。「わたしはあなたに元気でいてほしい、おなかの赤ちゃんをパパのいない子にしたくないのよ。この子のあとにももっとあなたの子どもを産みたいの。それにはあなたに生きていてもらわなくちゃならないのよ！　聞こえてる？」

「聞こえているよ」ゼインは彼女の拳を両手で受けとめ、胸に引きよせながらなだめるように言った。「ぼくもまったく同じことを望んでいるんだ。だからこそ、できるかぎりのことをしてきみや息子を守らなければならないんだよ」

ベアリーは肩の力を抜き、唇を震わせながら涙をこらえた。わたしは泣き虫じゃない。たぶん、妊娠してホルモンのバランスが崩れているせいだろう。でも、だからといってゼインの前で泣きわめきたくはなかった。何かあるたびに妻がとり乱していては、彼の負担が重くなるばかりだ。

なんとか涙をのみくだすと、ベアリーは小さな声で言った。「娘でなく息子なの？」

ゼインはにっと笑いながらベアリーを両手に抱きあげた。「おそらくね」ベッドに向かいながら言う。「マッケンジー一族ではぼくの妹のメアリスが生まれてから二十九年間、十人も男の子が続いているんだ」

そしてベアリーをベッドに横たえ、自分はそのかたわらに腰かけた。熱っぽい表情でドレスのジッパーに手をかける。

「さあ、さっきの続きだ。パパから息子に挨拶《あいさつ》しなくては」

ドレスが足もとから抜かれて下着姿にされてしまうと、ベアリーはにわかに強い羞恥《しゅうち》と不安を覚えた。ベンガジで誘拐犯たちに服をはぎとられて以来、裸でくつろぐことができなくなっている。隠れ家でゼインに抱かれたときには彼の情熱にいざなわれてシャツを脱ぎ、愛の行為にのめりこんだけれども、その後家に帰ってからはシャワーを浴びるにもそそくさとすませ、あがるとすぐに服やガウンを着こむようになっていた。むかしはお風呂のあと、濡《ぬ》れた肌に香水やローションをすりこみながらのんびりくつろいだものなのに、この二カ月間そういった贅沢《ぜいたく》な習慣は何かまといたいという強迫観念の陰にすっかり身をひそめていた。

だが、いまのベアリーはドレスを脱がされ、ブラとショーツだけという心細い格好になっている。ゼインはさらにブラのフロントホックを器用にはずした。割れたカップのあいだから胸のふくらみがこぼれだすと、ベアリーは思わず両手で胸をかばった。

ゼインは動きをとめ、ベアリーの困惑したような顔をじっと見つめた。説明する必要はなかった。彼にはわかっているのだ。

「まだあのシャツを手放せないのかい？」ベアリーが彼の貸したシャツに異常なほど執着したときのことをやんわりと指摘する。

それから彼は枕《まくら》もとのランプをつけた。ベアリーの姿が小さな光の輪の中に照らしだされ、ゼインの顔は陰になった。ベアリーは唇を湿らせ、彼の言葉にこっくりとうなずいてみせた。

「過ぎてしまったことはどうにもしようがない」ゼインは真剣な口調で言った。ベアリーの腕に押《は》しつぶされて盛りあがっている胸にそっと指先を這わせている。「過去にとらわれず、前向きに生きていくことは可能だが、過ぎたことを変えるのは不可能だ。過去はその人間の一部となり、内側から人を変えていく。だが、人間はその後も変わりつづけていくんだ。ぼくは初めて殺した相手の顔をいまも覚えている。客船に爆弾をしかけて九人もの尊い命を奪った凶悪な爆弾魔だったから、殺したことに悔いはない。やつのほうからぼくを殺そうとしたことでもあるしね。だが、それでもそいつの顔はぼくの脳裏に刻みこまれて、いまだに消えないんだ」

そこで彼は過去を回想するようにいったん言葉を切った。

「いまではそいつはぼくの一部になっている。そいつを殺したことでぼくは変わったんだ。前より強くなり、なすべきことをやりとげる力が自分にあるのを知った。その後もぼくは何人かこの手にかけてきた」天気の話をしているような平静な口調だ。「だが、顔を覚えているのは最初のやつだけだ。そいつに勝てたのはほんとうによかったと思っている」

ベアリーは彼の暗くかげった顔を見つめ、彼の言う意味を心の底から理解した。それは理屈ではなく、直感のようなものだった。わたしもあの誘拐事件で変わった。ゼインが救出に来る前から現実を直視し、なんとか逃げだそうと決意をかため、自分自身が強くなっているのを自覚した。ゼインがバージニアの家に現れたときには、自分自身とおなかの子を守るために居心地のよいわが家を捨てる覚悟でいたのだ。

ゼインと裸で抱きあうのは今回が初めてではない。前のときはとてもすてきだったのだから、今回だってすてきなはずだ。

ベアリーはのろのろと片手をあげ、ゼインの左頬に走る小さな傷跡に触れた。ゼインはわずかに頭を傾け、頬を彼女の手にこすりつけた。

「あなたも脱いで」ベアリーはそっと言った。要はつりあいの問題だ。彼が脱いでくれれば、わたしも安心して裸になれるだろう。

ゼインは眉をあげた。「わかった」

ベアリーはベッドに横たわったまま、彼が上着を脱ぎ、ホルスターをはずし、中の拳銃をいつでも手の届くベッドわきのテーブルにそっと置くのを見守った。それから彼はシャツも脱ぎすてた。

腹部の上のほうに、赤く盛りあがったまだ生々しい傷跡があった。その傷跡と交差するように、船医が止血のために切った長い傷が走っている。ベアリーは彼が昼間シャワーを浴びるためにシャツを脱いだとき、その傷を目にしていたが、あのときは結婚式をあとまわしにしたくなっては困るから手を触れるな、と言われたのだ。いまはもう遠慮する必要はない。

ベアリーは指先で傷跡をなぞりながら、このぬくもりがあやういところで失われるところだったのだ、と思った。

「もう考えるなよ」ゼインは死の一歩手前まで行ったのだ。ゼインが彼女の手をとり、口もとに持っていってささやいた。「結果的には助かったんだから」

「でも、危ないところだったわ」

「でも、助かったんだ」彼はきっぱりと言うと、身をかがめてブーツを脱ぎ、さらにスラックスのジッパーをおろした。

彼の言うとおりだ。結果的には助かったのだ。もうあの事件は過去のことになった。いまは……いまはゼインがわたしを抱くために、手早く服を脱いでいる。

裸になると、彼はまたベッドに腰かけた。裸でいても、彼の態度はのびのびとしている。ほんとうにすてきな体だ、とベアリーはつややかな肩に手を這わせながら夢見心地で胸につぶやく。その誘いかけるような愛撫《あいぶ》にこたえて彼が行動を起こしてくるのを、息をつめて待つ。

ゼインはじらしはしなかった。はずれかけたブラに手を伸ばし、ベアリーを見つめてかすかにほほえむ。「いいね?」

ベアリーは返事のかわりに肩をすぼめてブラをとりやすくした。

ゼインはブラを押しのけ、欲望に燃える目でベアリーを見つめた。「ここにぼくたちの赤ん坊が育っている証《あかし》がある」指先を胸のつぼみに触れながらささやく。「きみはまだ太ってもいないし、おなかもふくらんでいないが、この部分は色が濃く、大きくなっている」

ベアリーの体はたちまち反応し、熱いおののきが胸から全身に広がっていった。

ゼインはいとおしげに愛撫を続けた。「静脈も青くうきでている。まるで白いサテンの下に川が流れているみたいだ」そうささやくと、ベアリーにのしかかるようにしてキスをする。ベアリーは陶然となり、頭を起こしてくちづけにこたえた。彼の唇は記憶にあるとおり、熱くて貪欲《どんよく》で芳醇《ほうじゅん》だった。ゆっくりと時間をかけたくちづけに、体じゅうが痛いほどうずきだす。

ゼインは彼女の頭を枕に落とさせ、ブラを完全にとってしまうとショーツも脱がせた。きらきらと輝く目でベアリーの目をのぞきこむ。

「今日は前にできなかったことを全部するよ。ここでは外の気配や時間を気にしたり、物音をたてないよう神経を使う必要はないんだ。さあ、きみをそっくり食べてしまうぞ、赤ずきんちゃん」ほんとうに飢えているような顔だ。

ベアリーは早く彼がほしくて抱きつこうとした。だが、彼は自分がかつてされたように、彼女の両手をベッドに押さえつけた。あのときは彼がベアリーを信頼してされるがままになってくれたのだから、今度は彼女がお返しをする番だ。そう、ゼインになら何をされてもいい。

彼はベアリーの胸のいただきをそっと口に含んだ。それだけで彼女は喜びの声をもらした。戯れるような舌の動きが信じられないほど強烈な快感を全身に送りこんでくる。

ああ、自分の胸がこんなに感じやすいなんて、いまのいままで知らなかった。狂おしい喜びに、思わず体を弓なりにする。ゼインは彼女を押さえこみ、もう一方の胸に唇をつけた。ベアリーの口からまた悲鳴がもれた。だが、ゼインは容赦しない。ベアリーは無我夢中で哀願する自分の声を聞いた。「ああゼイン……お願いよ……だめ……もっと……もっと強く！」

気がつくと、やめてくれと哀願しているのではなく、もっと続けてほしいと言っている。ベアリーは身をくねらせて、高く、より高く、歓喜の高みに押しあげられていった。そして最後には体の奥が激しく痙攣《けいれん》し、快感が爆発した。

再び息ができるようになったときには全身の力が抜け、目をとじてぐったりと横たわっていた。いまの爆発で悶死《もんし》せずにすんだのは不思議なくらいだった。

「胸にキスしただけで？」ゼインが彼女の腹部に唇をつけながら、驚いたようにつぶやいた。「ああ、こんなに敏感になっているなんて、あと七カ月、たっぷり楽しめそうだ！」

「ゼイン……ちょっと待って」ベアリーは片手で彼の頭を押さえた。それだけ体を動かすのがやっとだった。「まだだめよ。少し休ませて」

ゼインは彼女の脚のあいだに身をすべりこませた。「きみは動かなくていいんだ」深みのある声で言う。「ただそうして寝ているだけでいいんだよ」そしてまた唇にキスをしながら、余韻のさめやらぬ体に力強く入ってきた。

ベアリーは思わず声をあげ、小さく身を震わせた。ああ、この感覚。この感覚がほしかったのだ。ただの快感ではない、深い一体感。二人がひとつに結ばれているという確かな充足感。ベアリーはわれ知らず腰をうかした。彼を奥深く受けとめ、ともに喜びの絶頂をきわめたかった。ゼインは動きを加減しようとしているが、その背中に爪を立て、無言のうちに彼を促す。

ゼインは彼女の求めに応じて動きを速め、やがて喉の奥からうなり声をもらして果てた。

そのあとベアリーはうつらうつらした。東部時間ではもう夜の十二時をとっくに過ぎているし、体じゅうの力を使い果たして疲れきっていた。だが、隣に横たわる大きな筋肉質の体が溶鉱炉のように熱くて、何度となく目が覚めてしまった。

彼は眠りかたも猫のようだわ、と思う。ベアリーが目を覚ましてちょっと身動きしただけで、彼もぱっちり目を覚ます。ついには彼女を自分の体の上に抱きあげてささやいた。「これできっと眠れるよ。ベンガジではこういう格好で眠ったものだ」

ベアリーも覚えていた。あの長い一日、わたしたちはときには彼が上になり、ときにはわたしが上になって休んだものだ。いや、彼のほうはわたしがまどろんでいるあいだも起きていたのだろうが。

「男の人と寝るのは初めてなの」ベアリーは彼の喉もとに顔をこすりつけて眠たげに言った。「いま寝るって言ったのは眠るって意味よ」

「わかってる。どちらの意味でもぼくが初めての男というわけだ」

ゼインがいつの間にかランプを消したらしく、室内は暗かった。夜のラスベガスのネオンは厚いカーテンに遮断され、端から細く光の筋が差しこんでいるばかりだ。ベアリーは一瞬自分が監禁されていた部屋を思い出したが、すぐにその記憶を払いのけた。もうびくびくする必要はないのだ。ゼインがそばにいるし、体に残る心地よい痛みが結婚した実感を与えてくれる。

「ご家族のことを話して」ベアリーはあくびまじりに言った。

「いま？」

「ええ。お互い目が覚めてしまったんですもの、いま話してくれてもいいでしょう？」

ベアリーの内腿が軽くつねられた。「どうせ目が覚めたのなら、ほかのことがしたいな」

「それもすてきだけど」ベアリーはゼインの上で腰をくねらせた。「でも、先に話が聞きたいわ。マッケンジー一族の話をね」

ゼインは軽く肩をすくめた。「親父《おやじ》はネイティブ・アメリカンの血が半分まじっている。おふくろは教師だ。二人でワイオミング州ルースのはずれの山に住んでいるんだ。親父の仕事は馬の飼育と調教。腕は天下一品だ。ただし妹のメアリスにはかなわないがね。こと馬に関するかぎり、メアリスはまるで魔法使いなんだ」

「それじゃほんとうにご実家は牧場なのね」

「うん。われわれ子どもたちは馬の背中で大きくなったようなものだ。調教師になったのはメアリスだけだがね。ジョーは空軍に入ってジェット機乗りになったし、マイケルは牛の牧場を経営している。ジョッシュは海軍のパイロットになり、チャンスとぼくも海軍士官学校で飛行技術を身につけた。ただぼくやチャンスにとって、飛ぶことは行きたいところに行く手段にすぎないんだ。チャンスは二年ほど前に海軍の情報部を辞めた」

ベアリーはひょいと頭をもたげた。次々に出てきたきょうだいの名前を頭にたたきこんでいるうちに眠気はふっとび、あることに思いあたったのだ。

「あなたのお兄さんて統合参謀本部のジョー・マッケンジー大将なのね？」もちろんだ。ジョー・マッケンジーという名の空軍大将がそう何人もいるわけはない。

「ああ、そうだよ」

「マッケンジー大将なら会ったことがあるわ。彼の奥さんにも。一昨年だったかしら、ワシントンのチャリティ・パーティで。奥さんの名前はキャロライン」

「そのとおり」ゼインがわずかに腰をうかし、ベアリーの中にするりと入ってきた。「ジョーとキャロラインには五人の息子がいるんだ。マイケルとシェイのところには二人、そしてジョッシュとローランには三人だ。ぼくたちの子はうちの親にとって十一番めの孫ってことになる」そう言いながら、そっと腰を突きあげる。

「もう話はいいわ」ベアリーが話に集中できなくなってかすれ声で言うと、ゼインは低く笑いながらベッドの上をころがり、彼女を下に組み敷いた。

12

ベアリーは突然激しい吐き気に見舞われて目を覚ました。ベッドからはね起きて浴室に駆けこみ、かろうじて間にあわせる。もどすだけもどしたあとは、裸のままへなへなとその場に座りこんでしまった。昨日夫になったばかりの男性の目を気にする余力もなかった。

ゼインが水を出す音がして、ひんやりとした濡《ぬ》れタオルが熱い額に押しあてられた。それから彼は、トイレの水を流して言った。「すぐに戻ってくる」

例によって気分はすぐによくなり、ベアリーは立ちあがって口をすすいだ。そのときゼインがグリーンの缶を手に戻ってきた。

栓はすでにあいており、ベアリーは引ったくるように缶をとると、まるでビールを一気飲みする大学生のように喉をそらして飲みはじめた。中身がからになると満足そうにため息をつき、ジョッキを置くみたいにどんとカウンターにたたきつける。だがゼインのほうを見た瞬間、彼女はぎょっとして目をむいた。

「まさかその格好で自動販売機まで買いに行ったんじゃないでしょうね？」かすれた声で言う。ゼインはまだ全裸だったのだ。しかも男性自身を力強くたけりたたせている。

ゼインは愉快そうな表情になった。「部屋の冷蔵庫から持ってきたんだよ」自分の体を見おろし、いっそう顔をほころばせる。「もうひと缶入っているけど、いるかい？」

「わたしはセブンアップ二缶で慎みをなくしてしまうような女ではないわ」ベアリーはそう言いながら彼を手のひらにそっと握りしめ、ウィンクして続けた。「ひと缶で十分なのよ」

ベアリーはそれからまたベッドに戻るのだと思ったが、ゼインのほうにはそんな余裕はなかった。二人は浴室の中で慌ただしく抱きあい、とうとうひんやりした床の上にぐったりと身を投げだした。

ずいぶん長い時間がたってから、ゼインがものうげに言った。「シャワーを浴びるあいだぐらいは我慢できると思っていたんだが、どうやら炭酸飲料の効果を過小評価していたようだ」

「まさかセブンアップにこんな効能があるとはね」ベアリーは彼に寄りそった。「わたしたち、この会社の株を買うべきだわ」

「いい考えだ」ゼインはベアリーにキスをすると、しなやかな身のこなしで立ちあがった。ベアリーにも手を貸して立たせる。「朝食はルームサービスがいいかい？　それとも階下《した》のレストランでとる？」

「ルームサービスにして」ベアリーは空腹だった。

ルームサービスならシャワーを浴びて服を着おわるころには届けられているだろう。ゼインに自分の食べたいものを告げ、彼が電話で注文しているあいだに服を選ぶ。しわくちゃになっているシルクのドレスに決めると、蒸気でしわが伸びるよう浴室に持ちこんだ。

それからたっぷり時間をかけてシャワーを浴びたが、しわは完全にはとれなかったので、お湯を出しっぱなしのまま備えつけのバスローブをはおって浴室を出た。

ゼインは寝室にはいなかった。居間のほうで声がする。もうルームサービスが来たのかと思ったが、それにしてはゼインの声しか聞こえない。

開きっぱなしのドアから居間をのぞくと、彼は電話中だった。こちらに横顔を見せ、カウチの肘かけに腰かけている。シャワーの音を聞きながら電話しているようだ。

「引きつづき彼女の父親の周辺を洗ってくれ。本人の行動もだ」とゼインは言っていた。「のちのち禍根を残さないよう一網打尽にしたいんだ。あとの始末は司法省と国務省が引きうけてくれるだろう」

ベアリーは思わず息をのんだ。顔から血の気が引いていく。ゼインがはっとしたようにふりかえり、ブルーの色あいの消えた冷たいグレーの目で彼女を見た。

「そうだ」彼は目をそらすことなく電話を続けた。「こっちは大丈夫だから、どんどんプレッシャーをかけてやれ」そう言うと受話器を置き、ベアリーに向きなおる。

彼はまだシャワーを浴びてないんだわ、とベアリーはぼんやり心につぶやいた。髪も肌も濡れていない。わたしがシャワーを浴びはじめると、さっそく電話にとびついたのだ。わたしの父親を刑務所送りにしかねない裏切り行為を、ただちに実行に移すため。「いったい何をしたの?」ベアリーは胸の痛みをこらえて言った。「ゼイン、あなた、いったい何をしたのよ?」

ゼインは平然とした態度で近づいてきた。ベアリーは身を守ろうとするようにバスローブの襟をかきあわせてあとずさりした。

ゼインは浴室のほうに目をやり、半分あけたままの戸口から流れてくる白い湯気を見た。「なぜシャワーを出しっぱなしにしているんだい?」

「蒸気でドレスのしわを伸ばそうと思ったのよ」ベアリーは機械的に答えてから言った。「いま誰と話していたの?」とり乱すまいとして口調がかたくなる。

「弟のチャンスだ」

「彼がわたしの父と、いったいどういう関係があるっていうの?」

ゼインはひたとベアリーを見つめた。「チャンスは政府のある情報機関で働いているんだ。FBIでもCIAでもない機関でね」

ベアリーは喉につかえたかたまりをのみくだした。ひょっとしてパパには以前から監視がついていたのだろうか?「彼はいつから父の身辺をかぎまわっているの?」

「チャンスは尾行の指示を出しただけだ。本人がかぎまわっているわけではない」

「いつから?」

「ゆうべからだ。ゆうべもきみがシャワーを浴びているあいだに電話したんだ」

ゼインは少なくとも嘘《うそ》や言い逃れでごまかそうとはしていない。「よくもそんなことができるわね?」厳しいまなざしになってベアリーは言った。

「それはできるさ」ゼインも鋭く切りかえしてきた。

「ぼくは保安官だ。その前は海軍将校として国につかえていた。そのぼくがたとえきみの父親であろうと、祖国を裏切る犯罪者を見過ごしにできると思うのかい？　きみは自分と赤ん坊を守ってほしいと言ったが、ぼくがチャンスに連絡をとったのはまさにそのためなんだよ。蛇の巣を始末するのに、二、三匹殺してあとは生かしておくなどというわけにはいかないだろう？　一掃してしまわなければ意味がないんだ」

ベアリーの視界がぼやけ、体がぐらりとよろめいた。ああ、もしパパが逮捕されたら、わたしはゼインを一生許さないわ。自分自身も許せない。ゼインの性格を知りながら、彼を手に入れたいばっかりに目をつぶってしまったのだから。彼がパパを警察に突きだそうとするのは当然なのだ。感情やホルモンにふりまわされず、冷静に考えればわかることだ。国を守ることに人生をささげてきた男なんだもの、彼の行動は予測できたはずだ。

なのに、こんなことになるなんていままで考えもしなかったわたしはどうしようもない愚か者だわ。

ゼインが気づかわしげに名前を呼びかける声が聞こえ、気がついたらベアリーは倒れそうになったところを抱きとめられていた。

必死に自分を叱咤《しった》し、気絶するまいと深呼吸する。「放して」自分の声がひどく遠くに聞こえた。

「放すものか」ゼインは彼女の体を両手でかかえあげ、ベッドに運んで乱れたシーツの上に横たえた。

ゆうべと同じように彼自身はベッドに腰かけ、深刻な面持ちでベアリーの顔をのぞきこむ。ベアリーは横になったおかげで急速に意識がはっきりしてきた。

できるものなら怒りに逃げこんでしまいたいのに、怒りの感情は不思議とわいてこない。ゼインの気持もわかるのだ。だから怒りよりも悲しみが、巨大な渦巻きとなって彼女を吸いこもうとしている。ああ、パパ！　愛するゼインのせいでパパが逮捕されるなんて、あまりに残酷だわ。しかも、窃盗や飲酒運転ならまだしも、国家反逆罪だなんて！　パパはそんな重罪をおかすような人間じゃない。なんらかの形で無理じいされているのでないかぎり……。このあいだわたしが誘拐されたのは、たぶんパパが何かを拒んだからなのだ。でも、わたしの身を心配しながらもFBIに警護を要請しなかったのは、パパ自身もやましいことをしていたから……。

「お願い、ゼイン」ベアリーは彼の腕をつかんで懇願した。「父に悪い連中と手を切るよう警告してくれない？　あなたが父を嫌っているのは知ってるけど、父はいつだってわたしのことを一番に考えてくれたの。わたしがうちを出るときにも、幸せになれと言ってくれたのよ」途中で涙声になったが、ベアリーは嗚咽《おえつ》をこらえて言いつのった。「父は確かに俗物だけど、悪い人間ではないわ。もし犯罪に手を染めたのだとしても、ほんのはずみだったのよ。いまではわたしの身を気づかうあまり、抜けようにも抜けられなくなっているんだわ。だからお願い、ゼイン、パパに警告して！」

ゼインはベアリーの手をとって優しく握りしめた。「それはできない」静かな声だ。「もし彼が犯罪には無関係なら、何も心配することはないんだ。しかし、もしスパイ行為にかかわっているのだとしたら……」そのときはあきらめてもらうしかない、というように肩をすくめる。犯罪者の手助けをするつもりは毛頭ないというわけだ。「きみに知られまいとしていたのは、必要以上に動揺させたくなかったからだ。まだ逮捕されると決まったわけでもないのに、いまからきみを苦しめたくなかったんだよ。ただでさえこの二カ月間はいろいろあったんだしね。ぼくはきみと赤ん坊を守ることを最優先したいんだ。そのためならなんだってするつもりだよ」

ベアリーはゼインの信念という鋼鉄の壁に突きあ

たったのを感じ、涙にかすむ目で彼を見つめた。彼にとって正義とは単に口先だけで論ずるものではなく、身をもって実践するものなのだ。それでもまだ彼の情に訴える方法はある。「もしこれがあなたのお父さまだったらどう?」

痛いところをつかれたかのように、ほんの一瞬ゼインの顔が引きつった。「わからない」正直に認める。「正しいことをしたいとは思うが……できるかどうかはそのときになってみなければわからない」

それを聞くと、ベアリーにはもう何も言えなくなってしまった。

こうなったら自分で父に警告するしかない。

ベアリーはゼインから離れてベッドをおりた。ゼインは手を離したが、いまにも失神するか嘔吐《おうと》するか、あるいは顔を引っぱたかれるのではないかと思っているみたいに彼女をじっと見守っている。妊娠初期にこんな精神状態に陥っては、確かにどうなっても不思議はなかった。でも、いまのベアリーには時間の無駄づかいをする余裕はないのだ。

かつてゼインに借りたシャツでやったように、バスローブの前をかきあわせて体にぴったりと巻きつける。

「あなたの弟さんが具体的にどういうことをやっているのか教えてもらえない?」父を助けるつもりなら、なるべく詳しい情報が必要だ。父に情報を流すのは間違った行為なのかもしれないが、そういう心配をするのはあとでいい。自分をつき動かしているものが父への愛情と盲目的な信頼であることはわかっているけれど、彼女の知っている父親は道義を重んじる立派な人間だ。その点はゼインとよく似ている。おのれに恥じない生きかたが父の身上なのだ。

ゼインは立ちあがった。「きみが具体的なことを知る必要はないよ」

ベアリーの顔が怒りでさっと紅潮した。「そんなもったいぶった言いかたをしなくも、教えられないなら教えられないと言えばいいでしょう？」

ゼインはじっとベアリーを見つめてから小さくうなずいた。「そのとおりだ。すまなかった」

ベアリーは浴室に入り、音高くドアをしめた。浴室の中は湯気でむんむんしていた。シャワーをとめて換気扇のスイッチを入れる。ドレスのしわはきれいに消えていた。そそくさとバスローブを脱ぎ、浴室に持ちこんであった下着をつけてからそのドレスを着る。シルクの生地が湿った肌に張りつくので、指でつまんではがさなければならない。気がせいて胸がどきどきする。ルームサービスの朝食が来るまであとどのくらい時間があるだろう？

鏡は一面曇っていた。タオルで水滴をふきとると、手早く髪をとかして最低限の化粧を始める。立ちこめる湯気の中ではあれこれつけても無駄だろうが、できるだけいつもどおりの顔を作りたかった。

いけない、換気扇の音が大きすぎて、ルームサービスが来ても聞こえないかもしれないわ。ベアリーは慌ててスイッチを切った。でも、食事が来たらゼインがわたしを呼ぶためにノックするはずだ、と自分自身を安心させる。ノックがないということは、まだ来ていないのだ。

ベアリーはハンドバッグをどこに置いたか思い出そうとした。ゼインに気づかれないようそれをとり、部屋から抜けださなくてはならない。ゼインは耳がいいし、わたしの動きには神経をとがらせているだろう。でも、ルームサービスが来たらボーイを警戒し、居間のテーブルに朝食を並べて部屋から出ていくまで目を離さないはずだ。その隙《すき》にこっそり部屋を抜けだそう。わたしに与えられる時間はごくわずかだ。ボーイが出ていったら、ゼインはすぐにわたしを呼ぶだろう。もしエレベーターを待つはめになったらそれっきりだ。途中まで階段を駆けおりたとしても、ゼインはエレベーターでロビーに先まわりしてわたしを待ち伏せするに違いない。あれだけの聴覚の持ち主なのだから、エレベーターがとまるごとに鳴るチャイムの音を聞いて、わたしが何階で乗り降りしたか察知してしまうだろう。

ベアリーはゼインに錠のはずれる音が聞こえないよう、そろそろと少しだけ浴室のドアをあけてみた。

「何をしてるんだい？」ゼインの声がした。その声の感じからして、寝室と居間のあいだのドアのところに立って、わたしを待っているようだ。

「お化粧してるのよ」ベアリーはぴしゃりと言った。その言葉に嘘はない。額の汗をふき、もう一度パウダーをはたく。もう怒りはおさまっていたが、ゼインにはまだ怒り狂っていると思わせておきたかった。怒っている妊婦は、そうすぐには浴室から出てこないものだ。

居間のドアをノックする音に続き、スペイン語なまりの「ルームサービスです」という声が聞こえた。

ベアリーはまた水音で自分の動きをカムフラージュするために、コックをひねった。ドアの隙間からのぞくと、ゼインが視界を横切ってドアをあけに行くのが見えた。肩にホルスターをつっているということは、やはりボーイを警戒しているのだ。

ベアリーはそっと浴室を出ると、ドアを細くあけたままにして寝室の反対側に急いだ。椅子の上のハンドバッグをつかみ、素早く靴をはく。

居間のほうにルームサービスのワゴンが運びこまれる音がした。ボーイが食卓の用意をしながら、さりげないふうを装って世間話をしている。ゼインが拳銃《けんじゅう》を持っているので緊張しているらしい。声の調子でわかる。ボーイが緊張してそわそわすれば、ゼインはいっそう警戒を強めるはずだ。おそらく鷹《たか》のような目で相手の一挙手一投足を監視していることだろう。

ここからが難しいところだ。ベアリーは居間とのあいだのドアに忍びより、夫のいる位置を確認するために隙間から中をうかがった。ありがたいことにゼインはこちらに背を向けてボーイを注視していた。水を出しっぱなしにしてきたのが功を奏しているのだ。テーブルの反対側にまわれば浴室とボーイの両方を見張れるのだが、水音が聞こえているから浴室にはあえて背を向けているのだろう。視神経をボーイひとりに集中するために。

やはりゼインは並の男ではない。たとえ五分でも、彼の目を盗んで抜けだすのは容易なことではなさそうだ。

ベアリーはひとつ深呼吸をし、足音を忍ばせて広い寝室の中を移動した。いまにも後ろから肩をつかまれるのではないかとどきどきしながら、それでも寝室から廊下に出るドアの前にたどり着き、注意深くチェーンをはずす。ドアにぴたりと身をよせ、自分の体で音を殺しながら慎重にロックを解除する。錠が解除されるかちゃりという音は、自分の耳にもほとんど聞こえなかった。

ベアリーは目をとじ、ドアハンドルをつかんでゆっくりとまわした。ちょっとでも音をたてたらアウトだ。ドアをあけたときに廊下で誰かがしゃべっていてもだめ。耳に入る音の変化にゼインが気づかぬはずはない。エレベーターが遅くてもだめ。すべてが都合よく運んでくれなくてはチャンスはないのだ。

時間はあとどのくらいあるかしら？　もう十分も使ってしまったような気がするが、実際にはまだ一分とたっていないだろう。居間ではまだボーイが皿やグラスを並べている音がする。ベアリーは静かにドアをあけ、そっと廊下に出ると、はやる心を抑えてあけたときと同じくらい時間をかけ、慎重にドアをしめた。それから脱兎《だっと》のごとく駆けだした。

背後から呼びとめられることもなくエレベーター

ホールまで走り、呼び出しボタンを押す。だが、エレベーターが来たことを示すチャイムはなかなか鳴ってくれなかった。何度もしつこくボタンを押したいけれど、機械をせかしても仕方がない。

「お願い」ベアリーは小声でつぶやいた。「早く来て」

ホテルの部屋から父に電話しようとしても、どうせゼインにとめられただろう。それに父の電話は盗聴されているのだから、外からかける電話は逆探知されかねない。父のことも大事だけれども、犯人グループにホテルを突きとめられてゼインやおなかの赤ん坊を危険な目にあわせるわけにはいかなかった。となったら外の、それもホテルから少し離れた公衆電話でかけるしかないのだ。

廊下の先でルームサービスのワゴンがころがされる音がした。見ると自分たちの部屋からボーイが出てきたところだった。ベアリーは胸を高鳴らせながら、しまったままのエレベーターの扉を見つめた。

ああ、早く開いてほしい。残り時間、あと数秒。

そのとき頭上でちんとチャイムが鳴り響いた。

扉が開く。

ベアリーは中に乗りこみながら背後をふりかえり、その瞬間心臓がとまりそうになった。

ゼインはどなってはいなかった。ベアリーを呼んでもいなかった。ただ全速力でこちらに駆けてくるところだった。その目が憤怒《ふんぬ》でぎらついている。

まるで飛ぶように、彼は距離をつめていた。

ベアリーはうろたえつつもロビーにおりるボタンと閉のボタンを同時に押し、しまりはじめた扉からさっと体を引いた。ゼインはセンサーを反応させて扉を再びあけさせようと、扉の隙間めがけて片手を伸ばしながら突進してきた。

だが、間にあわなかった。扉がしまり、箱が下降を始めた。「ちくしょう」ゼインは悪態をつきながら、しまった扉を拳《こぶし》でたたいていた。

ベアリーはぐったりと壁にもたれかかり、震える手で顔をおおった。人間があんなに激しく怒れるものだとは思わなかった。ゼインの目はぎらぎらと光って恐ろしいほどだった。

おそらくいまごろは階段を駆けおりているだろうが、二十一階からではエレベーターにかなうわけがない。でも、もし途中で誰かがこの箱に乗ろうとしてボタンを押していたら……。その可能性に思いあたるとベアリーは膝ががくがくしてきた。デジタル表示の数字が次々と変わっていくのを固唾《かたず》をのんで見守る。途中一度でもとまったら、通りに出たところでゼインにつかまってしまうだろう。二度とまったらロビーで、そして三度とまったらエレベーターをおりたところでつかまってしまうに違いない。

そしてあの激しい怒りをぶつけられるのだ。それを思うと恐ろしさに身がすくんだ。ゼインと別れるつもりはない。父に警告したあとは、またあの部屋に戻るつもりでいる。ゼインが暴力をふるうとは思わないけれど、だからといって慰めにはならなかった。

ベッド以外のところで彼が理性を失うのを見たいと思ったこともあるけれど、いまは考えただけで胸がむかつく。わたしったらどうしてそんなばかげたことを望んでいたのだろう？　彼が逆上したところなんて、もう二度と見たくなかった。

彼は許してくれないかもしれない。わたしを愛するようになる可能性も、もう永久に失われてしまったのかもしれない。エレベーターが一度もとまらず、スムーズにロビーまでおりていくあいだ、ベアリーはそんな思いに打ちひしがれていた。

ラスベガスのホテルでは早朝であろうが深夜であろうが、スロットマシンの音がとだえることはない。ベアリーはやかましいロビーを突っきって通りに出た。外は目がくらむほどまぶしく、まだ十時前だというのに気温は三十度を超えていた。だがベアリーは暑さにもめげず、観光客の人波にまぎれこんで足早に歩きだした。角まで来ると通りを渡り、さらに歩きつづける。後ろをふりかえる勇気はなかった。彼女の赤毛は背の高い人のあいだにもぐりこんでしまわないかぎり、遠くからでも見つけやすい。ゼインはいまごろロビーまでおりてきているだろう。スロットマシンのあいだを素早く捜し、それから外にとびだしてくるはずだ。

ベアリーは胸苦しさを覚え、自分が息をとめていたことに気がついた。深呼吸して歩く速度をあげる。ホテルの玄関から見えないように、早く建物の陰に入りたかった。ふりかえったら黒髪の大男が――ゼインが――嵐《あらし》のように迫ってきているかもしれない。彼に見つかったら逃げきる自信はなかった。

もう一度道路を横断し、公衆電話を探しはじめる。電話はいくらでもあったが、あいているのはなかなか見つからない。朝のこんな時間になぜこれほど大勢の観光客が公衆電話を使わなければならないのだろう？　ベアリーは仕方なく太陽の照りつける通りにたたずんで、使用中の電話があくのを待った。髪をブルーに染めた年輩の女性が電話の相手に、飼い猫や熱帯魚に餌《えさ》を与える時間を細かく指示している。

「それじゃ頼んだわよ、よろしくね、ダーリン」陽気に言ってようやく受話器を置くと、彼女はベアリーににっこり笑いかけて去っていった。ベアリーはぎこちなく笑みを返し、ほかの人に割りこまれないよう急いで受話器をつかんだ。

テレホンカードを使い、どうか家にいますようにと祈りながらコールサインを聞く。東海岸では、いまは昼どきだ。パパは誰かとランチに行っているかもしれない。あるいはゴルフをしているか……。可能性としてはあらゆるケースが考えられる。ベアリーは父のスケジュールを思い出そうとしたが、何も思い出せなかった。この二カ月間親子関係が気まずくなっていて、父のつきあいに同伴することもなくなっていたのだ。

「もしもし？」

その口調はやけに用心深く、すぐには父の声とわからなかった。

「もしもし？」父はもう一度、いっそう警戒したような声音で言った。

ベアリーは手が震えださないよう受話器を耳に押しつけた。「パパ」声をつまらせて呼びかける。

「ベアリー？　ベアリーなのか？」父が気負いこんで問いかけた。デスクの前でがばと体を起こした姿が目に見えるようだ。

「パパ、詳しいことは言えないんだけど」ベアリーはしいて平静な口調で言った。「用心しなくちゃいけないわ。身を慎んでね、パパ。気づかれているんだから……。聞こえている？」

父はつかの間押し黙ってから、ベアリーをうわまわる平静さで言った。「わかった。おまえは元気でやっているのか？」

「ええ」でも、ホテルに戻ったら夫と対決しなくてはならない。

「そうか。だが、おまえもくれぐれも気をつけるんだよ。それじゃまた近いうちに」

「ええ、またね」ベアリーはささやくように言うと、そっと受話器をフックに戻した。

それからホテルに向かって歩きだしたが、十歩も行かないうちにゼインに肩をつかまれた。近づいてくるところは見えなかったから、心の準備をする暇もなかった。まるで鮫《さめ》のように、いきなり人ごみの中から現れたのだ。

だが、ベアリーは彼の顔を見てなぜかほっとした。大仕事を終えた安堵《あんど》感もある。彼に引きずられるようにまたホテルへと歩きだしたけれど、急に力が抜けてしまったみたいだ。彼に寄りかかり、ウエストを抱いてささえてもらいながら歩く。

「こんな日ざしの下を帽子もかぶらずに出てはいけないよ」とゼインは言った。「まして今朝はまだ何も食べてないんだから」

彼は冷静だ。先刻の激しい怒りは抑えこまれている。でも、もう怒っていないなどと思ったら大間違いだ。「父に連絡しなければならなかったの」ベアリーは疲れのにじんだ声で言った。「でも、電話からホテルを突きとめられたくなかったから……」

「わかっている」ゼインはそっけないほど短く言った。「だが、外からかけても同じだったかもしれないな。今朝のラスベガスは怪しげな人間がやけに多い。きみはもう見つかってしまったかもしれない。その髪」それだけで意味はわかった。赤毛は珍しいからどうしても目立ってしまう。ベアリーは自分のつややかな髪が申し訳ないような気分になった。

「ここに来ているの？」小さな声で尋ねる。「例の犯人グループが？」

「いや、このあいだの連中とは違う。背後に何か複雑な謀略がからんでいるようだ。きみがそのただなかにとびこんでしまったのでなければいいが」

太陽は頭を容赦なく照りつけ、気温は分単位で上昇しているかのようだった。一歩ごとに歩くのがつらくなってきて、思考も散漫になる。わたしはひょっとして、何よりも避けたかった窮地にゼインと自分自身を追いこんでしまったのだろうか？

「やっぱりわたしは脳みそよりも髪の量のほうが多い、甘やかされた社交界のねんねなのかもしれないわね」声に出して言う。「まさか敵を引きよせることになるなんて――」

「わかっている」ゼインはもう一度言い、信じられないことにベアリーのウエストを抱く手にぎゅっと力をこめた。「それに、ぼくはきみの脳みそをうんぬんした覚えはないよ。むしろきみは利口すぎるんだ。どうやら隠密《おんみつ》行動の才能があるようだね。ぼくに気づかれずに部屋を抜けだせる人間なんて、そう多くはないだろうよ。スプーキーならできるだろう。それにチャンスもね。しかしほかの人間には無理だ」

ベアリーはゼインにいっそう体重を預けた。彼の左側にいるので、ジャケットの下にごついホルスターが隠れているのが感触でわかる。いざというときにすぐ拳銃が抜けるよう、右手はあけてあるのだ。なのに左側からわたしに寄りかかられていたら、銃を抜くときバランスを崩してしまう。そうと気づいて、ベアリーはなんとか体をまっすぐに起こした。するとゼインが彼女のウエストを抱いたまま、物問いたげに顔を見た。

「あなたの足手まといになりたくないの」とベアリーは説明した。

ゼインは苦笑をうかべた。「ほらね。きみはいま敵の攻撃を想定している。かわいい顔をして、危険な女だ」

彼はなぜわたしを罵倒《ばとう》しないの？　先刻の怒りがこんなに早くおさまったとは考えられない。彼が怒りを爆発させることはめったにないけれど、いったん爆発させたらちょっとやそっとではおさまらないはずだ。たぶん町中《まちなか》で警戒を解くわけにはいかないから、ホテルの部屋で二人きりになるまで抑えているのだろう。怒りはひとまずおさめ、無事に戻ることに専念する――ゼインはそれができる男だ。

ベアリーは周囲にひしめきあう観光客の群れの中に不審な人物はいないかと、あちこち目を走らせた。そうすることによって全身の倦怠感《けんたいかん》をごまかしながら歩きつづける。妊娠してから彼女はずいぶん疲れやすくなっていた。食事もとらず、帽子もかぶらないで直射日光の下に出たのは確かに愚かだったけれども、妊娠前だったらこのぐらいはなんでもなかったはずだ。

ゼインはゆっくりした歩調を維持しながら、自分の体で極力ベアリーを日ざしからかばっている。人間の日よけというのも多少は役に立つものだ。

「さあ着いた」ホテルに着くと、彼はそう言いながらベアリーをひんやりとした薄暗いロビーに入らせた。ベアリーはエアコンの冷気にほっとし、目をとじて屋内の暗さに早く慣れようとした。

のぼりのエレベーターはこみあっており、ゼインはベアリーを奥の隅に押しやった。これで前方は人の壁でかためられ、彼はベアリーの片側だけ守ればいいことになる。ベアリーは彼の意図に気づいてちょっとびっくりした。彼はいざとなったらベアリーを守るためにほかの人たちを犠牲にするつもりなのだ。

エレベーターは何事もなく二十一階に到着した。ベアリーとゼインのほかに中年のカップルもそこでおりた。その二人はベアリーたちのスイートルームのある方向へと廊下を進んでいった。ゼインは彼らを先に行かせ、あとからついていった。彼らは角の向こうの部屋に入った。通りすぎるときにベアリーがちらりとのぞくと、中はショッピングバッグや衣類で散らかっていた。

「いまの二人は大丈夫だ」ゼインが自分たちの部屋に向かいながらささやいた。

「着いたばかりなら、あんなに中が散らかっているわけはないってこと?」

「そうだ」

部屋に入るとゼインはドアをロックし、チェーンをかけた。テーブルの上には手つかずのさめた朝食が並んでおり、彼はとりあえずベアリーをその前に座らせた。「食べなさい。せめてトーストだけでもね。マーマレードをつけて。それから水も全部飲むように」そう命じてから自分はカウチの肘かけに腰をおろし、電話機に向かう。

体のため、ベアリーは半分に切ったパンをバターもつけずに食べはじめた。いまのところ胃はおとなしくしているが、あとで気持が悪くなったら困る。二切れめのパンにはマーマレードをつけた。

食べているうちに、次第に元気が出てきた。ゼインは電話の内容を聞かれまいとするそぶりも見せず、今回の相手も弟のチャンスらしいとうかがわれた。

「もし彼女が見つかったのだとしたら、猶予は三十分程度と見るべきだろう」とゼインは言っていた。「全員に警戒を呼びかけてくれ」そこでしばらく相手の言葉に耳を傾ける。「ああ、わかってる。それじゃまたあとで。気をつけろよ」

「何に気をつけろっていうの?」電話を切ったゼインにベアリーが尋ねた。

「チャンスは危険なところにむやみと首を突っこむ癖があるんだ。それでときどきやけどしてしまうんだよ」

「あなたもでしょう?」

ゼインは肩をすくめた。「まあ、たまにはね」

彼はいつも以上に平静だった。まるで嵐の前の静けさだ。ベアリーは深呼吸して覚悟を決めた。「ごちそうさま。だいぶ元気が出てきたわ」虚勢を張って平然とした口調を繕う。「さあ、どうぞ存分に怒ってちょうだい」

ゼインはちょっとのあいだベアリーを見つめ、それから残念そうに——少なくとも彼女にはそう見えた——首をふった。「それはあとまわしだ。急に水面下の動きが慌ただしくなったとチャンスが言っていた。いよいよ大詰めなんだよ、ベアリー」

13

ゼインの予測に反し、猶予は三十分もなかった。電話が鳴り、彼が受話器をとった。「了解」それだけ言って電話を切ると、つかつかとベアリーに近づいてくる。「連中がここに来ようとしている」そしてベアリーの腕をつかんで椅子から立たせた。「きみには別のフロアに移ってもらうよ」彼女を安全な場所に避難させようというのだ。

ベアリーが身をかたくして抵抗すると、ゼインは彼女の腹部に手をあてた。

「きみひとりの体ではないんだから」感情のまじらない冷静な口調だ。彼はすでに戦闘態勢に入っているのだ。顔は無表情で、目は冷たくよそよそしい。

そう、彼の言うとおりだ。赤ちゃんのために逃げなくては。ベアリーは彼の手に自分の手を重ねた。

「わかったわ。予備の拳銃《けんじゆう》があったら、いざというときのために貸しておいてくださる?」

ゼインはちょっとためらってから寝室に入り、コンパクトな五連発のリボルバーをとってきた。「使いかたはわかるかい?」

ベアリーは拳銃をしっかりと握りしめた。「スキート射撃ならやったことがあるけど、拳銃は初めてだわ。でも、なんとかやってみる」

「弾は五発とも装填《そうてん》してある。安全装置はついていない」ゼインは彼女を護衛しながら部屋の外に出た。「撃鉄を起こしてから撃ってもいいし、両手で構えて引き金を引くだけでもいい。狙《ねら》って撃つだけで、難しい操作は必要ない。三八口径だから、一発で相手を倒せる」

ゼインは足早に廊下を進み、階段に通じるドアをあけてベアリーを押しやった。階段をのぼる二人の足音が吹き抜けに響きわたる。「きみには二十三階のあき部屋に入ってもらう。ぼくかチャンスが迎えに行くまで、そこで待っていてくれ。ぼくとチャンス以外の人間がドアをあけたら、迷わず撃つんだ」

「わたし、チャンスの顔を知らないわ」

「髪は黒、目ははしばみ色、背が高くて、女性がひと目見ただけでぽうっとなるほどのハンサムだ。もっともこれは本人の弁だがね」

二十三階に着いた。ベアリーはわずかに息を切らしているが、ゼインは平気な顔をしている。カーペットを敷きつめた静かな廊下に出ながらベアリーは尋ねた。「あいている部屋をどうやって探すの？」

ゼインはポケットからキーカードをとりだした。

「チャンスの部下がゆうべのうちに部屋をとり、ぼくたちが食事をしているあいだにこのキーカードをドアの隙間《すきま》から差しこんでおいてくれたんだ。万一に備えてね」

彼はどんな場合にも第二の作戦を立てておくのだ。万一に備えて。すでにわかっていたことだ。

ゼインは二三三四号室のドアをあけ、ベアリーを中に入らせたが、自分は入ろうとしなかった。「ロックとチェーンを忘れないように。それじゃ気をつけて」そう言って階段のほうに戻っていく彼を、ベアリーは戸口で見送った。と、彼が立ちどまってふりむいた。「ドアがロックされる音を待っているんだけどね」やんわりと言う。

ベアリーは部屋の中に引っこむとドアをしめ、施錠したうえでチェーンをかけた。

そうして静かな部屋の真ん中にたたずんだ瞬間、緊張の糸がぷつりと切れて虚脱状態に陥ってしまった。

こんなのって耐えられない。ゼインはわたしのためにあえて危険にとびこんでいこうとしているのに、わたしはついていけないなんて。そばにいて援護することもできないなんて。おなかの赤ちゃんのため、愛する男性が銃弾に立ちむかうあいだも安全なところに隠れていなくてはならないなんて。

ベアリーは床に座りこみ、おなかの上で腕を組んで体を前後に揺らしながら涙を流しはじめた。ゼインの命が危険にさらされているというこの恐怖の感覚は、これまでに経験したどんな感覚よりも耐えがたかった。自分が誘拐されたときよりも、またゼインが撃たれたときよりも、さらに恐ろしく、さらに狂おしかった。少なくともあのときは彼のそばにいられた。彼の手を握りしめ、励ますことができた。いまは何もできない。

そのとき雷が落ちるようなどんという音が響きわたり、ベアリーをとびあがらせた。むろんこれは雷なんかじゃない。空は晴れて、雲ひとつない。ベアリーは膝に顔を伏せて泣きくずれた。また銃声が響く。さっきよりは低めの軽い音。そして咳《せ》きこむような妙な音。またどんという音がしたかと思うと、今度は続けざまに銃声がとどろく。

そのあとは完全な静寂……。

ベアリーはなんとか気をとりなおし、部屋の奥まで這《は》うように移動した。壁を背にしてベッドの陰にうずくまると、両手を膝にのせ、戸口に向けて拳銃を構える。ゼインとチャンス以外の人間がどうしてこの場所をかぎつけられるのか見当もつかないけれど、危険な賭《かけ》をする気はなかった。外で何があったのかもわからなければ、敵が何者なのかもわからないのだ。わかっているのは、マック・プルエットが敵の一味らしいということぐらい。

時間はのろのろと過ぎていった。腕時計はしてこなかったし、ベッドわきの時計は彼女の位置からは見えない。だが、だからといってその場を動きはしなかった。拳銃を手に、じっと座って待ちつづける。

ゼインのいない時間が過ぎていくにつれ、自分も刻々と少しずつ死んでいくような気がした。

ゼインはまだ来ない。ベアリーの胸に冷たい絶望感が広がって、肺を押しつぶしそうになった。心臓の鼓動がのろくなり、苦痛に満ちた重いリズムを刻んでいる。ゼイン。無事でいるのなら、もう来てもいいはずだ。きっとまた撃たれたのだ。撃たれて怪《け》我《が》をしているのだ。死んだのだとは考えたくない。だが、考えまいとしても、死という言葉は重く心にのしかかってくる。

やがてドアが短くノックされた。「ベアリー?」その疲れたような柔らかな声には聞き覚えがあった。

「アート・サンドファーだよ。もう終わったんだ。マックは逮捕された。だから心配しないで出ておいで」

わたしがここにいるのはゼインとチャンスしか知らないはずだ。それ以外の人間がドアをあけたら撃て、とゼインは言った。でも、アート・サンドファーは昔からの知りあいだし、人柄にも仕事ぶりにも尊敬の念を抱いてきた。マック・プルエットが黒だったのなら、アートが秘密裏に捜査していたのだとしても不思議はない。そう考えれば彼がこうして迎えに来たことにも得心がいく。

「ベアリー?」ドアハンドルがガチャガチャと動いた。

ベアリーはドアをあけに立ちあがりかけて、また腰をおろした。だめよ、アートはゼインでもチャンスでもない。もしもゼインが死んでしまったのだとしたら、せめて彼の最後の指示ぐらいは忠実に守らなければ。彼はわたしを守ることを第一に考えてたんだし、わたしにとってはこれまでに出会った誰よりも――父親よりも――信頼できる相手なのだ。当然ながらアート・サンドファーよりもゼインのほうを信頼すべきだ。

そのとき咳きこむような妙な音がまた聞こえ、ドアがアロックが吹っとばされた。そしてアート・サンドファーが太いサイレンサーのついた銃を手に、ドアを押して入ってきた。ベッドをはさんで二人の目があった。アート・サンドファーの目にはうんざりしたような冷笑がうかんでいる。その刹那《せつな》、ベアリーにはわかった。

彼女は引き金を引いた。

すぐにゼインが駆けつけてきた。アートは開いたドアに寄りかかってへたりこみ、うつろな目をして胸にあいた穴を片手で押さえている。ゼインは彼のもう一方の手に握られている武器を蹴《け》りとばしたが、それ以上怪我人に構おうとはしなかった。平然と彼をまたぎ、ベアリーがうずくまっている部屋の片隅に急ぎ足でやってくる。ベアリーの顔は引きつって蒼白《そうはく》になっていた。目の焦点があわず、どこか遠いところを見ているみたいだ。ゼインはたちまち恐怖の念にとらわれたが、ざっと調べたところ血が流れている形跡はない。どうやら彼女は無傷のようだ。

ゼインは彼女の横にしゃがみこみ、顔にかかっている髪を優しくかきあげた。「ベアリー?」そっと話しかける。「やっと終わったよ。大丈夫かい?」

ベアリーは答えない。ゼインは床に腰をおろし、彼女を膝に抱きあげて慰めの言葉をささやいた。肌に伝わってくる彼女の胸の鼓動はぎょっとするほど重苦しい。ゼインは彼女を抱きしめ、豊かな髪に顔をこすりつけた。

「彼女は無事か?」チャンスがそう尋ねながらアート・サンドファーをまたいで近づいてきた。彼のあとから数人の男が続き、アートの傷の具合を見ている。その中には鋭い目でもとの上司を見すえるマック・プルエットの姿もあった。

「ああ、大丈夫だ」ゼインは顔をあげて返事した。「彼女がサンドファーを撃ったんだ」

チャンスは瞬時のうちに理解して兄と目を見かわした。初めてのときはつらいものだ。運がよければサンドファーは死なずにすむだろうが、ベアリーのほうは人を撃つということがどういうことなのか身をもって知ってしまったのだ。

「サンドファーはなぜこの部屋がわかったんだ?」

ゼインが穏やかな口調のまま尋ねた。

チャンスは物思わしげな顔でベッドに腰かけた。

「ぼくの部下の中に内通者がいたに違いない」冷静に言う。「ここの部屋番号を知っているのはぼくのほかに一人しかいないから、そいつがリークしたんだろう。ぼくがあとで始末をつける」

「そうしてくれ」

ベアリーはゼインの腕の中で身動きし、彼の首に両手を巻きつけた。「ゼイン」震えを帯びたかぼそい声だ。

ゼインもいましがた同じ恐怖におののいたばかりなので、彼女の気持はよくわかった。「ぼくは大丈夫だ」こめかみにキスをしながらささやきかける。「心配かけてしまったが、このとおり無事だったんだ」

ベアリーは身を震わせてしゃくりあげたが、すぐに涙をのみくだした。そのけなげな姿にゼインは胸がいっぱいになった。こみあげてきた熱いものを、目をとじてこらえる。

「ああ、さっきはもうだめかと思ったよ」ゼインは震え声で言葉をついだ。「ぼくが発砲する直前にサンドファーがここに入ってしまい、そのあとすぐに銃声が聞こえたんだ」

ベアリーは思わず彼にしがみついたが、口では何も言えない。

ゼインは感情を抑えるために深く息をつきながら、ベアリーの腹部に手をあてた。その手が震えているのを頭の片隅で自覚して、わがことながらびっくりする。ああ、ぼくの神経をずたずたにできるのはベアリーだけだ。「ぼくはこの子がほしい」震えの残る声で言う。「でも、さっきは子どものことまで頭がまわらなかった。きみの身に何かあったらと、そればかりが頭を占めて……」彼は先を続けられずに絶句した。

「子ども？」チャンスが礼儀正しく問いかけた。

ベアリーがゼインの胸に顔をうずめたままうなずいた。

「ベアリー、弟のチャンスだよ」ゼインがしゃがれ声で紹介した。

ベアリーは顔もあげず、あてずっぽうに片手を差しだした。チャンスはおかしそうな顔でその手を握りかえしてから、またゼインの胸もとに戻してやった。彼女の顔はまだ見えない。「はじめまして、ベアリー。子どもが生まれるとはありがたいな。おかげで当分は母上の関心がそっちに集中してくれる」

室内はもう人であふればかりだった。マック・プルエットやFBIの男たちはもちろんのこと、ホテルの警備員やラスベガス警察の警官隊、医者も来ている。チャンスの部下たちは黒子らしく、どさくさにまぎれていちはやく退散していた。

マック・プルエットがベッドに近づいてきて、チャンスの隣に腰かけた。ゼインに抱きついているベアリーを見ながら気づかわしげに言う。「彼女、大丈夫かな？」

「ええ」ベアリーは自分で返事をした。

「アートは重傷だが、たぶん助かるだろう。かりに助からないとしても、こっちの手間が省けるまでだ」マックの口調は淡々としている。

ベアリーは思わず身震いした。

「きみを巻きこむつもりはなかったんだよ、ベアリー」マックは言葉をついだ。「わたしはアートが敵と通じているのではないかと見当をつけ、罠《わな》にかけるためお父上に協力をお願いしたんだ。ラブジョイ大使は世間が思う以上に人脈が豊富で、秘密情報に通じているからね。アートは飢えた鯉《こい》みたいに餌《えさ》に食らいついてきたよ。だが、大使がアートにもっと重要な情報を要求され、適当に口実をつけて時間稼ぎをしているあいだに、きみが誘拐されてしまったんだ。あのときの大使は気も狂わんばかりに心配なさっていた」

「それじゃ、誘拐犯の連中はわれわれが忍びこむことをアート・サンドファーから聞いて知っていたわけか?」ゼインが冷たい目をして言った。

「そうだ。アートにはきみたちが着く時間を実際よりも遅めに言っておいたが、わたしにできるのはそこまでだった。ベンガジの連中はきみたちがあんなに早く来るとは思っていなかったんだよ」

「よりによってアート・サンドファーが敵のスパイだったなんて」ベアリーが顔をあげてマックを見た。

「彼の目を見るまでは想像もつかなかったわ。わたしはあなたが不正をしてるんだと思っていたの」

マックはにが笑いをうかべた。「そもそもそういう不正があることをきみに感づかれただけでも、こっちは泡を食ってしまったよ」

「父の態度を見ていてぴんときたの。父はわたしが外出するたびにひどく心配したわ」

「アートはきみがほしかったんだ。それがわかっていたらもっと早く解決できたんだが、アートは情報だけでなく、きみの体も手に入れたかったんだよ」

ベアリーはマックの言葉に仰天した。ちらりとゼインを見ると、彼も口もとをこわばらせている。自分が到着するまでわたしをレイプするなと手下に命じていたのはアートだったということか。むろんアートは最初からわたしを解放する気なんかなかったのだ。わたしに顔を見られては解放できるわけがない。わたしを犯し、しばらくなぐさみものにしたあとは殺すつもりだったのだ。ベアリーはぶるっと体を震わせ、再びゼインの胸に顔をうずめた。彼が無事だったのがいまも信じられない。最悪の事態にはいたらなかったとわかったのに、絶望の暗い淵《ふち》から這いあがるのは難しかった。まだ頭がぼんやりして変な気分だ。

そのときふと気づいたことがあった。ゼインの身を気づかうあまり、いままですっかり忘れていたのだ。ベアリーはまたマックの顔を見た。「それじゃ父は潔白なのね？」

「もちろん。大使は最初からわたしに協力してくださっていたんだよ」マックはベアリーを見つめかえし、ひょいと肩をすくめた。「きみのお父上も完全無欠な人間とはいえないかもしれないが、彼の愛国心には一点の曇りもない」

「わたしが今朝電話したときには――」

「きみの電話を喜んでいらしたよ。あんなに不利な証拠がそろっているのにかばおうとしてくれたと言ってね。だが、きみがホテルの外に出てしまったのはわれわれにとって大誤算だった。すべて順調だと思っていたのに」

「どういうこと？」

「ぼくだよ」チャンスが話に割りこみ、ベアリーは初めてこの義理の弟の顔をまともに見た。彼女はゼインが言っていたみたいにぽうっとなりはしなかったが、確かにチャンスはすこぶるつきのハンサムだった。客観的に見て、これほどハンサムな男性にはお目にかかったことがない。それでもベアリーは傷跡の残る精悍《せいかん》なゼインの顔のほうが好きだ。

「ぼくがゼインの名前で別のホテルにチェックインしていたんだ」とチャンスは説明する。「アートはきみがゼインといっしょなのを知っていたからね。車のナンバーからレンタカー会社をたどり、さらにはゼインのクレジットカードにまで行きついたんだ。ぼくたちがあまり見えすいた手を使ってはまずいと考えて、わざと探す手間をかけさせたのさ。やつが自分の突きとめたことを疑わないようにね。しかしきみがゼインと結婚したことを知ると、やつももう全然疑わなかった」とにんまりする。「ところが今朝きみが散歩に出たものだから、事態が急展開してしまった。きみが使った公衆電話はたまたまぼくのチェックインしたホテルの真向かいにあったんだよ。それできみの姿がやつの手下の目にとまってしまったわけだ」

戸口のところでは救急隊員がアート・サンドファーを病院に移す用意を終えたところだった。ゼインはアートが運びだされるのを見送ってから、鋭い視線をマックに向けた。「ぼくがもっと早くあなたのことを知っていたら、ここまでこじれはしなかっただろうに」

マックは彼のひややかな目にもひるまなかった。「きみにこういう……」とチャンスを見やって続ける。

「つてがあるとは思わなかったんだ。それに、きみがこんなに素早いとも思わなかったよ。わたしは何カ月も前からアートの身辺を探っていたんだが、きみはたった一日で片をつけてしまった」

ゼインはベアリーを抱いて立ちあがった。「いずれにせよ、もうすべて終わった」きっぱりと言う。「ぼくはこれで失礼して、妻の介抱をしなくては」

ゼインの言う〝妻の介抱〟には、第三の部屋をとることも含まれていた。というのも、二人が泊まっていたスイートルームの惨状をベアリーに見せる気にはとてもなれなかったからだ。

ゼインは新たにとった部屋のベッドにベアリーを寝かせ、ドアをロックしてくるとさっそく裸になった。ベアリーの服も脱がせ、ベッドでひしと抱きあう。何はともあれ肌のぬくもりを確かめあって安心したかった。下半身にはすでに力がみなぎっているが、いまはただ抱きあっているだけでいい。二人と

も まだ体の震えがとまらないのだ。互いの匂《にお》いや肌ざわりに溺《おぼ》れて、恐怖の記憶を消し去りたかった。

「愛しているよ」ベアリーの体を折れそうなほど強く抱きしめてささやく。「ああ、さっきはほんとうにぞっとしたよ！　きみのこととなると、ぼくも冷静ではいられなくなってしまうんだ。ぼくが正気を保てるように、これからの結婚生活はうんと退屈であってほしいな」

「きっとそうなるわ」ベアリーは彼の胸にキスをした。「きっとね」その目には涙が光っている。

それから二人はついにその先に進んだ。ゼインは彼女の中にそっと入って身をうずめ、身じろぎもせずに抱きしめた。いま動いたら神経がはち切れてしまうかのように……。そして、動かなくても喜びはじわじわと、体の内から広がっていった。

エピローグ

「双子だなんて」マッケンジー山をのぼっていく車の助手席で、ベアリーは当惑したようにつぶやいた。

「双子の男の子だなんて」

「だから言ったじゃないか」運転席のゼインが、妊娠五カ月にしては大きすぎる妻のおなかを見ながら言った。「きっと男の子だよって」

ベアリーはぼんやりと彼を見つめた。「でも、いっぺんに二人生まれてくるとは言わなかったわ」

「これまでマッケンジー一族に双子が生まれたためしはなかったからね」とゼインは言ったが、実のところ彼もベアリーと同じぐらい不安を感じている。

「この子たちが初めての双子になるんだ」

ベアリーは窓の外の美しい山並みに目をやった。いま彼らはワイオミング州に住んでいる。ゼインがアリゾナで二年間保安官を務めたあと、次の選挙への立候補を辞退して、親きょうだいの近くに引っ越してきたのだ。そしてチャンスに誘われるがまま、彼の属している組織で――その組織がどういうものなのか、ベアリーにはいまだによくわからないのだが――働くようになっていた。ただし現場の仕事はしない。ベアリーやニックとの生活を犠牲にしたくなかったし、四カ月後にはまた赤ん坊が生まれてくるのだ。それも、なんと二人も。もっとも不測の事態に備えておくのはゼインの得意とするところであり、その才能はいまの仕事にも生かされていた。

いまマッケンジー山の家には明日の七月四日の独立記念日を祝うため、マッケンジー一族の全員とベアリーの父親が集まっている。ゼインとベアリーとニックは二日前から滞在しているのだが、今日はベアリーの検診にあたっていたので、ゼインの運転で町の病院まで行ってきたのだ。おなかのふくらみ具合からして双子というのは予想がついてもよさそうなものだったが、超音波で二人の胎児を確認したときにはゼインもベアリーも茫然《ぼうぜん》としてしまった。間違いなく頭が二つ、腕が四本、脚も四本、そしてどちらの子も男の子の印を持っていた。それはもう一目瞭然《りょうぜん》だった。

「二つも名前を考えつかないわ」ベアリーが泣きそうな声で言った。

ゼインは手を伸ばして彼女の膝を軽くたたいた。「生まれてくるまで四カ月かけて考えればいいさ」

ベアリーはくすんと鼻を鳴らした。「あと四カ月もこんなに大きなおなかをかかえて歩けないわ。名前を考えつく前に生まれてしまうわよ」

胎児は二人ともきわめて大きいのだ。この時期のニックだってこれほど大きくはなかった。

「ニックがああだから、次の子を産むと決めるにはずいぶん勇気がいったのに」とベアリーはぼやく。

「それでももうひとりほしいと思ったから作ったのに。なのにひとりではなく二人だなんて。もし二人ともニックみたいだったら、いったいどうなってしまうの?」

ゼインは青くなった。ニックはたいへんないたずらっ子だ。ニックといっしょに暮らしていたら、一族の全員が一年で白髪頭になってしまうだろう。言葉もおぼつかないおちびさんのくせに、ニックはこの二日間で信じられないような騒ぎを巻きおこしている。

山頂に到着すると、ゼインはスピードをゆるめて大きな家に車を近づけていった。玄関前にはさまざまな車がとまっている。ウルフのトラックにメアリーの乗用車、マイケルとシェイのステーションワゴン、ジョッシュとローランのレンタカー、ウィリアム・ラブジョイのレンタカー、メアリスの派手なトラック、チャンスのオートバイ……。ジョーとキャロラインは五人の息子とともにヘリで来ていた。一族全員が集まったおかげで、ジョッシュの五歳の末っ子からジョーの大学生の長男坊にいたるまで、そこらじゅうが男の子だらけになっている。

その一団にやがてまた二人の男の子が加わることになるのだ。

ゼインとベアリーは車を降りて、玄関ポーチの前の石段をのぼった。ゼインはそこで立ちどまり、ベアリーを抱いて熱っぽくキスをした。妊娠中の彼女はひときわセクシーで輝いており、つい夢中になってしまう。

「ストップ!」家の中からジョッシュが陽気に声をかけた。「いつもそういう調子だから彼女のおなかが大きくなるんだよ」

ゼインはしぶしぶ妻を放し、二人で玄関を入っていった。「いつもはこの程度じゃすまないよ」とジョッシュに言うと、ジョッシュは笑い声をあげた。

家の中では大きなテレビがついており、メアリスとジョッシュとチャンスが馬の障害レースの番組を見ていた。ウルフとジョーとマイケルは牛の話を、キャロラインとウィリアム・ラブジョイは政治の話をしている。メアリーとシェイは小さい子どもたちのためにゲームの用意をしているところだ。騒がしいマッケンジー家で静かなオアシスの役目を果たしているローランは、ベアリーのおなかを見ながら尋ねた。「検査の結果はどうだった？」

「双子ですって」ベアリーはまだどこかうつろな声で答え、いったいどうしてこんなことになってしまったの、と言わんばかりの表情をゼインに向けた。

彼女のひとことで家の中の喧噪《けんそう》がぴたりと静まった。誰もが声もなくこちらを見ている。彼女の父親は息をのみ、メアリーは顔を輝かせていた。

「どっちも男だそうだ」ゼインが尋ねられる前に宣言した。

安堵《あんど》の吐息にも似たものが室内に広がった。「それはよかった」ジョッシュがつぶやく。「これ以上ニックみたいなのがふえたらたいへんだ」

ベアリーはそのニックを捜して首をめぐらした。

「そういえばニックはどこ？」

カウチに寝ころがっていたチャンスがむっくり起きあがった。おとなたちは慌てたように周囲を見まわす。「ニックならここにいたはずだが」とチャンスは言った。「ついさっきまで親父《おやじ》さんのブーツを引きずって歩きまわっていた」

ゼインとベアリーはさっそく家捜しを始めた。

「ついさっきって、どのくらい前？」とベアリーが叫ぶ。

「せいぜい二分しかたってないわ。あなたたちが帰ってくる直前には居間にいたんだから」メアリスがひざまずいてベッドの下をのぞきながら言った。

「二分!」ベアリーはうめき声をあげた。ニックなら二分もあれば家じゅうを引っくりかえしかねない。あんな天使のような顔をした幼い少女が悪魔のごとく悪さをしてまわることにはただただあきれるばかりだ。「ニック!」ベアリーは大声で呼んだ。「メアリー・ニコル、どこにいるの? 出てらっしゃい」この呼びかけが効くこともあるけれど、たいていは無駄に終わる。

いまではおとなたち全員が捜索に加わっているが、黒い髪の小さなおてんば娘はどこにもいない。ニックの誕生には一族の誰もが狂喜し、久々にマッケンジー家に生まれたこの愛くるしい女の子を溺愛《できあい》した。いとこたちもニックのかわいらしさに熱中して猫かわいがりした。ゼイン譲りの黒い髪、けがれを知らぬ澄んだブルーの目、ばらのつぼみのような唇、その両わきの小さなえくぼ――ニックはほんとうに愛らしかった。しかも生後四カ月でお座りが、六カ月のときにははいはいができた。ところが八カ月であんよができるようになると、誰もが警戒せざるを得なくなった。

ウルフのブーツはガラス戸棚の下で見つかった。その戸棚の中にはメアリーが集めた天使のコレクションがおさまっている。壁にブーツをこすりつけた跡がついているところを見ると、どうやらブーツをたたきつけてガラスを割ろうとしたらしい。幸いブーツはニックの小さな手には重すぎたらしく、メアリーの大事なコレクションは無事だったが。

ニックはちびのくせに気が強く、小さな体に似あわぬ強固な意志力の持ち主だ。ニックがやろうと決めたことをやめさせるのは、海の水をバケツでせきとめようとするようなものだった。父親に似て知略にすぐれ、自分の邪魔をする人間には二歳児にふさわしからぬ術策をめぐらして復讐《ふくしゅう》をくわだてる。

手に持ったナイフをジョーの次男アレックスに危ないからととりあげられたときもそうだった。ニックは癇癪《かんしやく》を起こして暴れまわり、ゼインにお尻をたたかれると大好きなパパからのお仕置きに大声で泣いた。その泣き声にはみんなが胸を痛めたが、ニックを泣かせることができるのはゼインのお仕置きだけなのだ。

泣きやんだニックはしばらく部屋の隅でアレックスをにらみながらふくれていたが、やがて慰めを求めてベアリーの膝に抱かれに行き、ついでゼインにももう許してあげるというようにふっくらした頬を押しつけに行った。それからパパのたくましい肩にもたれてちょっと昼寝をし、目が覚めるとおばあちゃんに飲みものをもらいにキッチンに向かった。メアリーはニックのためにセブンアップのペットボトルを買いおきしてあるのだ。ゼインとベアリーは幼い娘がおいしそうにセブンアップを飲むのを見ると、いつも楽しげに目を見かわした。ニックはたいてい二口か三口飲んだあと、自分で一生懸命キャップをしめ、そのあとはボトルを持って歩いてまた飲みたいときに飲む。全部飲みおえるにはだいたい二時間ぐらいかかった。

このときは、うれしそうな顔で小さな手にボトルを持ってキッチンから出てきたところをゼインがたまたま見ていた。ニックはいつもと違ってキッチンでメアリーにキャップをあけてもらってきてはおらず、廊下に出ると全身をはずませて思いきりボトルをふった。そしてにっこりとかわいらしくほほえみながら、そのボトルを居間にいたアレックスに差しだした。〝これ、あけて〟可憐《かれん》に言って手渡し……何歩か後ろにさがる。

〝あけるな！〟ゼインが椅子から立ちあがって叫んだが、時すでに遅かった。アレックスがキャップをひねって開栓したとたんボトルの口から勢いよく炭酸水が噴きだし、壁や床や椅子にしぶきをまき散らした。アレックスはまともに顔に浴びてしまい、慌ててキャップをしめたときには濡《ぬ》れねずみになっていた。

ニックは手をたたいてきゃっきゃっと笑い、ゼインも思わず笑いころげてしまった。そんなふうに笑わされてしまっては、もう叱《しか》るのは不可能だった。

「ニック！」いまゼインは大声で呼びかけた。「アイスキャンデーはいらないかい？」ニックがセブンアップの次に好きなのがアイスキャンデーだ。

だが、返事はない。

そのときサムが家の中に駆けこんできた。サムは十歳、ジョッシュとローランの次男坊だ。「ゼイン叔父さん！」ブルーの目を見開いて叫ぶ。「ニックが屋根の上にのぼってる！」

「まあ、たいへん」ベアリーがあえぐように言って外にとびだした。その彼女を追いこしてゼインも走った。早くわが子をつかまえなくてはならない。

誰もが庭に出て、青い顔で屋根を見あげた。ニックは屋根のへりにちょこんと座り、集まってきた人々に上機嫌で笑いかけた。「ハーイ」

ベアリーの膝ががくりと折れ、メアリーがすかさず抱きとめた。

ニックがどうやって屋根にのぼったのかは考えるまでもなかった。そばにはしごが立てかけられているのだ。ニックは子やぎのように身が軽い。それにしても、はしごがそんなところにあるのは不可解だった。五分ほど前にゼインとベアリーが帰ってきたときには断じてなかったはずだ。

ゼインは娘を見すえながらはしごをのぼりはじめた。ニックはちょっと顔をしかめて立ちあがった。屋根のへりに近いのがいかにも危なっかしい。「だめ！　パパ、だめ！」

ゼインはその場に凍りついた。娘はおりたくないのだ。高いからといってこわがってはいない。ベッドに寝ころがっているときにも劣らぬ無頓着《むとんちゃく》さだ。

「ゼイン」ベアリーがかすれ声でささやいた。

ゼインの体が震えだした。ニックは片足を踏み鳴らし、ゼインのほうに指を突きつけた。「パパ、おりなちゃい」

これでは間にあいそうにない。ゼインがどんなに素早くのぼっていっても、その前に娘は転落してしまうだろう。となれば、道はひとつしかなかった。

「チャンス！」とゼインは叫んだ。

チャンスは即座に了解した。ニックを驚かさないよう、のんびりと前に進みでる。ニックは真下までやってきたチャンスににっこり笑いかけた。チャンスは大好きな叔父ちゃんなのだ。

「チャンス叔父ちゃん」白い歯を見せ、はしゃいだように体を揺する。

「このいたずらっ子め」チャンスはにこやかに言って両手を広げた。「さあ、おいで。とんでごらん！」

ニックはとんだ。

その体をチャンスが空中で巧みに受けとめ、胸に抱きしめた。ベアリーはほっとして泣きだした。ゼインははしごをおりてチャンスから娘を抱きとり、小さな頭のてっぺんに唇を押しつけた。駆けよってきたベアリーをもいっしょに抱きしめる。

キャロラインが夫のジョーに言った。「あなたが女の子を産ませてくれなかったこと、もう許してあげるわ」ジョーは声をあげて笑った。

ジョッシュは息子のサムに厳しい視線を向けた。

「なぜはしごがあんなところにあるんだ？」

サムはうつむいた。

マイケルとジョーも息子たちをにらみつけた。

「いったい誰が屋根にあがってみようなどと言いだしたんだ？」マイケルが外に出ていた七人の少年たちを問いつめる。

こすりつけた。

少年たちは三人の父親ににらまれ、地面に靴先を
ジョッシュがはしごをとり、本来の置き場所である納屋を指さした。「行きなさい」ぴしゃりと命じられた二人の息子は、母親の脚にしがみついて目をまるくしている幼い弟を残し、しぶしぶ納屋に向かった。

マイケルも納屋を指さすと、彼の息子二人がそちらに立ち去った。

ジョーは下の息子三人に向かって眉をあげてみせた。それで彼らも納屋に行った。

三人の父親は息子たちのあとから納屋に向かった。

ニックがベアリーの顔に手を触れた。「ママ、泣いてるの？」そう問いかけてから下唇を震わせながらゼインを見る。「パパ、治ちてあげて」

「ああ、治してあげよう」とゼインはつぶやいた。

「きみのお尻を接着剤で椅子にはりつけ、もうおいたできないようにね」

ベアリーが泣き声に笑いを含ませて言った。「ほんとうにニックったら……。誰もが女の子を望んでいたのに！」

ウルフがただひとりの孫娘をゼインの腕から抱きとった。ニックはにこにこしてウルフに抱かれたが、ウルフは残念そうに言った。「次に女の子が生まれるまでにはまた三十年ほどかかるだろうよ。だが、ひょっとしたらその前に……」そこで言葉を切り、チャンスを意味ありげに見つめる。

「ちょっと待ってよ」チャンスが慌てたように言った。「そういうことはメアリスに言ってほしいな。ぼくは結婚はしないし、子どもを作る気もないんだから。父親になるつもりなんか小指の先ほどもないんだよ」

メアリーはそんなチャンスににっと笑いかけて言った。「まあ見てましょう」

ハーレクイン®

シルエット・ラブ ストリーム　1997 年 3 月刊（LS-11）

愛は命がけ

2024 年 4 月 5 日発行

著　　者	リンダ・ハワード
訳　　者	霜月　桂（しもつき　けい）
発 行 人	鈴木幸辰
発 行 所	株式会社ハーパーコリンズ・ジャパン 東京都千代田区大手町 1-5-1 電話 04-2951-2000（注文） 0570-008091（読者ｻｰﾋﾞｽ係）
印刷・製本	大日本印刷株式会社 東京都新宿区市谷加賀町 1-1-1
装 丁 者	中尾　悠
表紙写真	© Studio113 (null), Alexzabusik ｜ Dreamstime.com

ISBN978-4-596-53781-2 C0297

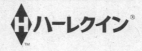

◆◆◆◆ ハーレクイン・シリーズ 4月5日刊 発売中

ハーレクイン・ロマンス
愛の激しさを知る

星影の大富豪との夢一夜	キム・ローレンス／岬　一花 訳	R-3861
家なきウエイトレスの純情 《純潔のシンデレラ》	ハイディ・ライス／雪美月志音 訳	R-3862
プリンスの甘い罠 《伝説の名作選》	ルーシー・モンロー／青海まこ 訳	R-3863
禁じられた恋人 《伝説の名作選》	ミランダ・リー／山田理香 訳	R-3864

ハーレクイン・イマージュ
ピュアな思いに満たされる

億万長者の知らぬ間の幼子	ピッパ・ロスコー／中野　恵 訳	I-2797
イタリア大富豪と日陰の妹 《至福の名作選》	レベッカ・ウインターズ／大谷真理子 訳	I-2798

ハーレクイン・マスターピース
世界に愛された作家たち
～永久不滅の銘作コレクション～

思いがけない婚約 《特選ペニー・ジョーダン》	ペニー・ジョーダン／春野ひろこ 訳	MP-91

ハーレクイン・ヒストリカル・スペシャル
華やかなりし時代へ誘う

伯爵と灰かぶり花嫁の恋	エレノア・ウェブスター／藤倉詩音 訳	PHS-324
薔薇のレディと醜聞	キャロル・モーティマー／古沢絵里 訳	PHS-325

ハーレクイン・プレゼンツ作家シリーズ別冊
魅惑のテーマが光る
極上セレクション

愛は命がけ	リンダ・ハワード／霜月　桂 訳	PB-382

※予告なく発売日・刊行タイトルが変更になる場合がございます。ご了承ください。

4月2日発売

ハーレクイン・シリーズ 4月20日刊

ハーレクイン・ロマンス

愛の激しさを知る

傲慢富豪の父親修行	ジュリア・ジェイムズ／悠木美桜 訳	R-3865
五日間で宿った永遠 《純潔のシンデレラ》	アニー・ウエスト／上田なつき 訳	R-3866
君を取り戻すまで 《伝説の名作選》	ジャクリーン・バード／三好陽子 訳	R-3867
ギリシア海運王の隠された双子 《伝説の名作選》	ペニー・ジョーダン／柿原日出子 訳	R-3868

ハーレクイン・イマージュ

ピュアな思いに満たされる

瞳の中の切望 《至福の名作選》	ジェニファー・テイラー／山本瑠美子 訳	I-2799
ギリシア富豪と契約妻の約束	ケイト・ヒューイット／堺谷ますみ 訳	I-2800

ハーレクイン・マスターピース

世界に愛された作家たち
〜永久不滅の銘作コレクション〜

いくたびも夢の途中で 《ベティ・ニールズ・コレクション》	ベティ・ニールズ／細郷妙子 訳	MP-92

ハーレクイン・プレゼンツ作家シリーズ別冊

魅惑のテーマが光る
極上セレクション

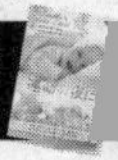

熱い闇	リンダ・ハワード／上村悦子 訳	PB-383

ハーレクイン・スペシャル・アンソロジー

小さな愛のドラマを花束にして…

甘く、切なく、じれったく 《スター作家傑作選》	ダイアナ・パーマー 他／松村和紀子 訳	HPA-57

文庫サイズ作品のご案内

◆ハーレクイン文庫・・・・・・・・・・・・・・毎月1日刊行
◆ハーレクインSP文庫・・・・・・・・・・・毎月15日刊行
◆mirabooks・・・・・・・・・・・・・・・・・・毎月15日刊行

※文庫コーナーでお求めください。